Joachim Wittstock

WEISSE LAGUNE

Über den Autor und das Buch

Ein expansiver, auf fernstmögliche Länder und Kontinente orientierter Reisender ist Joachim Wittstock nicht. Ihn zieht es immer wieder zu den Küstenregionen des Schwarzen Meeres und in den Mittelmeerraum. Kulturelle Ursprünge im Nahen Osten und die Stätten klassischer Antike faszinieren ihn seit je. Seine Aufmerksamkeit gilt dem europäischen Osten sowie selbstverständlich den Staaten Mitteleuropas. Die seinem siebenbürgischen Standort näher oder weiter gelegenen Landschaften Rumäniens sucht er in ihren Eigenheiten zu erfassen.

Joachim Wittstock wurde 1939 in Hermannstadt/Sibiu geboren. Kindheitsjahre verbrachte er in Kronstadt/Braşov, philologische Studien betrieb er in Klausenburg/Cluj. Nach einigen im Lehramt und als Bibliothekar verbrachten Jahren wirkte er als Mitarbeiter einer Hermannstädter Forschungsstelle im Bereich Literaturgeschichte. Weiterhin schriftstellerisch tätig, lebt er in seinem Geburtsort.

Er verfasste Gedichte, Prosaskizzen, Erzählungen, Romane und Essays. Den in anderen seiner Veröffentlichungen erschienenen Fahrtberichten fügen die Texte dieses Buches Reisebilder hinzu, ausführlicher gehaltene oder auf miniaturhafte Verknappung eingestellte Schilderungen. Sie sind nicht in Eigenbänden des Verfassers enthalten, mit einer Ausnahme: *Peter Gottliebs merkwürdige Reise* ist bereits Teil der Sammlung *Spiegelsaal. Skizzen, Erzählungen* (Bukarest: Kriterion Verlag 1994).

Joachim Wittstock

WEISSE LAGUNE

und andere Reisestationen

hora Verlag
Hermannstadt/Sibiu 2016

Umschlaggestaltung: Stefan Orth

Descrierea CIP a Bibliotecii Naționale a României
WITTSTOCK, JOACHIM
   Weisse Lagune und andere Reisestationen / Joachim Wittstock. —
Sibiu: hora, 2016
   ISBN 978-606-8399-09-6

821.112.2(498)-32

© 2016 Joachim Wittstock und hora Verlag
Alle Rechte vorbehalten

Lektorat und Satz: Dr. Wolfgang Höppner (hora Verlag)
Sibiu/Hermannstadt
www.hora-verlag.ro
Gesetzt mit TeX aus der Bitstream Amerigo

Druck und Bindung: Alföldi Druckerei, Debrecen/Ungarn

Inhalt

Weiße Lagune	7
Santorin, ein atlantisches Erbe	19
Nächstes Jahr in Jerusalem	29
Die Schatten schweben	45
Heimat-Flug	75
Annäherung an Birthälm	82
Grendelsmoor und Tränenbrot	93
Frachtschiff „Evangelia"	121
Windmühle	131
Schicksalsbrunnen	135
Peter Gottliebs merkwürdige Reise	144
Vorwort	144
1. Abflug aus Bukarest	146
2. Ankunft in Frankfurt am Main	154
3. In einem Städtchen am Neckar	166
4. In Stuttgart und Umgebung	180
5. München in Höhe und Tiefe	198
6. Aufenthalt in Freiburg im Breisgau	225
7. Wieder in Frankfurt	234
8. Abschluss der Reise	245
Bildteil	247

Weiße Lagune

Vom vierten Stock der Wohnanlage hinabgeblickt, in den Hof – sechs Autos stehen in der Reihe da. Das eine will sich nicht von der Stelle rühren, wir hören, das Kontaktschloss ist verletzt worden, und deshalb kann man auch die Sperre des Lenkrads nicht aufheben. Der Wagen muss abgeschleppt werden, ein Ersatzschloss ist vonnöten.

Hier oben, auf der Terrasse, hat sich eine Eule eingenistet, freilich bloß ein Plastgebilde, übermalt in grauen und schwarzen Tönen, die Brust andeutungsweise farbig, hell und dunkel gesprenkelt. Scharf ist der Blick, der Eulenblick aus gelben Augen mit deutlich eingezeichneten Pupillen.

Nachteulen haben das lahmgelegte Auto durchsucht, sie haben ein Navigationsgerät entwendet. Sie beabsichtigten offensichtlich, den Kontakt des Anlassers kurzzuschließen, ein trotz professionellen Diebshantierungen vergebliches Beginnen. Glück im Unglück für den Besitzer.

Zwei uniformierte Polizisten erkunden den Fall, ein Detektiv in Zivil photographiert mit digitaler Kamera das Auto aus allen erdenklichen Positionen, er visiert im Wageninneren den Fahrersitz an sowie den Beifahrersessel. Den Deckel des Dispositivs für die Sicherungen löst er frei, mit Pinzette befördert er ihn in einen Plastbeutel – er rechnet mit verräterischen Fingerabdrücken. Dann feuchtet er Griffe und andere exponierte Stellen mit einer Flüssigkeit an, um Spuren zu verdeutlichen, eventuell sind die lichtscheuen *Ulen* dadurch zu fassen.

Der Autobesitzer (unser Schwager Peter) gibt Auskunft und lässt sich darüber unterrichten, wo sein Wagen repariert werden kann. Russische Wörter dringen bis zu mir herauf, englische Halbsätze, vor allem jedoch bulgarische Klänge, ins Mobiltelephon gesprochene Lageberichte.

Aussagestark sind Gesten. Der Transporter wird kommen… ja, ein großes Gefährt… die Eisenpforte des Hofes ist zwar in den Nachtstunden versperrt, bei Tagesanbruch aber wird geöffnet... Dies und anderes klärt sich anhand der Zeichensprache, es wird *von Hand* deutlich.

Soweit das polizeiliche Geschehen. Ansonsten ist die Ankunft hier in „*Morskij Raj*", im „Meeresparadies", plangemäß verlaufen. Alle Erwartungen wurden erfüllt, gar übertroffen bei unserem Einzug in die „Weiße Lagune", diesen Außenbezirk von Baltschik.

Ein kleiner Golf bietet Gelegenheit zum Schwimmen bis zu den Bojen, die das Ende des noch per Fuß erreichbaren Grunds anzeigen. Diese Demarkation zu übersehen, ist nicht ratsam, schon wegen der auf Disziplin achtenden Küstenwächter, aber die abgesteckte Fläche reicht durchaus zum Baden, zum anspruchslosen Schwimmtraining. Sonnenschirme, wenn man will auch mit Liege versehen, stehen am Ufer in hinreichender Anzahl, zum Schutz vor tropischer Temperatur, die uns am Tag der Ankunft aufgenommen hatte...

Das Verladen des Wagens auf den Laster beobachte ich nicht mehr von oben, woher die Fahrzeuge sich wie das Spielzeug meiner Kindheit ausgenommen haben, also wie „Schuko"-Autos, sondern von dem mit Steinplatten ausgelegten *Boden der Realität*.

Der Schofför der Abschleppmaschine fährt die Eisenplatten aus, auf deren Schräge das unbewegliche Auto hinauf, zur offenen Ladefläche, gezogen werden soll. Mit Geschick, durch Wippen und Zurechtrücken des schweren Kraftwagens gelingt ihm und denen, die Hand angelegt haben, das Manöver. Ein viel Mühe und Schweiß kostender Vorgang.

Der Pannendienst rollt ab. Peter sitzt beim Abtransport in der Fahrerkabine des Lasters, entschlossen – wie wir nachher vernahmen – den eigenen Wagen nicht zu verlassen bis zur erfolgreichen Wiederherstellung. Ist ihm doch gesagt worden, Autos der Marken BMW und Mercedes, Audi und VW seien hier im Südosten begehrt, Diebsbanden zerlegen die entwendeten

Fahrzeuge, frischen einzelne Bestandteile auf und verkaufen sie.

Damit nimmt für den Schwager eine viele Stunden währende Aktion ihren Anfang, die den Zweck hat, für das Kontaktschloss einen passenden Ersatz zu finden, und sei es auch nur ein provisorischer Behelf. Uns wurde später berichtet: Vertretungen ausländischer Firmen verweigerten Improvisationen – erst in schätzungsweise fünf Tagen könnten sie das Gewünschte stellen, was gar nicht im Sinne des Autobesitzers war; Schlosserwerkstätten scheiterten an dem codierten Verschluss. Zu guter Letzt entsann man sich der Notlösung Autofriedhof, und tatsächlich gab ein solcher einen nutzbaren Mechanismus her, der mittels elektronischen Geräts dem Kontaktschlüssel angepasst wurde.

Nervenkraft fordernd das Ganze, zumal bisweilen eine gewisse Lethargie die Monteure erfasste und sie die Lösung des Problems gerne aufgeschoben hätten, auf morgen, auf die nächsten Tage. Aber des Schwagers unbeugsame Entschlossenheit, notfalls im Auto zu nächtigen, brachte sie auf Trab und führte das Geschehen noch am selben Tag erfolgreich zum Abschluss.

An unerwarteten Momenten fehlte es nicht. Beispielsweise: Die weißen Tabletten neben dem Gangschalthebel – sei das nicht etwa Haschisch? Dem Kriminalbeamten kam es kaum zu glauben, es handele sich um harmlose Pfefferminzplätzchen...

Frau Milie, die Vertreterin des Mietunternehmens, kommt und entschuldigt sich vielmals für den Vorfall. Sie beteuert, derartiges habe sich in ihrem Anwesen zum ersten Mal ereignet. Der wunde Punkt, Ursache ihres schlechten Gewissens: Der Hof ist nicht bewacht gewesen... Sie legt eine Bonbonniere auf den Tisch, und eine Flasche Wein soll dazu dienen, uns jeglichen Groll vergessen zu machen.

Ob so deutliche Gunstbezeugungen ihre Wirkung erzielen? Wir verstehen sehr wohl, dass den vom Schaden unmittelbar betroffenen Schwager Regungen der Unzufriedenheit erfasst haben. Andererseits müssen wir auch ohne Süßigkeiten und ohne das Frohsinn verbreitende Getränk bemüht sein, Unmut und Bitternis zu überwinden. In gewissem Maß gelingt mir das, nicht bloß aus Schicksalsergebenheit, sondern weil das Wort *Navigationsgerät* meine Gedanken bereits in andere Bahnen gelenkt hat.

Gut wäre es, denke ich, über ein Gerät zu verfügen, das es schaffte, mich zu jenen Stätten zu führen, die ich einst, wenn auch recht flüchtig, am Gestade von Baltschik betrachtet hatte. Wäre es außerdem von dem hochsensiblen elektronischen Gerät zuviel verlangt, es solle mich und die anderen Teilnehmer unserer Fahrt zielsicher so leiten, dass wir die Überzeugung gewönnen, aus den gegenwärtigen Augusttagen des Jahres 2010 in den August 1980 versetzt worden zu sein, eingetaucht in die Atmosphäre jener Zeit.

Nun, eine solche Navigation ist wohl ein Ding der Unmöglichkeit. Bei einer Reise ins Damalige kann ich mich wohl nur auf die Erinnerung verlassen, zudem mich auf Bilder von einst stützen, auf streng wirkende Schwarz-weiß-Ansichten, mit recht vielem Grau, Meeresgewoge und Küstenstreif einander annähernd zu herber Einheitsgrundierung. Auch Parkmotive erscheinen auf den photographischen Kleinformaten düster, die Luft ist regnerisch trüb, von Dunst durchsetzt… Einer Kreuzfahrt in die Vergangenheit sind auch Aufzeichnungen dienlich, ein 1980 verfasster kurzer Text.[1]

Ja, wie war es damals, was brachte jener Text zum Ausdruck? Den Namen Baltschik hatte ich im Entwurf getilgt, ebenso alle deutlicheren Hinweise darauf, die von uns aufgesuchte sommerliche Residenz habe dem rumänischen Königshaus (im Besonderen Königin Maria) gehört.

---

[1] Abgedruckt im Band *Mondphasenuhr. Worte in gebundener und ungebundener Rede.* Cluj-Napoca: Dacia Verlag 1983, S. 33.

Als Ursache für eine solche Schmälerung der Information lässt sich anführen: Kaum erwünscht waren in der „Volksdemokratie" positive Äußerungen über die Monarchie; die „Rumänische Volksrepublik" *RVR* ließ eigentlich nur Kritik an den Hohenzollern zu und sparte nicht an Häme und Spott. Auch die verhältnismäßig kurze Herrschaft Rumäniens über das Gebiet „*Cadrilater*" („Viereck"; die südliche Dobrudscha war während der Zwischenkriegszeit dem rumänischen Staat einverleibt) konnte kaum Gegenstand sachlicher Äußerungen sein, zu sehr spielten Emotionen der einen oder der anderen Art mit, wenn man darauf zu reden kam oder an eine Veröffentlichung dachte. Die Selbstzensur hatte also bewirkt, dass dem Text historische Bestimmungen abgingen.

Wenigstens einige der mir gegenwärtig unerlässlich erscheinenden Verdeutlichungen habe ich wieder eingefügt, andere hinzugesetzt. Am Schluss dieser Anmerkungen sei mein Elaborat in nunmehr berichtigter Form reproduziert.

In den verstrichenen drei Jahrzehnten hat sich im Übrigen das Bild der Monarchie bei vielen Bewohnern Rumäniens gewandelt. Nicht dass zu erwarten wäre, das Königshaus würde wieder eingesetzt. Umfragen in der Bevölkerung haben ergeben, wie wenig realistisch eine solche Perspektive wäre. Kaum abgestritten werden aber die Verdienste einzelner Monarchen, ihre Erfolge bei der Modernisierung des Landes, vor allem die Leistungen von König Karl I. und von König Ferdinand werden gewürdigt. Das Wirken ihrer Gemahlinnen Elisabeth (Prinzessin zu Wied, als Schriftstellerin Carmen Sylva) und Maria löst zumeist ein respektvolles Echo aus.

Zahlreiche Publikationen, Biographien der Monarchen und anderer Persönlichkeiten ihres Umgangs, Schilderungen ihrer Besitzungen, ihres Lebensbezirks, Bildbände, Porträts, historische Analysen, Interviews haben zu diesem Auffassungswechsel beigetragen. Auch das Profil der Königin Maria ist durch Veröffentlichungen weit deutlicher geworden, als man es früher hat erkennen können, nachvollziehbar wurde ihre Entwicklung, ihr imponierendes Auftreten kam auch für den Nachbetrachter zur Geltung, aufgehellt wurde ihre staatspolitische Tätigkeit, geleistet unter vorteilhaften, oft aber unter wenig günstigen Umständen.

Seit der rumänischen Herrschaft über das Territorium des „*Cadrilaters*" ist reichlich Zeit vergangen, sodass heute, in der Ära der Europäischen Union, Bulgarien und Rumänien wegen dieses Gebiets keinen Dissens zwischen sich aufkommen lassen.

Ein Abendbesuch ergab das erste Wiedersehen mit Baltschik. Peter, durch Schaden vorsichtig geworden, blieb in Reichweite des Autos. Wir anderen stiegen eine recht steile Straße empor und gelangten zu einem zentralen Bezirk. Eine Gedenkstätte, vom Kreuzsymbol dominiert, erinnerte an Kriegsopfer des vergangenen 20. Jahrhunderts.

Von dort hatten wir einen durch Dächer und Mauerwerk eingeschränkten Ausblick auf darunter liegende Stadtteile. In wenigen Ausschnitten ließen sich Ufer und Hafen erkennen. Fern, dem Küstenort Albena zu, zeigten Minarettimitation und sonstige Gebäudelinien die einstige Besitzung der Königin Maria an.

Ausgiebig hielten wir uns an einem der Nachmittage in der Sommerresidenz auf. Marias Villa, ihr „Stilles Nest", besichtigten wir zuerst, zur Aufmerksamkeit gleichsam verpflichtet, doch ohne die besitzergreifende Angelegentlichkeit, mit der einige Besucher jeden Gegenstand abphotographierten und am liebsten gleich mitgenommen hätten – das Sammelgut aus der Antike, weiterhin orthodox-klösterliche Ikonen, auch neuere Malereien, darunter ein Blumenstück, das von Königin Maria selbst angefertigt worden war.

Wir schritten durch den bis ins Letzte durchkomponierten Park. Jeden Quadratmeter hatte man genutzt, oft waren das dem Bergabhang abgetrotzte Areale mit mythisch-symbolischen Bezeichnungen, die zur Meditation einluden.

Die Sinnbefrachtung einzelner Stätten (*Gethsemane, Nympharium, Seufzerbrücke, Allahs Garten* u. a.) zu kommentieren, hieße Deutungen auf Faltbogen und in Broschüren Konkurrenz machen zu wollen. Es bedeutete auch, genötigt zu sein, das romantisch-mystische Weltverständnis der Königin genau zu spiegeln und die gedanklichen Bezüge in ihrer ganzen Vielfalt zu erfassen. Das wiederum würde beinahe zwangsläufig zum Ergebnis führen, eine Weltanschauung wie die von Persien ausgegangene Bahai-Religion anzuerkennen – aus Verständnis würde unversehens Akzeptanz. Ob das aber zur Stunde mein Anliegen sein konnte?

Etwas länger verweilten wir in Nähe des Kirchleins. Wir traten ein, zu einer im Getriebe des Publikums allerdings wenig verinnerlichten Schau. In diesem Kultbau war nach Marias Hinscheiden ihr Herz im silbernen Behälter aufbewahrt worden, nur wenige Jahre, da mit der Rückgabe der südlichen Dobrudscha an Bulgarien jede rumänische Präsenz aus einem Motiv staatlicher Autorität zu einem Zeichen sentimentaler Bindung und zum Ausdruck nachbarlicher Duldung geworden war. Das Bulgarenreich trat wieder in sein Recht, und sämtliche sonstigen Ansprüche auf Oberhoheit und Erbe wurden hinfällig.

Eine dauernde Ruhestätte fand das Herz der Königin in einem Kirchenbau, der jenem in Baltschik glich. Er wurde am Rand des Burzenlands errichtet (in Bran, Kreis Kronstadt/Braşov), im Talgrund neben der Törzburg, die von Königin Maria neueren, zeitgemäßen Bedürfnissen angepasst worden war.

Vorsorglich hatte ich als Reiselektüre Oscar Walter Ciseks Meistererzählung *Die Tatarin* mitgenommen, des Umstands eingedenk, dass sich die Handlung in Baltschik abspielt. Nach langer Zeit vertiefte ich mich wieder ins Gefüge dieser eigentümlichen Prosa. Als ich die Lektüre beendet hatte, las ich in der Abendrunde jene Sätze vor, welche auch für unsere in Baltschik verbrachten Augusttage bezeichnend waren:

„... und schaute mit ruhigen Augen über das maßlos verbreitete Geflimmer des Meeres"; „... die Luft siedete, troff klebrig über Hals und Arme. Galt es da noch, dem Dasein gegenüber einen Anspruch zu erheben?"; „... die weißen Kreidefelsen stießen grelle Furchen in das volle Blau des Himmels"; „... die Küste buchtete sich in verhaltener Reinheit, schweifte in gelassenen Bogen dahin"; „... alle Tage hoben sich mit dem gleichen Geloder herauf".[2]

In einer Mappe führte ich auch Ablichtungen mit mir, Gedichte Ion Pillats enthaltend, sowohl rumänische Originalfassungen als auch, wo vorhanden, Übertragungen ins Deutsche (angefertigt von Konrad Richter, Bernhard Capesius und Wolf von Aichelburg). Pillat, der in diesem Küstenort eine Villa besaß, hatte 1940 einen lyrischen Auswahlband mit dem Titel *Balcic* veröffentlicht. Eines der darin enthaltenen Gedichte, *Cină cu pești*, hatte ich einst übersetzt.

Ion Pillat
CINĂ CU PEȘTI

În sfeșnice lumini de ceară
Cum tremurau cu roșii dungi,
Pe mare luna-ntinse iară
Năvod de-argint cu fire lungi.

---

[2] Oscar Walter Cisek: *Das entfallene Gesicht. Erzählungen.* Hg. von Peter Motzan. München: Verlag Südostdeutsches Kulturwerk 2002, S. 31, 45, 61, 71.

Ne-aduse-n talgere pe masă,
Cu ochi brumând talaz străbun,
Veniți din verdea lui mătasă:
Lufar, guvidii și barbun.

Priveam uimiți cum odihnește
Lumina sfântă peste ei,
Cum lumii noastre îi răpește,
De taina mării tot mai grei.[3]

NACHTMAHL MIT FISCHEN

Das milde Kerzenlicht der Leuchter
Erzitterte in roten Streifen,
Da ließ der Mond mit silberfeuchter
Verstrickung in die Wogen greifen.

Und ließ zum Tisch die Wellen heben,
Die mit bereiftem Aug' erstarben,
Gelöst aus seidenen Geweben:
Makrelen, Gründlinge und Barben.

Wir sahn erstaunt, wie das geweihte
Und reine Licht auf ihnen ruht.
Es zog sie hin in seine Weite,
So schwer vom Rätsel großer Flut.[4]

Einmal, gegen Ende unseres Meeraufenthalts, fesselte Baltschiks Uferpromenade unser Interesse. Die Fußgängerstraße

---

[3] Ion Pillat: *Poezii*. Hg. von Aurel Rău. București: Editura pentru Literatură 1965, S. 202.
[4] Abgedruckt in *Karpaten-Rundschau*, 31. Oktober 1969.

bot alles, was eine südliche Küstenstadt an Unterhaltung und Beköstigung gewähren kann. Auf Werbetafeln angepriesene Erfrischungsgetränke sowie diverse Fisch- und Fleischgerichte suchten das hin- und herwogende Publikum anzulocken. Rutschbahnen für Kinder gab es da, Frisierstuben zum Gestalten der exotischen Haartracht mit den zahllosen Zöpfchen (unter Tränen ließ ein Mädchen sich zausen und zupfen), Stände für Souvenirs, für Badebedarf, für Kopfbedeckungen jederlei Geschmacks und Ähnliches mehr.

Von der Promenade betrachtete ich den Schlossbereich, ging auch weiter auf der Uferstraße, um hinaufzugelangen in höhere Regionen. Vergeblich – die Küste ist steil, zudem mit dichter Vegetation bewachsen. Schließlich erspähte ich neben dem Botanischen Garten eine Stiege, die mich zu jener mit zahlreichen Buden bestandenen Zufahrt des Schlösschens leitete.

Die Suche nach etwas umfassenderen Publikationen über Residenz und Park hatte mich erneut hierher gebracht, ohne dass meinem Bestreben sonderlicher Erfolg beschieden gewesen wäre. Allein eine Broschüre mit hervorragenden Ansichten konnte ich erwerben und zu den von mir bereits erstandenen Schriften hinzufügen.

Hier nun der Text von anno 1980, aufgefrischt im Sinne des neuerlichen Augenscheins (August 2010).

Sommerresidenz Baltschik

Angelockt vom Herzschlag in gastlicher Frequenz
– Reiseagenturen beteuern:
Wir erwarten euren Besuch! –,
angelockt auch
vom längst nicht mehr pochenden Herzen
einer seit Jahrzehnten verblichenen Frau,
Maria, Königin

einer nicht mehr bestehenden Monarchie
(man machte einiges Aufheben von ihrem
klinisch-biologischen Tod,
ließ ihn zum Politikum werden),
wandern die Touristen
durch einen Küstenstreif
typischer Schwarzmeergewächse,
über verschlungene Pfade.
Rechts und links Pinie, Nussbaum,
Rebe, Schlehdorn und Wicke.

Wo das Herz ruhte – die Nische
im Geripp der Kapelle ist ausgeräumt,
auch anderswo, andernlands,
regt es sich nicht.
Erspart blieben ihm
spätere Verabschiedungen,
der Kamarilla mehrfacher Infarkt.

Leer ist auch der steinerne Thron,
auf dem sie gerne verweilte,
den Blick aufs Meer gerichtet.
Sie gedachte des Türken,
der ein Mädchen aus den Fluten gerettet,
eine *Domniţa*. Wo war er geblieben?
Er ist wohl ertrunken
an diesem umstrittnen Gestade.

Die Touristen haben
patriotisches Geld herübergeschmuggelt,
die Währung ihrer Bodenständigkeit.
Sie deckten sich ein mit den Devisen
historischer Unionen, wappneten sich
mit Scheidemünzen, nicht für das Scheiden,

sondern für Ankunft, für sehnsüchtigen Aufenthalt.
Da sie das Geld aus den Kameras herausfingern,
beginnen Selbstauslöser zu surren,
surren minutenlang, und der Film fixiert
all ihre trüben Blicke auf einst.

Sich davon lösen.
Bestehendes annehmen, Bestehendes bessern.
Eintretende achten, sie zu sich selbst führen.
Reifen lassen, nichts erzwingen,
anerkennen... nacheifern...

Erstdruck in *Deutsches Jahrbuch für Rumänien 2011*. Bukarest: ADZ Verlag, S. 183–190.

Santorin, ein atlantisches Erbe

Vulkanologische Skizze

In unbekümmert-kühner Laienhaftigkeit unterfange ich mich, einen mehrtausendjährigen Ablauf darzustellen, sträflich verkürzt, wie man gleich sehen wird.

Der Meeresgrund spaltete sich, Lava schoss hoch, durchtoste die Fluten, in der Wucht des Ausstoßes gehemmt, mengte sich mit dem Wasser zu siedendem Schlamm, erstickte im gestaltlosen Gewoge. Verteilte sich in der zerklüfteten Tiefe der Ägäis, verstofflicht in Bimsstein und Asche. Selbst in ferne gelegenen Küstenregionen tanzte das Erdreich, als wären da lauter Bambusreiser aufgehäuft.

Damit war's nicht genug. Lava riss es mit vermehrter Energie in den Äther empor. Im Niederfall lagerte sich die glühende Masse am Meeresgrund ab, im Umkreis vieler Meilen, geronnen zu Schlacken aller Farben. Materie darf sich aber nicht nur verausgaben, Hohlräume produzierend, sie muss sich auch wieder einbringen. Der Aufbau des Vulkans verursachte auch seinen Abbau – er fiel in sich zusammen.

Wassergemeng mit seinen schwärenden, seinen brodelnden Ablagerungen schwemmte Hafenbauten und Fischersiedlungen in die Wellen. Ein ganzes Königreich brach hinab, ein freilich längst entvölkertes Gebiet: Vorausgegangene Erd- und Seebeben waren den Bewohnern Zeichen genug, zu versuchen, sich auf entferntere Inseln zu flüchten. Oberhalb des Meeresspiegels verblieb bloß der Saum eines eimerförmigen Kessels, einer *Caldera*.

Santorin und Atlantis

Der Kraterrand, eine geometrisch unvollkommene Rundung, ein höchst rissiges Gefels, in seinem Hauptstück Santorin genannt, hat seit je zu erd- und menschheitsgeschichtlichen Forschungen Anlass gegeben. Wieder vereinfache ich die Problematik, mit gutem Grund, kann es doch nicht Aufgabe dieser Anmerkungen sein, ins geophysische Detail zu gehen oder Geschehnisse aus der Frühgeschichte Griechenlands aufzureihen.

Doch liegt mir daran, mich in der Erörterung um Santorins Vergangenheit zu positionieren, und das, obwohl ich zugeben muss, eine denkbar schwache Kompetenz zu solcherlei Festlegung zu besitzen. Allein, so unbestreitbar mich die Insel im September 2013 trug, in felsiger Stofflichkeit, so sicher hat mir eine Überlieferung zu sein, ein von Generation zu Generation weitergereichtes Erbe. Es besagt: Das Königreich, das in der Caldera versank und auch in den weit darüber hinausreichenden Außenprovinzen in die Fluten abstürzte, hieß Atlantis.

Manche meinten – und unter ihnen befinden sich die wichtigsten Befürworter solcher Behauptung, Solon und Platon –, Atlantis, das untergegangene Reich von der Größe eines Erdteils, habe jenseits von Gibraltar gelegen, irgendwo im Atlantischen Ozean. Mir fällt's schwer, solches zu glauben. Andere versichern uns (ohne mich zu überzeugen), Atlantis habe es nie gegeben, bloß eine Sage wisse davon, und deren Zielrichtung sei keine andere, als Vorkommnisse aus ältesten Zeiten in ihrer Gewichtigkeit zu steigern – an Stelle dürftiger Eilande wurde in einfältigen Erzählungen ein ganzer Kontinent gefügt, und Hirtengehöfte oder Fischerdörfer mutierten zu Machtzentren eines vielgliedrigen Staates.

Nun, es sei wiederholt, ich zähle mich gerne zu jenen, die Atlantis im südöstlichen Mittelmeer verorten, unweit von Kreta; die sich um jene scharen, welche in der Lage sind, solche Lokalisation mit Hilfe von Argumenten zu stützen.

Namentlich eine Beweiskette fesselte meine Aufmerksamkeit schon seit langem. Vor einem halben Jahrhundert stieß ich darauf, in einem Feuilletonbeitrag der Bukarester Tageszeitung *Neuer Weg*, überschriftet *Das Geheimnis um Santorin* (17. Mai 1962). Im Untertitel hieß der wohl aus einer DDR-Publikation übernommene Aufsatz „Sowjetwissenschaftler überprüfen neue Atlantis-Theorie". Das war eine zeittypische Hervorhebung, galten doch damals sowjetrussische Gelehrte als die besten, als die am weitesten in die Welträtsel vorgedrungenen, nie um frappante Erleuchtungen verlegenen Kapazitäten. Bei genauerem Hinsehen zeigte sich indes, dass die Sowjetwissenschaftler in dieser Sache nichts anderes getan hatten, als die Hypothese eines im kapitalistischen Lager, in Athen, lebenden Professors mit Hilfe geologischer Analysen einigermaßen abzusichern.

Was aber der griechische Professor im Vorfeld der sowjetrussischen Mittelmeer-Expedition erkannt hatte, war Ertrag einer kritischen Durchsicht antiker Quellen. Solon – behauptete der Direktor des Seismologischen Instituts in Athen – habe die von ihm genutzten Aussagen ägyptischer Gewährspersonen falsch gedeutet. Beim Übertragen von Zahlen habe sich Solon stets vergriffen, er habe in den ihm vorliegenden Texten irrtümlich Tausender gelesen, wo es sich bloß um Hunderter handelte. Strich man die sich fälschlich eingeschlichene Null, reduzierte man also die Jahresangabe 9000 auf 900 und die räumliche Ausdehnung 3000 Kilometer auf 300 km, wurden die für Mittelmeerregionen während der Bronzezeit plausiblen Maßeinheiten erzielt. Dann war Santorin tatsächlich der Überrest von Atlantis.

Fahrt zu den zentral gelegenen Vulkaninseln

Die Veranstalter eines Tagesausflugs zum vulkanischen Mittelstück der Caldera hatten uns auf ein Boot verbracht, das etwa sechzig Personen befördern konnte. Es sah wie ein Segler aus, mit Masten und Tauen jeder Art ausgestattet, doch waren Segel und sonstige Takelage nicht eingesetzt worden, möglicherweise gab es sie nicht – wir befanden uns auf einem bloß traditionell anmutenden, neuzeitlichen Motorschiff. Angepeilt waren die beiden Kameni-Inseln, zunächst sollte die große und neue Insel, Nea Kameni genannt, angesteuert werden, dann die ältere, kleinere Insel, Palea Kameni.

Vom Hafen Athinios legten wir ab und glitten auf ruhiger See dahin, unweit des schründigen Caldera-Innenrands und auch in Sichtweite des ersten Fahrtziels. Inge und ich waren sinnenfroh gestimmt wie auch die anderen Reiseteilnehmer, das heißt vor allem sehfreudig, und gaben uns dezent der Touristenleidenschaft hin, Photos anzufertigen. Unsere *Princessa* lief in eine Bucht von Nea Kameni ein und wurde zu anderen Fahrzeugen dieser Art gesellt. Bei solchem Andockmanöver wurden mit Schaumgummi gefüllte Ballen in passende Position abgesenkt, um ein Aufprallen der Seitenplanken an die Ufermauer zu verhindern. Schon nach den ersten zwei-dreihundert Metern Aufstieg hatten wir die Zubringerschiffe aus den Augen verloren.

Das Naturreservat, das wir und weiterhin sich mehrende Touristenscharen betreten hatten, glich auf seiner Hauptroute einer Pilgerstrecke. Wir beide gliederten uns dem Zug ein, freilich als unambitionierte, nicht auf Gipfelsturm eingestellte Wandersleute, eher als langsame Bergsteiger, die, bei der herrschenden Sonnenglut, sich zu keinerlei Rekordtempo angestiftet sahen. Der Kies zu unseren Füßen, der grobe Schotter aus Bergrinnen oder einst aus der Tiefe geschleudertes Geröll versetzten der für die Besichtigung des Vulkans vorgesehenen Doppelstunde ein Dauergeräusch – es knirschte nur so, es polterte, schmirgelte und wetzte.

Was allen, die hier unterwegs waren, zuteil wurde, war eine in eindringlicher Bildsprache vorgetragene Erdgeschichte-Lektion. Für diesen Anschauungsunterricht waren wir beide bereits Tage vorher, praktisch seit unserer Ankunft auf der Inselgruppe, vorbereitet worden. Schier unausgesetzt hatten wir frei liegende Gesteinsstufen betrachten können, gegenübergestellt waren wir einer reichen Abfolge verschiedenartiger, in wechselvollen Farben gehaltenen, aufeinander gepressten oder ineinander verbackenen, in sich gekrallten Substanzen. Da das südwestliche Gelände Santorins von unserem Quartier, dem Hotelkomplex *Caldera View*, mit dem Bus verhältnismäßig einfach zu erreichen war, hatten wir uns bereits am zweiten Tag unseres Aufenthalts in diesen Südwesten begeben und waren dort an ziegelfarbenen sowie in sämtlichen Brauntönen gehaltenen Küstenstreifen vorbeigestrichen, auf dem Weg zum Roten Strand (*Red Beach*), ebenso an Felsmassen vorbei, bei denen es an keiner Nuance von grau bis schwarz, von farblos bis unbestimmbar farbig fehlte.

Nun aber, beim Anstieg zum *Volcano* (wie der Berg nicht im Griechischen, sondern im Sprachgemisch der Reiseleiter heißt), kam noch ein weiteres Moment hinzu, das man wohl als kosmologisch bezeichnen darf: Nicht allzu tief unter unseren Füßen häuften sich stoffliche Gebilde in siedend heißem Zustand – Magmen –, untermischt von Gasen, die, an wenigen Stellen und in geringen Mengen, auch gegenwärtig aus abgründigen Schächten traten. Weiterhin hatte man sich dessen bewusst zu sein, dass all die erstarrten Konglomerate ringsum nicht vor Jahrmillionen, sondern in jüngerer und jüngster Vergangenheit entstanden waren, hochgedrückt über die Meeresoberfläche in einzelnen Schüben, im 18., 19. und 20. Jahrhundert.

Wir stiegen und verweilten auf Rastplätzen, wir sahen von der Höhe in Kratermulden hinab, wir ließen uns vom rumänischen Reiseführer Bogdan erklären, wie die Lavaströme in den verschiedenen Etappen der Aufgipfelung geflossen waren, und betrachteten Stängel, Büschel und vereinzeltes Strauchwerk einer sich tapfer behauptenden Vegetation. Leichteren Fußes ging's wieder zu Tal.

Was darauf noch folgte: der Blick auf die heißen Quellen am Ufer von Palea Kameni, das Übersetzen zur Insel Thirassia, die Rückfahrt entlang der Caldera-Innenküste – dies alles war dann nur noch Zutat zum Grunderlebnis des Tages. Die neugewonnene Erfahrung besagte: Auf dem auch heute nicht völlig erloschenen Vulkan, genau im Mittelpunkt der Inselgruppe, hatten wir zwar nicht gerade viel, so doch ein wenig mehr vom Werden und vom jähen Niedergang des Königreichs Atlantis begriffen.

Geschichtliche Horizonte

Bei der Lektüre über Santorin (beispielsweise beim Lesen im Reiseführer von Klaus Bötig und Elisa Hübel) und dann bei Besichtigungen im Gelände und in museal aufbewahrten Sammlungen versteht der Besucher bald: Er soll in jene Epochen versetzt werden, die mit Bezeichnungen wie vorgeschichtlich und frühgeschichtlich recht ungenau bestimmt sind. Er erfährt, „vor- und frühgeschichtliche Etappen" bedeutet in diesem Inselreich zwar meist „vor Gebrauch der Schrift", keineswegs aber „vor den Zeiten kultureller und zivilisatorischer Entwicklung". Im Gegenteil: Hochkulturen, erste überhaupt im östlichen Mittelmeer, haben auf Kreta wie auch auf Thira (erst später Santorin beziehungsweise Santorini benannt) ihre Spuren hinterlassen. Nach vulkanisch geprägten Begriffen heißt das: Oft mehrere Meter tiefe Lava- und Ascheschichten mussten fortgeräumt werden, um Anlagen aus theräischer Zeit freizulegen, um zu Funden vorzudringen aus jener rätselvollen, der minoischen Epoche Kretas verwandten Kulturschicht.

An zwei Orten konnten Inge und ich in die hier einst dominante Welt theräisch-minoischer Kultur blicken. An einem Spätnachmittag waren wir per Bus in die von unserem Hotel nächstgelegene Stadt, nach Akrotiri, gefahren, wo, die Uferböschung hinab, eine bis ins vergangene 20. Jahrhundert verschüttete Hafensiedlung ausgegraben worden war. Die Deckschicht, einst mit zerstörerischer Wucht auf das Gemäuer niedergeprasselt, hatte auch ihr Gutes: Menschenhand konnte im Lauf der Jahrhunderte keine Veränderung vornehmen, weder durch Abriss noch durch Umbau. Um die freigelegten Mauern und Fundamente vor Wetterunbilden zu schützen, wurde das recht große Areal im Lauf der letztvergangenen Jahre überdacht, technisch gesehen eine Glanzleistung, die sicher auch einen beträchtlichen finanziellen Aufwand erfordert hatte. Den einzelnen Gassenzügen und Gebäuden ließ sich ablesen, dass hier ein sinnvoll durchgestaltetes Gemeinwesen geherrscht haben mochte.

In Fira, der Hauptstadt von Santorin, sahen wir im Prähistorischen Museum viele der Einzelstücke, die während der Grabungen in Akrotiri geborgen worden waren – Keramik verschiedenster Bestimmung, Teile von Wandmalereien, Metallarbeiten. Die bereits in Akrotiri, an der archäologisch durchforschten Stätte, gewonnene Überzeugung, dass Plastiken und Nutzgegenstände sowie Fresken mit Darstellungen von Mensch und Tier vielfach kultischen Zwecken gedient haben – diese Überzeugung wurde in dem weitläufig angelegten Museum bestätigt.

Wie Religion und Ritus der Ureinwohner beschaffen waren, ist in gelehrten Abhandlungen erörtert worden (etwa im Buch *Kunst und Religion im alten Thera* von Frau Nanno Marinatos), als deren Essenz gelten mag: Glaubensvorstellungen aus dem gesamten Bereich des südöstlichen Mittelmeers hatten hier zusammengefunden, wobei sich eine eigene Mischung ergab, die in dieser Ausprägung weder auf Kreta noch in Ägypten, Syrien oder auf dem heute als Griechenland bezeichneten Gebiet vorkam.

Im Greifblick, im Gleitblick

Was sahen wir sonst noch auf Santorin? Woran heftete sich der Blick, wessen bemächtigte er sich für eine Weile? Woran glitt er vorbei, ohne auf Dauer etwas festhalten zu können?

In voller Blüte standen die Bougainvillea-Sträucher, die Zweige wucherten über Mauersimse, über Gartenzäune. Sie verschmähten es nicht, im Bergdorf Messa Gonia auszuharren und gar mit ihrer Lebenskraft zu prunken, in jenem Ort, der wegen eines Erdbebens vor bald sechzig Jahren von seinen Bewohnern fluchtartig verlassen worden war und vielfach Schaden genommen hatte. In subtropischer Fülle hingen die hellen Blüten inmitten leuchtend violetter Blumenblätter zwischen geborstenen Mauern, neben zerbrochenen Türen und breiteten sich über wüst liegende Erdhöhlen und Felsgemächer aus.

Palmengewächse fächerten sich langgliedrig auf, Kakteen zeigten mancherorts ihre Spitzen und Stacheln, Disteln hatten Wegränder und manchen aufgelassenen Ackerstreifen in Besitz genommen.

Befestigungen zogen uns an, die von Venezianern und anderen aus Italien stammenden Herrschaften auf Bergkuppen und Felsvorsprüngen errichtet worden waren. Nicht allzu große Bauten waren das, zur Sicherung eines Machtbereichs aber bedeutsam, unentbehrlich für den Schutz der Untertanen, der Krieger und Kaufleute. Wir erklommen den zu Kampfzwecken ausgebauten Gipfelbereich von Pirgos, ließen uns über Verteidigungsstrategien alter Zeiten aufklären und gelangten auch zu den Wehrmauern der nördlichen Ortschaft Oia.

Der häufige Wechsel von Blau und Weiß beanspruchte unsere Aufmerksamkeit, an Häusern und Kirchen die griechischen Nationalfarben hervorhebend. Solche Farbalternanz – hörten wir – hatte einst die osmanischen Okkupanten verdrießlich gestimmt, umso mehr, als sie es der Bewohnerschaft untersagt hatten, die griechische Fahne zu hissen. Auch ein Bautypus war uns aufgefallen: Abgedeckt waren die Häuser in vielen Fällen mit einer zementierten Wölbung, versehen mit weiß getünchtem oder blau gestrichenem Saum. So waren auch die Bungalows von *Caldera View* im Dachbereich von solcher Beschaffenheit. Blickten wir in dem uns zugewiesenen Schlafraum zur Höhe, dann zeigte sich die an einstige Tonnengewölbe gemahnende Rundung an.

Vor der Abfahrt von *Caldera View* photographierte Inge die neben dem Rezeptionsschalter aufgestellten Weinranken. Der Betreiber des Hotels, Herr Minas Sigalas, zeigte uns mit ausdrucksvollen Gesten (weil er wusste, wie wenig die gleichzeitig englisch vorgebrachten Erläuterungen von uns verstanden werden), dass man die Reben auf Santorin nicht hochstelle, sondern (und jetzt duckte er sich) am Boden kreisförmig anordne, um sie vor den zeitweilig überaus heftig brausenden Winden zu schützen.

Er hatte uns kurz vorher eine Flasche mit dem ganz besonderen, für Santorin charakteristischen Wein verehrt – diese Fechsung sei einzigartig! Wir kannten bereits den schweren Dessertwein von einer im Reiseprogramm figurierenden Verkostung in der Weinkellerei der Winzergenossenschaft *Santo Wines* und dankten Herrn Sigalas überschwänglich.

Während der Fahrt zum Flugplatz der Insel (sie verfügte über einen solchen, über einen vom Militär bereits seit Jahrzehnten aufgelassenen *Aerolimenas*) – während dieser Busfahrt blickte ich meist zu Boden, auf die zahlreichen Rebpflanzungen, die das Gelände auf größeren Flächen rechts und links der Fahrbahn begleiteten. Wegen der Fortbewegung war es, als wäre die gesamte karge Erdkrume mit Reben bedeckt. Man sah keine Traube mehr, bis Ende August ist hier längst alles geerntet, und wir schrieben bereits Mitte September. Aber Reben gab es reichlich, Pfanzen geringen Ausmaßes, in Form von Nestern angelegt (*in cuiburi*, wie Reiseführer Bogdan uns

27

belehrt hatte), mit eingerollten Ranken. Mitunter ragte auch etwas vom Wurzelwerk empor, kaum bedeckt von den halb verdorrten Blättern. Insgesamt war das ein Ausdruck lebenszäher, beständiger Wesensart.

Erstdruck in *Deutsches Jahrbuch für Rumänien 2015*. Bukarest: ADZ Verlag, S. 249–255.

Nächstes Jahr in Jerusalem

Tel Aviv

Nächstes Jahr in Jerusalem – das wünschte man früher einander zum Passahfest, und man sagt es auch heutzutage. So wünschten auch wir: Nächstes Jahr oder wenn das Schicksal es will, also in diesem Jahr, also jetzt.

Im „nächsten Jahr", Februar 2012, saßen wir im Flugzeug, in einer Boeing 737 der israelischen Fluggesellschaft El Al, die uns – Inge und mich – von Bukarest nach Tel Aviv brachte. Im Flughafen erwartete uns Helmut, der Freund, der schon vor Tagen mit Heiner, einem seiner Söhne, aus Stuttgart angereist war. Sie hatten uns eingeladen, „nächstes Jahr" mit ihnen nach Jerusalem zu fahren.

Für alles hatte Helmut, des Nahen Ostens kundig, bereits gesorgt. In Tel Avivs zentral gelegener Dizengoff-Straße waren Hotelzimmer gebucht worden, die uns eine Nacht beherbergen sollten. Und selbst die Fahrt vom Flugplatz in die Stadt war vorbereitet – ein junger Mann, Rami genannt, leistete uns mit seinem Wagen den Freundschaftsdienst, uns bis zur Hotelpforte zu befördern. Ramis Eltern sollten wir demnächst besuchen, in einer Ortschaft des südlichen Landesteils Negev.

Lebhaft unterhielten sich im Auto der Fahrer Rami, erst seit Tagen verheiratet, und Helmut, der – vergleichsweise – einer älteren Generation angehörte. Das Englisch der Konversation wies uns soeben eingetroffenen Touristen die Rolle schweigsamer Assistenz zu, was aber, gerade dank unserer Stummheit, die Kräfte der Beobachtung in uns wachsen ließ. Auch an den folgenden Tagen zeigte sich: Weniger zu sprechen brachte den Gewinn vermehrten Sehens. Man nahm wahr, was sonst vielleicht unbeachtet blieb, beispielsweise: Das Licht war hier heller als bei uns in Karpatenregionen, zumal jetzt, am frühen Nachmittag. Und: Die Bewegungen derer, die einem begegneten, muteten überaus flink an, auch Rede und Gegenrede wechselten denkbar flott.

Es war Februar, Schnee und Eis hatten uns zuhause umgeben. Hier war kalendergemäß Regenzeit angesagt, doch weder Regen noch Kälte setzten uns zu. Wir gingen den von Hochhäusern und Palmen gesäumten breiten Meeresstrand entlang, dem Süden zu, wo sich die Umrisse von Alt-Jaffa in der Ferne abzeichneten. Die Hosen hochgekrempelt, stapften wir barfuß über den feinen Sand und bisweilen durch die anrollenden Wellen.

Noch stand die Sonne hoch, doch hieß es, der Abend nähere sich rasch, der Wechsel vom Tag zur Nacht erfolge unvermittelt. So war es denn auch: Mit vielen anderen Strandgängern, zudem mit solchen, die hier ihren täglichen Lauf absolvierten oder sich zum Ballspiel eingefunden hatten, verfolgten wir, wie der Feuerball sich rötete und dann binnen weniger Minuten im schmalen Dunststreif oberhalb des Meeres verschwand.

Vorschnell geurteilt und doch nicht ganz falsch mochte es sein: Der Lebensstil in Tel Aviv ist alert. Oder veranlasste uns bloß die Jugendlichkeit des Publikums dazu, solches auszusagen? Eine vielgestaltige junge Gesellschaft umgab uns abends in einem Café, es war ein Treffpunkt von Schulabsolventen, von Studierenden beiderlei Geschlechts, von solchen, die erst kürzlich ins Berufsleben eingetreten waren, aber auch von gereiften Leuten, die sich betont jugendlich gaben. Shai hatte uns hergebracht, der jüngere Bruder Ramis, ein Baskett-Spieler und Baskett-Trainer, ein Fachmann der Computerbranche.

Wie uns angekündigt – die Gäste des Cafés waren zahlreich herzugeströmt, viele standen, in Ermangelung von ausreichenden Sitzgelegenheiten, sie hatten sich gar in Zweierreihen um den zentral angeordneten Ausschank postiert, sie sprachen angelegentlich aufeinander ein, hier und dort wurde ein Geburtstag ausgeschenkt, man prostete den Gefeierten zu.

Beerscheva, Omer

Vielleicht wird man glauben, „Nächstes Jahr in Jerusalem" bedeute, man müsse bloß den Fuß auf den Boden dieses Landes setzen, und schon werde man unverzüglich nach *Yerushalayim* gefahren, das auf Arabisch *Al Quds* genannt wird. Warum denn sollte nicht alles Streben darauf gerichtet sein, das Wunschziel zu erreichen?

Eine irrige Annahme, wie sich zeigte. Allzu leicht vergisst man, jegliche Pilgerreise führe zuerst in die Wüste. Und lässt außer Acht, der Aufstieg zu der auf Bergen gelegenen Stadt müsse von unten beginnen, etwa von dem in tiefer Senke gelegenen Toten Meer.

So begriffen auch wir: Erst wer in der Einöde und in Niederungen Stadien der Läuterung durchlaufen hat, ist würdig, Jerusalem zu betreten. Wen wundert es da, dass wir mit dem Bus südwärts fuhren, um in die Negev-Wüste zu gelangen?

Bevor wir in ihre felsigen Unermesslichkeiten eintauchten, nahm uns in einem Städtchen nahe von Beerscheva ein gastliches Quartier auf. Ramis und Shais Eltern, Marc und Jody geheißen, öffneten uns in Omer ihr Haus.

Der Einzug war uns leicht gemacht worden, Marc hatte uns vom Busbahnhof in Beerscheva abgeholt. Weißer Vollbart, Brille, Käppchen auf dem weißen Haarschopf, rundlicher Schädel, stämmige Gestalt – so kam er uns entgegen und begrüßte uns jovial. Er legte die Route der kurzen Autofahrt so an, dass wir die auf geräumiger Fläche ausgebreitete, in zahlreichen Neubauten eingerichtete Ben-Gurion-Universität berührten. In einem der Gebäude ist auch seine Arbeitsstätte untergebracht, wo er schon seit vielen Jahren in Fächern der Germanistik, Vergleichenden Literaturwissenschaft und Judaistik tätig ist, im Umgang mit Studenten und Doktoranden, zudem in stiller Auseinandersetzung mit seinen eigenen Forschungsthemen.

Die Ortschaft Omer gab sich uns als eine aus Villen bestehende Satelittensiedlung Beershevas zu erkennen. Palmen, Akazien, Pinien, zudem Orangenbäume und anderes Gehölz säumten die Grundstücke und gaben den weniger in die Höhe getriebenen als sich in wohnliche Horizontale erstreckenden Mauern wie auch den Dächern einen gefälligen Rahmen.

Wir machten uns mit Frau Jody bekannt, die in Beerscheva im sozialen Bereich als Psychologin arbeitet. Zwar war das Programm auf den bald einsetzenden Sabbat und auf den Besuch der Synagoge ausgerichtet, und doch blieb noch Zeit, uns im Haus und seiner unmittelbaren Umgebung umzusehen.

Anfangs war die Behausung der Gastgeber bescheidener bemessen – erfuhren wir –, im Lauf der Jahre wurde sie ausgeweitet, um dem Familienleben mit vier Kindern entsprechend Raum zu bieten. Da die nun erwachsenen „Kinder" und die mittlerweile hinzugekommenen Enkel fern von hier lebten, hatte sich der Räume größere Ruhe bemächtigt. Von Schlafzimmern abgesehen spielten sich der Alltag des Ehepaars und nun auch unsere Auftritte in einer Eingangshalle ab, zudem in der großen, auf Wohnlichkeit eingestellten Küche sowie in dem angrenzenden Raum, einem Mittelding zwischen Fernsehzimmer und Bibliothek.

Das Haus war – wie auch die benachbarten Anwesen – von Grün umgeben, das nie lebhafter sein konnte als zur gegenwärtigen Jahreszeit, in der man mit Niederschlägen rechnen durfte. Kakteen wuchsen neben Stauden aller Art, denen auch die bald einsetzenden Dürrezeiten zugemutet werden konnten.

Das Wohnhaus unserer Gastgeber befand sich nicht weit entfernt von der Synagoge, uralter Regel gemäß, denn das Gebetshaus sollte in gemächlichem Schritt erreichbar sein. Wir betraten den Kultraum und nahmen in einer seitlichen Bankreihe Platz, indes Inge zur Frauenempore hinaufstieg. Die dem Pult entnommenen Gebetsbücher schlugen wir an beliebiger Stelle auf, Wortlaut und Schrift waren uns ohnehin nicht geläufig, bloß Marc konnte teilhaben an den Gesängen und an den gemeinsamen Anrufungen höchster Macht. Er korrigierte die Position des vor mir liegenden Buches – wenigstens rechts und links, oben und unten hatten zu stimmen.

Der Vorsänger, Vorbeter waltete seines Amts, und die Anwesenden folgten seinen Winken, um im gegebenen Augenblick mitzusprechen, mitzusingen, um sich bald sitzend, bald stehend an der Zeremonie zu beteiligen. Nach und nach trat in dem auf Wechsel gegründeten Geschehen, auf Zusammenklang von Einzelstimme und Chor, eine gewisse Lockerung der Seelenkräfte ein, doch wurden sie gleichzeitig gesteigert in ihrem Vermögen, sich die angedeuteten Vorgänge, die herbeigewünschten Inhalte anzueignen.

Etwa in der Mitte des Gottesdienstes übernahm ein anderes Gemeindemitglied die Rolle des Vorsängers. Keine Rabbiner waren die beiden Männer, deren Schultern von Gebetstüchern umhüllt waren, sondern Laien, die sich aus freien Stücken hatten vormerken lassen für diesen Sabbat-Beginn.

Das rhythmische Vorbeugen und Zurückschnellen von Kopf und Oberkörper hatte, wie Marc uns auf dem Rückweg erläuterte, den Sinn, Gesang und Gebet zunehmend zu verinnerlichen. Alle weltlichen Belange werden ausgeschaltet, man lebt nur dem einzigen, auf ein Höheres eingestellten Gedanken. Das Auf und Nieder war einst aus einem umfassenderen Bewegungsritual hervorgegangen, das beispielsweise ein häufiges Beugen des Knies vorgeschrieben hatte.

Daheim, in der Wohnhalle, saß Marc an dem einen Ende der Tafel, Jody an dem anderen, die Längsseiten hatten wir Gäste eingenommen. Der Hausherr betete und sang, vom anderen Tischende bekräftigte die Hausfrau seine Worte gelegentlich mit einem „Amen". Marc goss Wein in seinen silbernen Becher, trank und füllte dann aus seinem Becher die Kelche der übrigen. Er schnitt Brot, salzte es und ließ den Brotteller die Runde machen. Bevor das Mahl der reichlich aufgetragenen Speisen begann, gingen er und Jody zum Becken und ließen Wasser über ihre Hände fließen. „Ihr müsst das nicht", sagte er zu uns Gästen.

Auch der Abschluss der festlichen Bewirtung hatte seine Form. Ein Zwiegesang, ein gemeinsam von Marc und Jody gesprochener Dank und Segenswunsch entließen uns in den späten Abend.

Marc wandte sich vor der Nachtruhe an uns und meinte: Wenn uns daran liege, könnten wir einiges über den Sabbat nachlesen. Zwei Bücher hielt er uns hin und sagte: Ein von ihm verehrter Autor, Karl Emil Franzos, habe in seiner Erzählung *Der Shylock von Barnow* den Verlauf des Sabbats in einem galizischen Städtchen beschrieben. Bekannt sei auch Heinrich Heines Gedicht *Prinzessin Sabbat*, zu finden in dem Gedichtband *Romanzero*.

Oasen und Wüsten im Negev

Der Lebensfülle einer Oase folgt die Kargheit der Wüste. Was am Sabbat Ankündigung war und beschauliche Betrachtung, wurde Sonntags zu schroffer Wirklichkeit. Marc war Wagenlenker und ein gleichmäßig freundlicher Reisebegleiter. Obwohl er zu ungezählten Malen in der Negev-Wüste geweilt hatte, als Kibbuznik, als Helfer, als Beobachter dieser Naturbühne, ließ er es jetzt in keinem Augenblick an der Geduld des ausdauernden, geduldigen Lehrers fehlen. Er führte uns heran an das Kennzeichnende, er setzte auf dessen Wirkung, nur gelegentlich brachte er etwas vor, eine Erklärung, einen zurückhaltend geäußerten Kommentar.

Aus Amerika eingewandert, war das junge Ehepaar Marc und Jody zuerst in den Kibbuz eingetreten, der in Nähe der Siedlung Sede Boqer und zu Beginn des Naturreservats En Avedat lag. Dieser von wenigen Gebäuden bestandene Bezirk war unsere erste Station auf dem Weg in die Steinwüste des Südens.

Das Gelände birgt zur Zeit eine Außenstelle der Universität von Beerscheva, eine auf die Wüstenregion orientierte Forschungseinheit. Staatsgründer David Ben Gurion hegte immer schon eine Vorliebe für diese Region, und so ließ er einst an dieser Stätte seinen Sommersitz erbauen. Ben Gurions Grab und das seiner Gattin, auf eigenen Wunsch fern allen städtischen Pomps hier errichtet, sind zu einem Ort stiller Pilgerschaft wie auch zur Station gruppenweise ablaufender Besichtigungen geworden.

Der Zugang zum Nationalpark wurde uns und anderen Touristen verwehrt; der in der Nacht niedergegangene Regen hatte die Wege im Tal En Avedat durch Wasserlachen und Schlamm unpassierbar gemacht. Marc wusste aber Rat, wie wir zumindest hinabsehen konnten in den etwa dreihundert Meter tiefen Grund einer cañonartig in das Felsmassiv eingegrabenen Schlucht, und er brachte uns per Auto zum Auslug.

Die Sedimentierung des Gesteins ließ sich Schicht auf Schicht verfolgen – in großzügiger Anordnung, in wirrem Gemenge folgten aufeinander die bald blendend weißen, die bläulichen, die braunen und grauen Lagen wie auch die farblich nicht definierbaren Formationen des Urzustands.

Bald darauf verweilten wir wieder auf einer luftigen Rampe zwischen Himmel und Abgrund. Doch bot sich uns nicht der Blick in ein enges Tal, vielmehr in eine tief ins Gestein eingebrochene Niederung. Von Mizpe Ramon, dieser von nur wenigen Gebäuden bestandenen Höhe, sahen wir zur Senke hinab, in den als „Krater" bezeichneten Naturpark Makhtesch Ramon. Die viele Kilometer breite und, im Vergleich, noch beträchtlich längere Einöde konnte uns als Inbegriff schier lebloser Wüste gelten, obwohl sich dem kundigeren Auge sowohl eine karge Vegetation als auch eine auf Anspruchslosigkeit eingestellte Tierwelt erschließen mochte.

Die Wüste als solche – sie hatte sich hier verdichtet zu einem nicht zu überbietenden Stadium des Öden. Was mich dazu drängt, diese Einschätzung vorzubringen, war die Annahme, auf dem Weg nach Jerusalem werde sich uns „die Wüste" nirgendwo intensiver darstellen. Wir erfüllten somit hier die erste Bedingung, die einem Jerusalem-Pilger auferlegt ist, wir hatten nicht nur einen Anhauch von Wüste zu spüren bekommen, sondern waren ihrem Wesen und Unwesen regelrecht ausgeliefert.

Gleichsam zum Beweis, dass dem wirklich so war, stolperte ich über einen Stein, schlug der Länge nach hin, und meine Brille flog im Bogen zur Erde. Glücklicherweise kamen weder sie noch ich zu Schaden. Ich richtete mich sogleich wieder auf – die Wüste aber hatte mir, in ihrer Sprache, ein Zeichen gegeben.

Totes Meer, En Gedi

Der zweiten Bedingung, welcher zu genügen war, um würdig zu sein, in Jerusalem eingelassen zu werden, der Aufstieg aus größtmöglicher Tiefe zur Höhe, wollten wir nachkommen, indem wir uns vom Toten Meer der Stadt der Städte näherten. Binnen geringer Frist hatten wir zu beweisen, ob es uns gelingen würde, auch dieser Forderung zu entsprechen. Nun, wir waren zuversichtlich, das Gebot einigermaßen zu erfüllen.

Vorerst aber galt es, uns von Jody und Marc zu trennen. Nach einer weiteren bei ihnen verbrachten Nacht saßen wir beim Frühstück zusammen. Marc, der schon sechs Uhr morgens zum *Kaddisch*-Gebet in der Synagoge gewesen war, sagte: „Ihr kommt nach Jerusalem, das ist etwas Besonderes. Eine anziehende, auch etwas verrückte Stadt. Früher konnte man nicht ohne Weiteres hin gelangen. Für viele blieb Jerusalem ihr Leben hindurch ein Sehnsuchtsziel."

Marc reichte uns zum Abschied ein Buch, das – wie er sagte –, manchen Aufschluss über jüdische Vorstellungswelten biete: *Die Gefilde des Himmels*. In dem Buch schildere Isaac Bashevis Singer einiges aus dem Leben und von den Verrichtungen des Baalschem Tow, der den Chassidismus begründet habe, eine religiöse Bewegung in Osteuropa. Dem Baalschem, der im 17. Jahrhundert lebte, sei es nicht gegeben gewesen, Jerusalem zu sehen, obwohl er es inständig wünschte.

Als wir im Bus saßen, auf Arad zufuhren und uns auf dieser Route dem Toten Meer näherten, nahm ich *Die Gefilde des Himmels* erstmals zur Hand. Bei späterer Lektüre stieß ich auf Sätze wie diese: „… die Luft von Israel war noch immer durchtränkt mit göttlicher Weisheit"; „Die göttliche Gegenwart schwebte beständig über den moosbedeckten Steinen". Gemeint waren die Mauern Jerusalems.

Steil ging's hinab in die Senke, deren hell schimmernde Fläche sich im Dunst der Ferne verlor. Zwischen felsigen Abbrüchen, zwischen kahlen Schründen hielten wir auf die an Bläue gewinnende See zu. Während wir an dem Ufer entlangfuhren, in bald größerer, bald geringerer Entfernung zu dem reglos anmutenden Wasser, änderte dieses noch mehrfach sein Erscheinungsbild. Salzablagerungen brachten weiße Töne in die himmelfarbene Weite, dann überwog ein lebhaftes Ultramarin.

En Gedi war unser erstes Reiseziel. Eine Oase, ein Naturpark ließen die Dominanz leblosen Gesteins eine Weile vergessen. Wohlgemut nahmen Touristen den Anstieg in eine Schlucht in Angriff, gruppenweise oder auch vereinzelt, und wir taten es ihnen gleich. Ein Bach war uns zur Seite, in dessen Verlauf sich an einigen Stellen Becken und Wasserfälle gebildet hatten. Immergrünes Buschwerk, Akazien und andere Laubbäume belebten das *Wadi*, diesen zur laufenden Jahreszeit von Niederschlägen erfrischten Bergeinschnitt. Die fingerdicken metallenen Zuleitungen, diese auch sonst vielerorts anzutreffenden, am Boden gewundenen Röhrchen, zeigten an einzelnen Stämmen an, der heiße Sommer sei ohne Wasserzufuhr kaum zu überstehen.

Recht zahm waren murmeltierartige Geschöpfe, sogenannte Klippschliefer, die sich den Besuchern näherten und bei deren Ruheplätzen verweilten, wohl in Erwartung der ihnen zugesteckten Nahrung. Was mir auffiel, war, dass Klippschliefer die Menschen nicht anblickten, sie sahen partout vorbei an diesen Bezwingern der Natur und auch ihres Lebensbezirks, die sich nun als Wohltäter gebärdeten.

An der Meeresküste luden Tische, Bänke, Sonnenschirme zum Verweilen ein. In Nähe des steinigen Ufers konnte man sich umsehen, konnte einhergehen. Die Berge drüben, im jordanischen Gegenüber, bei unserer Ankunft mehr zu ahnen als zu sehen, zeichneten sich nun deutlich ab.

Ihre ferne Monumentalität und die Spiegelungen des Wassers boten einen passenden Rahmen für den Vorsatz, das Gewesene und das Künftige zu bedenken; für das uns auferlegte Gebot, in der Tiefe all das zu klären und nach Möglichkeit zu bereinigen, was uns den Zugang zum geistigen Jerusalem würde erschweren können.

War man denn ohne Groll? Focht einen dieser oder jener Streit nicht auch im Nachhall noch an? Ein in der Seele abgelagertes Gehader – konnte man sich von seinen Vorwürfen und Verächtlichkeiten nicht lösen?

Da war ja vor Jahren einer aufgetreten, der hatte in manchem, gar in vielem Recht. Aber es zeigte sich auch: Wer Recht hat, will Recht behalten. Er wird keine Einwände hören wollen, und tatsächlich wird sich nicht viel einwenden lassen gegen sein Recht.

Selbst hier nicht, da ich die Blicke auf dieses Meer gerichtet hielt. Unendlich vieles und weit Gewichtigeres als mein Zweifel, mein Vorwurf war schon von seinen Fluten aufgenommen worden. Und so sollte es nicht an mir liegen, um zu einer Annäherung zu kommen, zu einem Ausgleich, der nur in der Welt der Gedanken getroffen werden konnte, da der Mann des Rechts nicht mehr unter den Lebenden weilte. War ihm nachträglich Abbitte zu tun? Ich wollte ihm, dem Verstorbenen, nichts nachtragen, wollte sein Andenken nicht schmälern. Und das unabhängig davon, ob er eine solche Einigung gebilligt hätte oder nicht.

Ja, auch das war zu erwägen, wie er reagiert hätte auf einen Versuch, Differenzen zu beseitigen. Wäre er darauf eingegangen? Vielleicht...

Während ich auf- und abging und solches überlegte, geschah etwas, was ich erst später bemerkte. Etwas Nichtiges, doch ließ es mich wiederholt an meine versöhnlichen Gedanken am Gestade des Toten Meeres denken. Ein Kiesel bohrte sich in den Absatz einer meiner Schuhe und wurde von mir zunächst gar nicht beachtet. Erst als sich meinem Schritt auf den Gehsteigen Jerusalems ein seltsam pochender Klang beigesellte, wurde ich auf den Stein aufmerksam.

Er haftete so fest in der Sohle, dass ich, ohne diese zu schädigen, ihn schwerlich herauslösen konnte. Bald wollte ich das aber auch gar nicht mehr, das hallende Geräusch nahm ich als ein Zeichen hin. Es ließ mich wissen: Es ist gar nicht so einfach, eine Unstimmigkeit aus der Welt zu schaffen.

Jerusalem

Damit sind wir aber auch schon mitten in unserem Auftritt in der Stadt auf den Bergen. Die Worte des Psalmisten „Unsere Füße stehen in deinen Toren, Jerusalem" verstanden wir so, möglichst oft in die Innenstadt zu gelangen, bald durch das Jaffator, dann wieder durch das Kettentor oder das Damaskustor.

Bei unseren Gängen durch die einzelnen Viertel wurden wir bisweilen an den Psalm-Wunsch erinnert: „Es möge Friede sein in deinen Mauern und Glück in deinen Palästen!" Marc hatte uns vor Tagen ein Gebetbuch mit deutschen Übersetzungen des hebräischen Textes gegeben, und der dortige Wortlaut des Psalms verdeutlichte uns die lutherdeutsche Aussage: „Möge Friede sein in deinem Zwinger, Sicherheit in deinen Palästen!"

Das Stigma am Bein – berührte die mit Stein versehene Ferse das glattgetretenen Pflaster, erhielt mein Schritt eine harte Betonung. Meist aber wurde dieser lautliche Zusatz überdeckt von den vielen Geräuschen, verursacht von den Besucherströmen, von Fahrtlärm und so manchem andererem. Besonders in den engen Gässchen mit ihren zahllosen Verkaufsläden verschwand Einzelmenschliches im Allgemeinen.

Doch fehlte es in diesem Getöse der Geschäftigkeit nicht an charakteristischen Äußerungen, die sich deutlich vom Hintergrundgeräusch abhoben. Die Händler sprachen uns an, wir vernahmen auch manchen deutschen Zuruf: ... Ich habe unglaublich viel... Kaschmirs... Tücher... Salem aleikum, kuck mal, komm... Guten Tag, dies ist mein Shop... Kommen, sehen, alter Fuchs... Schalom, du willst nicht kaufen? Keine Zeit? Kein Geld? Was machst du? Von wo bist du?... Schalom Sabbat...

Alles war in diesem verzweigten Basar gegenwärtig und war doch auch wie gestern und seit ehedem. Eine flache, nur von schmaler Leiste gefasste Platte voller Brotfladen – sie zog den Blick an, da sie auf dem Kopf des Trägers ruhte. Er hielt sich betont aufrecht, und jede Bewegung, jede Geste war im Dienst des Gleichgewichts, das es zu wahren galt. Geschickt bahnte er sich einen Weg durch die Menge und lud seine Ware bei einem Imbiss-Stand ab. Schritt er, schritten seinesgleichen nicht schon seit Jahrhunderten mit ähnlicher Gelassenheit durchs Hinauf und Hinab der Gässchen?

Der Händler, der uns armenische Kacheln und Teller anbot, der nicht müde wurde, uns diese Keramik anzupreisen und uns schließlich für sein Angebot zu gewinnen, wie auch jener Kaufmann, der von der Vielzahl seiner Schals aus feinster Wolle gerade das Richtige hervorkramte – auch ihresgleichen, ihre Väter und Großväter betrieben hier ihr Geschäft, mit all den Anpassungen an bald karge, bald reichlichere Konditionen im Erwerbsleben.

Zur El-Aqsa-Moschee und zu dem Felsendom hinauf. Der Zugang zur Höhe des Tempelbergs und zu seinen Bauten ist schwierig, aus sicherheitstechnischen und aus kultischen Gründen. Die Sperre passieren heißt, sich auf Metalldetektoren höchster Präzision einlassen. Sie entdecken nicht nur das kleine Abzeichen an der Kappe, sondern auch die hübsche Sicherheitsnadel neben dem Herzen (dort, wo der Leinenbeutel mit den Geldscheinen verwahrt wird). Strenger als je, aber in aller Sachlichkeit werden hier Passanten geprüft.

Die heiligen Stätten der Moslems bleiben Andersgläubigen verschlossen. Der Rundgang aber auf dem oben großflächig geebneten Tempelberg entschädigt für Wartefristen, Kontrollen, Absperrungen – die Weite von Stadt und Umgebung lässt sich im Rundblick erkunden. Aus der Nähe schieben sich dabei immer wieder Kuppeln ins Bild, Arkaden, Minarette, kunstvoll gestaltete Pforten.

Taxifahrer Sam, uns aus En Gedi bekannt, muslimischer Religionszugehörigkeit, hatte uns schon machen Dienst geleistet: Er vermittelte uns beispielsweise Einblicke in die mehrtausendjährige Stadt Jericho. Eines Abends lud uns Sam zum Tee ein. Auf halber Höhe des Ölbergs, nahe der russischen Maria-Magdalena-Kirche, wohnt er mit seinen Geschwistern in einem stattlichen Haus am Hang. Schwarztee mit einem Minzeblatt aus dem eigenen Garten, Gebäck – nachdem der Gastfreundschaft Genüge getan worden war, präsentierte er uns nicht ohne Stolz die Geschäftsläden seiner wohlhabenderen Familienangehörigen. Einen halben Straßenzug des Ölbergareals nennen diese ihr eigen. In einer Bäckerei und Konditorei, in einem Großladen für Lebensmittel und Hauswirtschaft – überall wurden wir freundlich aufgenommen und gar über Gebühr gewürdigt.

Die Klagemauer am Abend, die Klagemauer am Morgen – unwillkürlich lenkt der Besucher seine Schritte immer wieder zu dieser Stätte. „Nächstes Jahr in Jerusalem" bedeutet im Grunde: Einmal hier zu sein – hier, an der Klagemauer gewesen zu sein.

Die Ankunft an diesem Ziel ist für jene, die an die massiven Steinquader herantreten, um dort ihr Gebet zu verrichten, Anlass zur Trauer wie auch zur Freude. Uns, die in gewissem Abstand die Position des Beobachters einnahmen, war immerhin bewusst, dass die einander entgegengesetzten Gefühlsregungen beide berechtigt sind, hatten wir doch im *Gebetbuch der Israeliten* Stellen wie diese gelesen: „Tröste, Ewiger, unser Gott! die Trauernden Zijons und die Trauernden Jeruschalajims und die Stadt, die trauernde, verwüstete, die herabgekommene und verödete... Ja Du, o Ewiger, hast im Feuer sie angezündet; aber im Feuerglanze wirst Du sie in Zukunft wieder aufbauen, wie verheißen ist..."

Schwarzer Anzug und Mantel, breitkrempiger schwarzer Hut – nahe der Klagemauer gab es nicht wenige Männer in diesem Habitus. In einer kleinen Gruppe solcher orthodoxer Juden war einer unter lauter Hebräisch und Englisch Sprechenden für das Deutsche zuständig. Vorsichtig in dieser Sprache sich vortastend, erkundigte er sich, woher ich komme. Als er hörte: aus Rumänien, nannte er einige Ortschaften des nördlichen Siebenbürgen und der Moldau, in denen mosaische Kultusgemeinschaften bestanden hatten oder auch gegenwärtig bestanden. Er glaubte zu wissen, etwa die Hälfte der Juden in Rumänien sei dem alten Ritus verbunden, die Gläubigen der anderen Hälfte zählten sich zu den Chassidim. Einen roten Wollfaden gab er mir, den solle ich um das Handgelenk binden. – Und warum das? – Es sei ein Zeichen, ich sei in Jerusalem gewesen.

Ja, es war schon richtig, sich solches bestätigen zu lassen. Ein Zeichen, dass sich „nächstes Jahr" schon jetzt erfüllt hatte. Und über dem „nächsten Jahr" schwebten die Worte des Passah-Ceders, die wir in der *Haggada*, in diesem Handbuch des Passahfestes, gelesen hatten: „Gesegnet bist Du, Gott, unser Gott, König des Universums. Erbarme Dich über Dein Volk Israel, über Deine Stadt Jerusalem und über Zion, den Wohnsitz Deiner Herrlichkeit, über Deinen Altar und über Deinen Tempel... Nächstes Jahr in Jerusalem!"

Den Kreuzweg schritten wir im Gefolge einer ungarischen Reisegruppe ab – der heimatlich anmutende Sprachlaut, das mit einem Palmzweig gezierte Schild der Reiseführerin erleichterten uns die Orientierung auf der von Pilgerscharen bevölkerten Via Dolorosa.

Der Stein vom Toten Meer in meiner Schuhsohle gab, nur mir vernehmbar, den Rhythmus meiner Schritte an. Ich sah, wie mühselig sich einige betagte Frauen und alte Männer einherschleppten, mit Krücken bewehrt oder auf Wanderstäbe gestützt. Manche ließen es sich nicht nehmen, auf Rollstühlen einhergeschoben zu werden. Im Blick auf solche Mühsal schrumpfte die verhaltene Auffälligkeit meines Ganges zur Bagatelle. Und doch war durch den Kiesel die glatte Bewegung etwas gehemmt und wurde dem Leidensweg zeichenhaft Rechnung getragen.

Am Ende des Kreuzwegs die Grabeskirche. Eine rätselhafte, geheimnissvolle Stätte. Verbürgtes und erhofftes Wissen. Jesu Kreuzigung und sein Grab. Kapellen in Nischen, Kapellen auf verschiedenen Ebenen. Die Jahrhunderte gehen ineinander über. Was war vor tausend, was vor anderthalbtausend Jahren?

Viel Hingabe und einst auch nicht wenig Hader. Manchmal eine weise Verfügung. Um alten Streit wegen der Besitzansprüche zu vermeiden – welcher christlichen Konfession gehörte die Grabeskirche eigentlich? –, wurde einem Nichtchristen die Erfüllung einer wichtigen Aufgabe zugewiesen: Ein Moslem öffnet die Kirche morgens und schließt sie abends wieder ab. Bereits seine Vorfahren taten es, und sein Sohn wird es dereinst tun. Ist dann die Frist des Sohnes um, wird er, der Enkel des Schlüsseldienst-Großvaters, seinem Sohn die Nachfolge abtreten und wohlgefällig seinen Enkel heranwachsen sehen.

Erstdruck in *Halbjahresschrift für südosteuropäische Geschichte, Literatur und Politik*. Dinklage: AGK Verlag, 24. Jg., Heft 1 und 2, Herbst 2012, S. 136–143.

Die Schatten schweben

Rom, 1910

Sì, signora. No, gentile signora ... Natürlich hatte Maler Coulin in den vielen Monaten seines Italienaufenthalts längst das Stadium karger Zustimmung oder Verneinung hinter sich gelassen, er hatte den Notstand befangener Mitteilung ganz gut überwunden und sich über die Hilflosigkeiten begriffsstutzigen Sprachverhaltens emporgehoben. Aber so weit war er im Gebrauch des Italienischen noch nicht gelangt, als dass er der gnädigen Frau, die vor ihm saß und ihre Blicke aufmerksam auf ihn richtete, hätte erklären können, wie sich das mit einem ersten Entwurf, mit vorbereitetenden Studien, mit Varianten aller Art verhielte, bis ein Porträt fertig wäre. Noch vermochte er nicht, ihr sprachlich korrekt auseinanderzusetzen, er gehöre nicht zu jenen Malern, die vom ersten Pinselstrich an auf die endgültige Fassung eines Gemäldes hinarbeiteten. Und vielleicht war es auch besser, ihr nicht in flüssig dahergleitenden Sätzen erläutern zu können, die *Primamalerei* sei nicht seine Sache, und der Frau gar zu sagen, diese Art Malerei verdiene nicht allzu viel Respekt, weil deren flotte Zielstrebigkeit und ihr handstreichartiges Vorgehen die Gefahren oberflächlicher Gestaltung geradezu heraufbeschworen.

Freilich, die *Signora* war letzten Endes nicht darauf angewiesen, von ihm über seine Malweise gedanklich anspruchsvolle und in der Wortwahl einwandfreie Äußerungen zu hören, sie war schließlich nicht bei einer ersten Sitzung in seinem Atelier und hatte wohl schon begriffen, welches gemächliche Tempo er bei seiner Arbeit einzuschlagen pflegte, welchen verhaltenen Rhythmus er dabei bevorzugte, um die an seiner Kunst gerühmte Gediegenheit in der Komposition wie auch in jedem Detail zu erzielen. *Signora* Emanuela, die schon, bevor man ihr Coulin vorgestellt hatte, ins Bild gesetzt worden war über die beiden Kunst-Stipendiaten im Hause des Bischofs Fraknói, durfte die Wahl ihres Porträtisten ganz ihren Ratgebern anvertrauen und deren Empfehlung zustimmen, sich an Coulin zu wenden. Seinen Namen pflegte sie als „Culin" auszusprechen, die französische Lautung „Couleng" blieb ihr fremd, meist aber gab sie dem Rufnamen den Vorzug: In spezifisch italienischem Affekt kam ihr *Signore Arthuro* über die Lippen.

Frau Emanuela mochte übrigens nicht nur über das römische Anwesen des in der Ferne, in Budapest, weilenden Bischofs, sondern auch über die sonstigen Gebäude der Gegend und ihre Besitzer Bescheid wissen. Sie wohnte ja unweit, in einem herrschaftlich anmutenden Haus der *Via di Villi Patrici*, von dessen Räumen sie etliche vermietet hatte, und es hieß, Frau Emanuela sei als Beraterin sowie – mitsamt ihrer Familie – als Teilhaberin am Mietgeschäft auch anderer Villen des patrizischen Stadtviertels beteiligt.

Eine Frage aber wollte die etwa dreißigjährige *Signora* trotz sprachlichen Schwierigkeiten gerne beantwortet haben: Was geschehe nach Abschluss des Gemäldes mit den Skizzen, den Vorarbeiten – behalte *Signore Arthuro* diese oder zerstöre er sie?

Coulin nahm seinen ganzen französisch-ungarländischen Charme zusammen und antwortete, die Mängel seiner Redeweise mit einem freundlichen Lächeln ausgleichend: Vieles werde vernichtet, aber eine Skizze, vielleicht die letzte, die schon das gültige, das befriedigend gestaltete Bild erkennen lasse, ja beinhalte, bewahre er auf, als Erinnerungsstück, auch als Beleg seines nach und nach wachsenden Werks. Manchmal aber werde selbst diese beinahe schon alle Wünsche befriedigende Arbeit überdeckt, wenn es ihm, dem Maler, an einem passenden Rahmen oder an einer dringend benötigten Leinwand fehle.

„Bei diesem Porträt wird das aber nicht geschehen. Kommen Sie, *Signora* Emanuela, kommen Sie und sehen Sie, wir sind dem Ziel nahe. Dies ist die letzte Skizze, und nach ihr werde ich Ihr Bild anfertigen. *Signora* werden erlöst sein nach so vielen Sitzungen."

Die Frau zog die Hemdbluse zurecht, schloss den mit Spitzen gerändeten Kragen und heftete noch eine Brosche vorne an. Sie näherte sich dem Maler, und beide sahen in gesammelter Betrachtung auf die Farbfläche: Eine der Schultern war unbedeckt, die andere war mit hellbrauner Webe verhüllt. Ein Porträt im Profil, das Gesicht halb von der Seite, halb vom Rücken aus gesehen. Klarer Blick, von gesteigerter Deutlichkeit, gar etwas Strenge, der die Anmut der Züge, deren ausgesprochene Schönheit entgegenwirkten.

„Ja", sagte Frau Emanuela, „*Signore Arthuro*, beginnen Sie die letzte Fassung." Den wollenen Umhang, der ihr bis zur Hüfte reichte, legte sie oben fest zusammen und brachte den dazugehörigen Spangenverschluss an – der Oktoberbeginn hatte sich bereits mit kühlen Winden in Szene gesetzt. Einnehmend lächelnd verließ sie das Atelier.

Einzelheiten des derzeit vorhandenen Bildes ließen Coulin in nachdenklicher Stimmung verweilen. Den blauen Hintergrund teilte ein andeutungsweise hingesetzter gelb-bräunlicher Streifen in Himmel und Meer. Nicht nur der Äther, sondern auch das Wasser schien von ungegenständlicher Räumlichkeit. Und die äußerst schmale Halskette der Frau gliederte fast nur imaginär den sich der Wahrnehmung darbietenden und sich ihr dennoch entziehenden weiblichen Körper.

Vor zehn Jahren, während eines ersten längeren Aufenthalts in Italien, hatte Coulin seine Vorliebe für Raffael Sanzio anhand vieler im Original zur Schau gestellter Werke dieses Meisters nicht nur gerechtfertigt, sondern auch noch wesentlich vermehrt und vertieft gesehen. Bereits damals war ihm aufgegangen, was er seither, wenn auch nicht oft, praktiziert hatte, so doch als beherzigenswerte Erkenntnis mit sich führte: Worauf es bei einer Malerei ankam, das war die naturgetreue Fleischfarbe der abgebildeten Menschen und war – wenn das dargestellte Motiv es gestattete – die passende Nuance des himmelblauen Hintergrunds. Im Bildnis der Frau Emanuela wollte er beides möglichst authentisch wiedergeben, vorne Porträt und Schulterpartie und dahinter die kaum definierte Ferne eines unbegrenzten Horizonts. Das eine wie das andere sollte so genau erfasst und doch ohne jegliche Pedanterie gestaltet werden, als wäre sein Kunstsinn wieder einmal von Raffaels Gemälden belebt worden.

Nach Zurichtungen des Künstlermetiers – es galt, die Leinwand zu straffen und Grundfarben aufzutragen – nahm Coulin ein anderes halbfertiges Porträt wie auch die dazugehörigen Entwürfe vor, und er vertiefte sich erneut in die Mühen der Deutung und Abbildung menschlicher Züge. Irgendwann sah er von der Staffelei auf, blickte sich im Atelier um, ohne das ihn umgebende Mobilar genauer zu betrachten, ohne dem Auge auch nur den geringsten forscherischen Ertrag abzuverlangen. Es hatte ja alles seine Richtigkeit mit der auf Arbeit eingestellten, daher leicht derangierten Anordnung von Bilderrahmen, Kartons, Spanngerät, von Farbtiegeln und Pinseln, von Lösemitteln in diversen Behältern, von Werkkitteln und Straßenkleidern bis hin zum Spazierstock, zum hellen Girardihut und dunklen Kalabreser. Schier alles stimmte im Programm des heutigen Tages – oder nicht? Und die kommenden Wochen würden wohl ebenfalls geregelt ablaufen...

Auch das Leben in der Mietwohnung gestaltete sich halbwegs seinen Vorstellungen gemäß. Olga sowie die beiden Kinder hatten sich schon recht gut eingelebt. Olga hatte Schüler für ihren Geigenunterricht gefunden. Schobi ging zur Schule, und Stibes, zwar noch nicht einmal dreijährig, zeigte schon Vernunft und fügte sich meist willig den Wünschen der Eltern und des Hausfräuleins Gertrud...

Der Maler im Atelierraum nebenan war kollegial wie immer. Man kannte ihn, den Octav, den Octavian, schon seit langem und hatte schon manches Vorhaben gemeinsam bewältigt, darunter ein vor allem Octav forderndes Projekt abgewickelt, das heißt, Teile der orthodoxen Kathedrale in Hermannstadt ausgemalt, die Kuppel, ihre Hängezwickel und die den Altar verdeckende Bilderwand. Ein Bärenkräfte erforderndes Unternehmen ... Alles soweit richtig...

Und doch: Wie sollte, wie konnte man in Zukunft hier, in dieser Mittelmeer-Metropole, bestehen? Vorerst bestritt Coulin den Lebensunterhalt mit Hilfe des Stipendiums, das ihm – wie auch Octav –, vom Bischof Fraknói zugesprochen worden war. Möglicherweise ließ sich, dank der löblichen Freigebigkeit des Bischofs, der Studienaufenthalt in Rom auch noch verlängern... vielleicht gar um ein ganzes Jahr. Aber dann, was sollte dann geschehen, wie mochte sich das Dasein des von Aufträgen gönnerhafter Personen abhängigen Malers gestalten, konnte es für ihn und seine Familie abgesichert werden?

Recht einfach war das Leben zu jener Zeit in Budapest verlaufen, als Coulin in einem photographischen Atelier Blatt um Blatt kolorierte. Der Verdienst, eigentlich ein Hungerlohn, reichte aus, die ärgsten Sorgen materieller Natur zu verscheuchen. Bescheiden genug waren damals auch die Ansprüche an seine schöpferischen Kräfte gewesen, ein Labormitarbeiter hatte ja, geduldig wie ein mittelalterlicher Miniator, bloß eine Farbschichte der anderen aufzutragen, um dem zu Grunde liegenden Lichtbild ein gefälliges Aussehen zu verleihen. Hier einen Fußgänger, dort eine Kutsche oder einen Baum ins Ensemble einzufügen, bereitete ihm, dem zeichnerisch geschulten Fachmann, nicht sonderliche Mühe, und er war nicht darauf angewiesen, betuchte Klienten ausfindig zu machen und sie um Vorschüsse für noch nicht ausgeführte Arbeiten anzugehen ... Wollte man mehr, wollte man als freiberuflicher Maler leben, begann einen die Abhängigkeit zu belasten, die man Auftraggebern oder Gläubigern gegenüber empfand, man versklavte, ja, man versklavte...

Wo aber wäre das nicht so im Kunstbetrieb? Weder in Wien noch in Berlin waren andere Regeln, wenn man sich – wie Coulin – einmal dazu entschlossen hatte, nicht als Zeichenlehrer in einem Marktflecken oder einem Provinzstädtchen sein Brot zu verdienen. Betreiber von Galerien, einflussreiche Befürworter, günstig gestimmte Rezensenten, hilfsbereite Mäzene, Künstlerkompagnions, Kustoden in den Museen, Restaurateure – mit all diesen Leuten hatte man in den Metropolen zu schaffen und musste sozusagen unausgesetzt dafür sorgen, dass es in deren Kreisen nicht an Zustimmung für einzelne Vorhaben und für die Angebote des Bittstellers fehle. Noch war Budapest für Coulin die Stadt, in der er über dergleichen Kontakte verfügte, und so waren die regelmäßigen kurzen Aufenthalte dort wichtig – man musste sich in Erinnerung bringen, musste mit ansprechenden Leistungen aufwarten, durfte sich nicht zu gut dafür sein, kühn, ja dreist Bekanntschaften zu schließen, man hatte um Audienzen anzusuchen und diese ohne Gesichtsverlust zu überstehen, man war darauf angewiesen, in Vorzimmern herumzusitzen und auf günstige Bescheide zu warten. Deshalb waren Aufenthalte in Budapest stets ungemein anstrengend. Vielleicht – und das war Coulins große Hoffnung – ließ es sich nach und nach so einrichten, dass er in Rom all jene Beziehungen knüpfen und aufrechterhalten konnte, die ihm eine Künstlerexistenz in Italien ermöglichten. Er wollte nicht zu anspruchsvoll sein, der Alltag sollte in so bescheidenen Formen ablaufen wie bisher...

Ja, er hoffte, dauernd in dieser wunderbaren Stadt bleiben zu können. Die Lebenskosten waren in Rom geringer als in Budapest und in Wien, auch stand ihm und der Familie jederzeit das Quartier bei Freund Wellmann in den Sabiner Bergen zur Verfügung. Dort konnte man mit noch weniger Geld auskommen – billig war dort alles, das ausgezeichnete Brot, die Ziegenmilch und die frischen Eier, der tadellos gereinigte Honig, das Obst, die Forellen, der Wein, sodass Coulin in seinen Anpreisungen des bukolischen Daseins das Wort „billig" stets mit einem das Preiswerte steigernden Beiwort versah, sei es „unglaublich", sei es „fabelhaft", oder „herrlich" oder mit der weltmännischen Qualifikation „lächerlich" versah – „lächerlich billig!" In *Cervara di Roma* konnte man verschiedene Arbeiten ein Stück weiterbringen und in Ruhe abschließen. Es war ein gründliches, nicht überhastetes Schaffen dort, in der Natur oder in den von Wellmann eingerichteten Atelierräumen; Coulin und andere Malerkollegen hatten das schon oft erprobt. In den Sommermonaten umfasste einen dort in der Abgeschiedenheit ein freies, unbekümmertes und gesundes Dasein, das auch Olga und den beiden Jungen zusagte.

Robert Wellmann, man wusste es, man hatte es im Lauf vieler Jahre an ihm beobachten können, hatte ausgeprägte Eigenheiten. Er war der gastfreundlichste Mensch, den man sich nur denken konnte, und doch riet er all den siebenbürgischen Landsleuten davon ab, sich auf Dauer in seinem Cervara oder sonstwo in Italien niederzulassen. Italien sollte Ferienziel bleiben, nicht aber das Land sein, in dem sich für Siebenbürger eine Existenz aufbauen ließe – keinem von ihnen gab er hierfür eine Chance. Auch Coulin nicht – nie werde dieser Rom erobern oder sonstwo in Italien so richtig Fuß fassen, es sei eine Illusion, das zu glauben. Als Stipendiat, und sei die geldliche Zuwendung noch so knapp bemessen, sehe man die Verhältnisse in verklärendem Licht und glaube, man könne in der Ewigen Stadt allmählich zu einem bekannten, einem mit verlockenden Aufträgen betrauten Maler werden. Ein großer Irrtum, Rom produzierte seine Künstler selbst. Zu einer gewissen Bekanntheit könnten Siebenbürger – dies seine Überzeugung – nur in Budapest oder Wien, in München oder Berlin gelangen.

Deshalb hielt Wellmann, einer der umtriebigsten Zeitgenossen, sich die längste Zeit des Jahres nicht auf seiner Besitzung in Cervara auf, sondern irgendwo in nördlicher gelegenen Kunstmittelpunkten. Seinen Lebensunterhalt bestritt er nur zum geringen Teil als ausübender Künstler oder als Kunstvermittler, vielmehr ließ er in einem recht bescheidenen Betrieb Sodawasser herstellen. Seine *Fabbrica di Gazzosa* in der Cervara benachbarten Ortschaft *Subiaco* beschäftigte etliche Angestellte und wurde vom zuverlässigen Fernando Tomassi geleitet... Sodawasser! Der Durst der Italiener war zur Zeit sommerlicher Hitze unbeschreiblich, aber auch bei kühlerem Wetter lief das Geschäft mit Erfrischungsgetränk leidlich.

Coulin und die Seinen hatten in Rom eine Wohnung am abschüssigen Ende der *Via Napoli* bezogen. Die Straße erweckte in diesem, ihrem letzten Abschnitt eher den Eindruck mittelständischer Biederkeit, neben dem Laden für Getränke und Backwaren war die Schusterwerkstatt eingerichtet, die auch Sofortdienste anbot, *Riparazioni rapide!* Das Hotel *Corona* und die Gaststätte *Trattoria Antiqua Boheme* (versehen mit der Gattungsbezeichnung *Ristorante tipico cucina romana*), vis-à-vis des mehrstöckigen Gebäudes gelegen, welches die Coulins beherbergte, waren ihrem Zuschnitt nach ebenfalls eher bescheiden-bürgerlichen Charakters. Im unteren Bereich der *Via Napoli*, dort wo sie in der *Via Cesare Balbo* endete, wurden, während Coulin am Morgen eines der ersten Oktobertage anno '10 aus der Hauspforte trat und sich neugierig umblickte, gerade Verkaufsstände mit Obst und mit anderer Bauernware bepackt. Landmöven, vom Geruch frischen Gemüses angezogenen, flatterten von einem Dach zum anderen, sie hockten auf Mauervorsprüngen und meldeten in erregten Rufen an, dass auch sie sich etwas vom heutigen Markttreiben erwarteten.

Die im Grunde unbeträchtliche Steigung hatte Coulin bis noch vor wenigen Wochen leichten Schrittes bewältigt, nun nahm er sie etwas behäbiger, dazu durch eine unliebsame Störung seines Befindens genötigt – nun ja, er verfügte zur

Zeit nicht über die einstige „Rhinozerosgesundheit". Oben angelangt, schlug der stämmig gebaute, nicht allzu hoch gewachsene bärtige Maler ein zügigeres Tempo an, die Fortbewegung auf ebenen Gehsteigen tat ihm wohl. Die ihm von tagtäglichen Wegen zu seinem Arbeitsraum bekannten Straßen führten ihn unweit des Hauptbahnhofs, der *Stazione della Ferrovia*, in nordöstlicher Richtung in den Bereich der *Policlinico*, und sie geleiteten ihn schließlich, nach einem etwa halbstündigen Fußmarsch, in die *Via Gabriele Falloppio*, zur Villa des Bischofs Fraknói und dem dort eingerichteten Ungarischen Seminar.

Dort begrüßte er zunächst, wer ihm von Familie Smigelschi entgegentrat, Octav, seine Gattin Pulcheria und die Kinder, und er erkundigte sich nach deren Befinden und Tageszielen. Zum Unterschied von den Coulins, welche die verhältnismäßig bescheidenen Wohnverhältnisse des Ungarischen Seminars gegen ein geräumigeres Quartier eingetauscht hatten und nur das Arthur zur Verfügung stehende Atelier nutzten, wohnten und werkten die Smigelschis im Bischofshaus. Solches war von Octavs Krankheit verursacht worden. Seine Herzanfälle ließen es geboten erscheinen, ihm vermeidbare Wege zu ersparen, und so nahmen er und seine Familienangehörigen manche Enge der Unterbringung in Kauf.

Zu gewissen Zeiten waren körperliche Betätigungen Octav so sehr verleidet, dass ihm selbst das Treppensteigen schwerfiel und er von der Wohnung im Parterre das im ersten Stockwerk liegende Atelier nur mit Mühe erreichen konnte. Er hatte sich deshalb einen kleinen Aufzug konstruiert und ließ sich im Stiegenhaus per Flaschenzug hochhieven, von jenen, die gerade anwesend waren, das heißt von dem zeitweilig angeheuerten Gehilfen Luca, zuständig für Zementmischungen und sonstige physische Kraft fordernde Arbeiten, vom Hausmeister Lorenzo, von Coulin und anderen, etwa von einem der Historiker-Stipendiaten.

Auf der Etage versuchte der kranke Mann körperliche Beeinträchtigungen zu ignorieren. Coulin sah mit Sorge, dass Octav weit davon entfernt war, sich zu schonen, hatte dieser einmal die Palette in der Hand und die Staffelei vor sich, arbeitete er mit einer gewissen Besessenheit, wobei er die Umgebung ringsum beinahe ganz vergaß. Pulcheria ließ ihn gewähren, wusste sie doch, wie wenig es nützte, Octav aufzufordern, ja in erregten Vorhaltungen zu beschwören, seine Energie nicht zu sehr zu verausgaben. Sie hatte begreifen gelernt, es sei eher hinderlich, sei ebenfalls kräftezehrend und den schaffenden Künstler peinigend, wenn sie ihn an die Vernunft erinnerte und zur Untätigkeit überreden wollte.

Die von Octav Smigelschi übernommenen Aufträge hatten meist einen Zug ins Machtvolle, in die gewaltige Ausdehnung, er hatte schon mehrere Altarwände orthodoxer Kirchen bemalt und steckte auch gegenwärtig in dergleichen Projekten, deren Ausführung vor Ort er mit Entwürfen und künstlerisch bereits durchgestalteten Teilstücken auf Kartons, Holzflächen und Zementplatten vorbereitete. Die Kleinmalerei, zu der Coulin neigte, der bescheidenere Formate bervorzugte und Details liebevoll behandelte, stand in einem gewissen Gegensatz zu Octavs Hang zur Monumentalität, doch war das kein Grund, einander bekehren zu wollen, dazu waren beide, die das vierzigste Lebensjahr hinter sich gelassen hatten, bereits zu sehr vom eigenen Stil geprägt.

Sie billigten die jeweilige Andersartigkeit – zumindest verbal, im Bereich der Redensarten. Die Differenzen benannten sie im Zwiegespräch nur in Andeutungen, um einander nicht zu kränken. Wer aber Augen hatte, erkannte die Unterschiede in der Auffassung, in der Malweise bald. Was Smigelschi an Coulin auszusetzen hatte, war dessen übersteigerter Naturalismus; Coulin rechnete sich die mit allen Mitteln erzielte Naturnähe freilich als Vorzug an. Und was Coulin an Smigelschis Stil tadelnswert fand, war dessen Hang zum Dekorativen und zu einer damit Hand in Hand gehenden Oberflächlichkeit; der Kirchenmaler wiederum, in seinen Kompositionen gewohnt, sich auf weiträumige Flächen einzustellen, hielt sich zugute, die großen Zusammenhänge im Geistesgeschehen zu berücksichtigen und nicht bei den Einzelheiten geringfügiger Bedeutung zu verweilen.

Was übrigens die beiden auf privater Ebene verband, war eine gewisse genealogische Parallelität: Väterlicherseits war Octav der Nachkomme eines adligen Polen, den die Ereignisse und Folgen der 1848er Revolution genötigt hatten, die Heimat zu verlassen. Durch Heirat mit einer Rumänin hatte Vater Smigelschi dafür gesorgt, dass seine Nachkommen ins Rumänentum einmündeten. Diese Bindung wurde auch durch Octavs Heirat mit Pulcheria, der Tochter eines rumänischen Rechtsanwalts, bekräftigt. In Arthur Coulins Familie hingegen hatte sich der französische Vater mit einer Siebenbürger Sächsin verbunden, und die Verknüpfung mit dem Siebenbürgisch-Deutschen war durch die Ehe des Malers mit der sächsischen Musikerin Olga Fogarascher gefestigt worden... Im freundschaftlichen Verkehr bedienten sich die beiden Ehepaare bald des Deutschen, bald des Rumänischen. Frau Pulcheria wagte sich – und das nicht ohne Eleganz – gelegentlich ins Französische vor, wenn sie mit *Monsieur* Coulin ein Gespräch führte.

Während eines im Atelier verbrachten Tages geschah es mehrmals, dass Coulin ins Arbeitszimmer Smigelschis hineinsah und mit dem Freund einige Worte wechselte. Es konnte mitunter auch eine etwas längere Aussprache werden, zu der sich die beiden einander gegenübersetzten, doch nur wenn Octav sich besser fühlte, wenn seine Beschwerden es zuließen, einen nennenswerten Umstand aus dem Alltagsgeschehen, eine heitere Begebenheit, eine wichtigere Nachricht aus der Kunstwelt zu erörtern.

Heikle Themen, etwa die mangelnde oder gerade noch zureichende Gesundheit, wurden eher vermieden, und so hatte Coulin es sich abgewöhnt, in scherzhaftem Ton zu fragen, wie Octavs „Eisenhammer" funktioniere – die Antwort wäre bedrückend gewesen, das Herz des Malerkollegen schlug nun schon seit längerem unregelmäßig und verursachte bisweilen nicht geringe Schmerzen.

An jenem Oktobertag, den zu beschreiben hier unternommen wurde, fand Coulin den Mitstipendiaten Octav damit befasst, Bleistiftzeichnungen für den Wandschmuck einer Kapelle in Budapest anzufertigen. Das war ein lediglich gedachtes Unternehmen, weil man die Hauskapelle des Rákóczi-Kollegiums noch gar nicht erbaut hatte, und war dennoch zugleich ein höchst konkretes Vorhaben, weil Octavs Stipendium an die Ausmalung der Kapelle gebunden war. So galt es also, mit den Vorarbeiten für die Durchführung des Auftrags so weit ins Reine zu kommen, dass die Übertragung der Entwürfe auf den zustande gekommenen Bau nur noch einen geringen, eher technischen Aufwand erforderte. Octav war Bischof Fraknói Rechenschaft über die künstlerische Ausgestaltung des in der Phantasie bestehenden Gebäudes schuldig, und er war gewissenhaft genug, sich mit dem Vorhaben gründlich auseinanderzusetzen.

Franz Rákóczi, der zweite diesen Namens, ja, das war ein in der Geschichte Ungarns wichtiger Fürst gewesen, dem die Unabhängigkeit des Landes am Herzen lag, so sehr, dass er und seine Anhänger zu Beginn des 18. Jahrhunderts langwierige Kämpfe gegen Habsburg führten. Das waren die sogenannten Kuruzzenkriege, die sich ins Gedächtnis einzelner siebenbürgischer Bevölkerungskreise als verheerende Ereignisse eingezeichnet hatten... Octav war einst bestrebt gewesen, auch urrumänische Themen aus der Geschichte und dem Volksleben zu gestalten, er hatte – dazu von Nicolae Iorga angefeuert – unter anderem ein „Nationales Triptychon" geschaffen, auf dem die Stifterfigur Neagoe Basarab zu sehen war und eine Schlachtenszene aus dem Unabhängigkeitskrieg 1877 dargeboten wurde. Und nun sollte er Leitfiguren aus der Vergangenheit Ungarns und damit Lieblingsvisionen des Magyarentums in künstlerische Vorstellungen umsetzen – Stefan den Heiligen, Ludwig den Großen, die Heilige Elisabeth, den Freiheitshelden Rákóczi ...

Diese tief in die Stammessagen der Völker Pannoniens und der Karpatenregionen hineinreichenden Gegenstände suchte Octav mit bestem Wissen und Gewissen zu durchdringen und kompositorisch zu bewältigen. Das zeigte sich auch nun, da er Coulin Einblick gewährte in die Skizzen seiner letzten Tage und Stunden.

Octavs Haar war kurz geschnitten, und auch den Vollbart hielt er klein. Allein die Spitzen des Schnurrbarts waren länger ausgezogen, das war aber auch das einzige Zeichen einer gewissen Eitelkeit. Er bewegte Arme und Hände in gewohnter Lebendigkeit, vermied es aber, wenn nicht unbedingt erforderlich, sich vom Sessel zu erheben. Ihm ging es nun darum, von Coulin zu erfahren, welche der Skizzen am ehesten dazu geeignet seien, um auf Glasplatten übertragen zu werden.

Es gab jeweils mehrere Entwürfe zu einem Motiv, sodass Coulin die einzelnen Kartons vor sich auf Tisch und Bank und Fußboden aufreihte und sich in die Kompositionen vertiefte. Was keinesfalls in Frage kam, legte er ab, nicht ohne Octav auf manche eckige Körperhaltung oder auf weniger organisch zum Ausdruck gebrachte Gesten aufmerksam zu machen. Die Kritik wurde in vorsichtigen Wendungen vorgetragen, fast als die Ansicht eines Unzuständigen, womit in Einklang war, dass Coulin dem einige Jahre älteren Kollegen gegenüber auch die letzte Entscheidung anheimstellte, indem er sagte: „Aber du bist der Meister, du musst die Wahl treffen..."

Auch ältere Skizzen aus dem Stoffbereich ungarischer Historie wurden Coulin erneut vorgelegt. Höchst ansprechend fand er Entwürfe zu jener Szene, die veranschaulichte, wie Meister Martin und Meister Georg von Klausenburg, die Gestalter einer dem Heiligen Georg gewidmeten Reiterstatue, ein Kleinbild dieses Werks König Ludwig dem Großen und seiner Gemahlin vorführten. Hierfür gab es mehrere Blätter, und Coulin fiel es nicht schwer, die geeignete Vorlage zu benennen. Die Hoheit des königlichen Paars, die Würde der ihr Angebot vorstellenden Bildhauer, die in die Szene eingefügten Kinder gaben der Komposition etwas Rührendes.

„Du wirst noch ganz zum Romantiker", sagte Coulin, „was mir völlig verständlich ist. Die dir gestellten Themen sind ja spröde und können wohl nur dann bewältigt werden, wenn du den Personen und ihren Handlungen einen guten Schuss Romantik beimengst. Das ist nicht das Schlechteste bei dieser Art Historienmalerei."

„Es ist nicht ganz dein Geschmack", warf Octav ein.

„Deine Szenen sind lebendig, sind voller Bewegung. Nach meinem Empfinden wird in ihnen zu viel erzählt. Mir liegt das tatsächlich weniger, und ich praktiziere es kaum, ich will nicht Geschehnisse schildern, sondern Lebenserträge eindringlich darstellen, mit den Mitteln der bildenden Kunst, nicht der Poesie, ich will malen, einfach malen."

„Ich weiß... dein Nikolaus Zrínyi... du hast von ihm schon oft gesprochen... Zwar eine geschichtliche Figur, aber du willst nicht von Zrínyi und seiner Zeit erzählen..."

„Ganz genau. Von ihm mögen die Historiker berichten, so viel ihnen nötig erscheint. Meine Aufgabe sehe ich darin, ein Porträt zu malen, von dem die Beurteiler sagen können: Dies ist Zrínyi! Die Geschichtsprofessoren werden sagen: Graf Zrínyi war ein Dichter, gar der wichtigste ungarische Dichter des 17. Jahrhunderts. Und er hat das und das geschrieben... Und ist auf der Wildschweinjagd von einem Eber tödlich verletzt worden... Das alles ist Sache der Professoren, mein Auftrag aber lautet, ein *Bild* des Dichters zu geben."

„Verrenn dich nicht! Jedes größere Gemälde hat etwas zu erzählen. Deine Altarbilder konnten gar nicht genug biblische Begebenheiten schildern. Das musst du dir auch bei Zrínyi vorhalten. Und mir scheint, gerade hier, bei diesem Punkt, bist du beim Ausführen deines Bildes ins Stocken geraten. Du hast lange nicht mehr daran gearbeitet."

„Das ist wahr. Skizzen habe ich jedoch schon eine ganze Menge beisammen."

„Eben, eben. Aber das dich und dann auch den Bischof zufriedenstellende Gemälde, das hat zu entstehen. Um dein Ziel zu erreichen, musst du zulassen, dass auch Zrínyis Zeit ins Bild kommt, seine Lebensumstände, seine Welt. Schließlich sind zweieinhalb Jahrhunderte vergangen, seit er lebte, und man will wissen, wie war dieser Graf gekleidet, wie gab er sich, welches waren seine Ansprüche, an sich und an andere, was machte ihn zum Dichter?"

Wie auch sonst gelegentlich erkundigte sich Coulin, ob Octav Nachrichten „von zu Hause" habe, womit Familienereignisse oder Neuigkeiten aus dem Leben der Freunde und Bekannten in Hermannstadt oder Kronstadt gemeint waren. Und habe das Patentamt in Budapest auf Octavs Entdeckung reagiert?

Der Befragte schüttelte bloß den Kopf. „Der Bescheid aus Budapest wird sicher kommen. Die Leute dort patentieren noch zehnmal weniger wichtige Erfindungen, also werden sie ja nicht gerade mein Ansuchen ablehnen... Vorläufig strengt es mich zu sehr an, die Platten zu beschichten."

Er wies auf die Glasscheiben hin, die auf einem geräumigen Arbeitstisch übereinander gestapelt waren. Das von Octav entwickelte Verfahren hatte der Künstler dem Freund Coulin früher bereits vorgeführt, als er den Propheten Jeremias bildlich zu fassen suchte. Ein Phantasie-Porträt hatte das zu werden – was denn sonst? –, und um es zu schaffen, um es aus der Vorstellung in die reale Welt zu versetzen, schien die von Octav ersonnene Technik besonders geeignet: Sie bot die Möglichkeit, den Farben in hohem Maß Helligkeit und Glanz zu verleihen. Das geschah zunächst durch die Glasfläche, die im letzten Arbeitsgang auch noch geschliffen und poliert wurde. Außerdem durch den nach Bedarf in verschiedenen Farben angerührten Zement der Malschicht. Octavs Erfindung und in gewissem Maß auch sein Geheimnis war die Kombination dieser einzelnen Faktoren und waren nicht zuletzt Zusammensetzung und Mischung des Zements. Marmorstaub, Marmorsand, das heißt gemahlener weißer Marmor wurde mit einem Bindemittel zu einer Paste verrührt, bekam dann Farbzutaten und ergab beim Trocknen und Erhärten einen künstlichen Marmor, den eine gewisse Gespensterhaftigkeit kennzeichnete.

In Coulins Atelier lehnten einige halbfertige Gemälde an der Wand, andere, ebenfalls nicht zu Ende gebrachte Malereien hatten auf Schrank und Staffelei einen provisorischen Platz gefunden. Das Porträt der Frau Emanuela wartete noch auf letzte Pinselstriche.

Wer Coulin und seine Familie kannte, hätte sogleich feststellen können: Die Gattin Olga war gleich mehrmals abgebildet, und der von Kopf bis Fuß dargestellte Junge war kein anderer als Schobi.

Wellmann sah die Konzentration auf die eigenen Leute kritisch, er hatte dem Freund Arthur schon mehrmals nahegelegt, davon abzulassen, sich als Künstler mit den Menschen des engsten Kreises zu befassen, das interessiere die Öffentlichkeit nicht im Geringsten; er möge seine Modelle in anderen Lebensbezirken suchen.

Das klang plausibel, und dennoch verzichtete Coulin nicht darauf, das ihm Familiäre – ganz buchstäblich genommen – oder sonst vertraut Gewordene ins Bild zu bannen. Olga ging auf solche Vorliebe gerne ein, wusste sie doch, wie wichtig Arthur die gestalterische Versicherung ihrer Präsenz war. Eine

Zeichnung zeigte sie aufrecht stehend, die Geige an die Wange geschmiegt, in der Rechten den Bogen, dessen Bezug auf den Saiten lag, vielmehr über die Seiten strich und – in der Phantasie des Betrachters – das Instrument zum Klingen brachte...

Coulin entnahm dem Regal mit hochkant gestellten Ölmalereien jene Skizzen, die er angefertigt hatte, um das vielberufene, das oft erwähnte Zrínyi-Bild ausarbeiten zu können. Ja, er musste nun endlich zu Taten schreiten, nicht nur, weil Bischof Fraknói seinen Besuch angekündigt hatte, sondern um mit dem Vorhaben zum Abschluss zu gelangen. Sich selbst war er das schuldig, zur eigenen Entlastung war es erforderlich, die Affäre Preisausschreiben, Preisgeld, Preisbild zu bewältigen.

Auch galt es, einem Vorurteil, einer negativen Meinung, die allmählich aufgekommen war und sich verdichtet hatte, entgegenzuwirken. Wellmann, der in seinen Briefen stets mit allerhand ungewöhnlichen Nachrichten aufwarten konnte, teilte einem auch gesprächsweise geäußerte Meinungen mit, etwa Beurteilungen Budapester Zeitgenossen, und er pflegte auch Gerüchte weiterzuleiten. So hatte er kürzlich geschrieben, der Bischof habe angeblich zu anderen Personen geäußert, er traue es weder Coulin noch Smigelschi zu, dass sie das ihnen gewährte Stipendium durch wirklich befriedigende Leistungen einlösten. Sie könnten das einfach nicht. Und wenn das Zrínyi-Bild nicht vom dafür bestimmten Gremium angenommen und nicht im Budapester Künstlerhaus ausgestellt werde, gebe es keine Chance, dass man es je von offizieller Seite ankaufe.

Das war keine erfreuliche Botschaft. Die kritische Einstellung des Bischofs den beiden Kunst-Stipendiaten gegenüber, ob sie nun stimmte oder nicht, war der Stachel im Fleisch, der Coulin einerseits lähmte, den Auftrag zu erfüllen, andererseits ihn in dem Vorsatz bestärkte, jegliche missgünstige Meinung zu entkräften, indem er ein in jeder Hinsicht gelungenes Gemälde hervorbrachte.

Was aber leichter zu sagen als zu tun war. Stimmungen erfassten ihn, die ihn an die in Siebenbürgen und in der ungarischen Hauptstadt verbrachten Zeitabschnitte erinnerten. Lag im Verhalten des Bischofs nicht diese gewisse, diese unbeschreibliche, diese herablassend-wohlwollende Geringschätzung, mit der Coulin von Bürgersleuten in Hermannstadt, Kronstadt, in Budapest behandelt worden war, nicht nur von Wohlhabenden, in deren Augen ohnehin nur reiche Herrschaften etwas zählten, sondern auch von den Wenig-Bemittelten, den Federfuchsern und ihrem Klüngel? Im Umgang mit ihnen hatte Coulin oft bedauern müssen, dass er nicht dazu erzogen wurde, seine Ziele rücksichtslos durchzusetzen, sondern dass die Familie stets bemüht gewesen war, seine Disposition zu freundlicher Zuvorkommenheit zu fördern. In ihm war daher – wie er selbst sagte – ein Kavalier eingekapselt, der Anwandlungen von Wut, Abneigung und Ärger meist schon im Keim erstickte und kämpferische Gelüste unterdrückte.

Sollte der Dichter tatsächlich von einem wütenden Eber zerfleischt worden sein? Oder war es doch eher so gewesen, dass ungetreue „Freunde" ihn, den Rivalen, den allzu mächtigen Konkurrenten, während einer Jagd zu Fall gebracht hatten? Die Kugel aus dem Hinterhalt war nicht urkundlich verbürgt, und doch war sie als Todesursache nicht ganz von der Hand zu weisen – Graf Zrínyi hatte in dem von Parteiungen zerstrittenen Ungarn genügend Feinde, die nicht viel fackelten, ihn gewaltsam zu beseitigen.

Wenn Coulin in einem alten Folianten dessen Porträt betrachtete, dann traute er Zrínyi Nikolaus – also *Miklós* – schon zu, als Mann der Tat in Fehden aller Art verwickelt gewesen zu sein und den Kürzeren gezogen zu haben. Die Gesichtszüge des Grafen hatten einen Einschlag ins Verwegene, in die seelische Zerrissenheit. Oder war die Coulin vorliegende Graphik lediglich Ausdruck barocken Lebensgefühls?

Was immer sich bei einer kürzeren oder eingehenderen Betrachtung an Zustimmung oder Ablehnung ergab, eines wollte Coulin vermeiden: Der von ihm gemalte Zrínyi hatte kein Gewaltmensch zu sein. Die Physiognomie sollte vielmehr eine gewisse Harmonie verkörpern. Eine solche ergab sich – zumindest mittelbar – aus den Schriften des Dichters, vor allem aus seinem Hauptwerk, dem Epos über den Fall von Szegedin anno 1566, aus der Versdichtung, die Coulin bruchstückweise gelesen hatte. In dieser *Zrinyiade* setzte einst der literarisch kundige Graf seinem Urgroßvater ein poetisches Denkmal, dem heldenhaften, während der Kämpfe um Szegedin umgekommenen Feldherrn, der, wie auch sein Nachkomme, als Miklós Zrínyi bekannt geworden war.

Die porträtistische Schichte des wehrhaften, bei Gefahr nicht nur auf Verteidigung, sondern auch auf Angriff eingestellten Urenkels war also mit einer anderen Schichte zu überdecken, deren Farben grelle Kontraste zu vermeiden hatten. Aus dem Spiegel des Gesichts würde damit fast ganz verschwinden, was den Gepflogenheiten der Adligen im 17. Jahrhundert entsprach, nämlich ihr Bestreben, alle die Sinne ansprechenden Lebensimpulse bis ins Letzte auszukosten, wodurch ihr Dasein sich zu einem bunten Gemeng aus Erotik, Schwelgerei auf Banketten, aus Reiterei und Jagd zusammenbraute. Derlei unverkennbar hedonistischer Attitüde wollte Coulin nicht Ausdruck geben, vielmehr sollte sein Bild einen Mann darstellen, der deutlich höfischen Anstand verkörperte. Nicht der Haudegen, der seine in Kroatien liegenden Güter ständig gegen Raubzüge türkischer Janitscharen zu verteidigen hatte, sollte im Mittelpunkt stehen, sondern der bildungsbeflissene junge Adlige, der den Lernbetrieb auf einer von Jesuiten geleiteten Schulanstalt und auf ausländischen Universitäten durchlaufen hatte.

Der humanistische Zug seines Wesens sollte umso eher hervorgestrichen werden, als das Thema des Preisausschreibens den einen Studienort ausdrücklich im Titel führte: Die Aufgabe lautete *Zrínyi in Rom*. Zumindest eine weitere Schicht, wenn nicht gar mehrere Farbbelage waren deshalb der Leinwand aufzutragen, um das Umfeld der zentralen Gestalt zu kennzeichnen. Im Hintergrund hatten einige Bauten die Stadt anzudeuten, Bäume und sonstige Vegetation sollten den Eindruck eines weitläufigen Gartens oder Parks vermitteln.

Auf Spaziergängen durch Rom, die, Coulins forscherischem Drang zufolge, besser Erkundungsgänge genannt werden konnten, hatte er schon manches Bauensemble skizziert, in dessen urbanistisches Gefüge stets auch etwas von den Pinien und Kiefern, den Zedern, Palmen und Eschen, den Grünflächen und Ziersträuchern hineinragen musste, welche den Gebäuden sowie den aus der Antike oder dem Mittelalter stammenden Ruinen einen Zug freundlicher Lebensverbundenheit verliehen.

Manchmal hatte sich auch Olga an diesen Wanderungen beteiligt und Arthur an solche Blickwinkel geleitet, die ihr reizvoll erschienen. Sie war nicht ungeduldig, wenn er den Zeichenblock hervorholte und den Stift ansetzte, um ein feinstrichiges Erinnerungsbild anzufertigen. Die Stadt war unendlich reich an gewinnenden Ansichten, und selten blieb der Eindruck aus, den Augen biete sich etwas Bedeutungsvolles, das eine ernste Verpflichtung in sich schloss.

War aber römisches Ambiente, wie wichtig es auch sein mochte, alles, was Coulin, außer der Hauptfigur in jugendlichem Alter, in sein Gemälde einzubringen hatte? Durfte der Maler, ein in die Welt wechselvoller Vorstellungen ausgreifender Künstler, nicht das Abbild des Studenten Zrínyi mit der Vision künftiger Lebensgestaltung verbinden? Hatte er nicht gar die Pflicht, die in Rom verbrachte Zeit, diese zwischen Gelehrsamkeit und jugendlichen Sehnsüchten schwebenden Jahre, dem Erwachsenensein gegenüberzustellen, die Sorglosigkeit mit nachfolgender herber Reife zu vergleichen samt all ihren Pflichten und auch mitsamt der offen gezeigten oder verborgenen Gegnerschaft mancher Neider und Nebenbuhler? Der Schuss aus dem Hinterhalt – war das nicht ein Motiv, das zu den lebhaftesten Gedankenspielen und auch zu gestalterischen Kombinationen Anlass gab?

Der vermeintlich gefallene Schuss... Für Coulin hatte er den Rang eines zweifelsfreien biographischen Faktums. Er musste an das Bildnis des Kavallerieoffiziers denken, das bei einer Tante in Hermannstadt hing, an dieses um 1800 gemalte Porträt. Die Tante, ein hochbetagtes Fräulein aus dem Milieu des Beamtenadels, hatte nicht mehr angeben können, ob der im Uniformkürass erscheinende, ernst dreinblickende Rittmeister ein Herr Schobel von Schobeln oder ein Herr Hutter von Huttern war. Oder sollte es nicht vielmehr der kaiserlich-königliche Major von Hauenschild gewesen sein, wofür schon sein Name sprach, dieser richtig kriegerische Name? Denn Hauenschild war eine Bezeichnung aus dem Umkreis des soldatisch klingenden Haudegens.

Den in die militärische Hierarchie eingereihten Mann wusste man also nicht eindeutig zu benennen, doch erzählte man in der Familie, er habe einst an einer Jagdpartie im Kaltbachtal teilgenommen, an einem Wildtreiben großen Stils, zu dem ein Grundbesitzer eingeladen hatte. Und dabei war dieser Gastgeber zu Fall gekommen, angeblich, weil er sich einem angeschossenen Keiler unvorsichtig genähert und von diesem dann angegriffen worden war. Doch munkelte man, den Verunglückten habe eigentlich eine Gewehrkugel getötet. Sollte besagter Rittmeister seine Flinte betätigt haben?

Aus solchen Reden im Familienkreis ging nicht deutlich genug hervor, wer denn eigentlich das Opfer gewesen sei. War es ein Halbadliger aus dem sächsischen Gräfentum oder ein richtiger Edelmann, ein *nemes ember*, mit Wappen und ungarischem Adelsbrief? Bloß soviel wusste die Fama, der getötete Grundherr habe sich manchen Übergriff erlaubt; die ihm unterstellten Hörigen fürchteten seine Härte, die sich – rein äußerlich – auch darin kundtat, dass er stets die Pistole mit sich führte, wenn er über die Wiesen und Äcker seines Gutes ritt. Seinesgleichen Standespersonen fühlten sich von seinem Ehrgeiz und seinem herausfordernden Auftreten abgestoßen. Und waren dennoch der Einladung zur Jagd und den damit verknüpften Lustbarkeiten gefolgt, die nun wegen des Unfalls ausbleiben mussten. Überliefert war von dem so unerwartet verlaufenen Geschehen, dass der Fronherr Tage später an der höchstgelegenen Stelle seines Weinbergs bestattet wurde.

Das Porträt des Offiziers war Coulin stets als Spiegel undurchdringlicher Gesichtszüge erschienen, geeignet, jederlei Geheimnis zu verbergen, vom harmlosesten bis zum allerfinstersten wie Mord. Ob man dem Gewappneten, dessen Helm den einen Arm bedeckte, ob man ihm, der mit stahlblau-grauen Augen die Welt betrachtete, nicht Unrecht tat, ihn einen Todesschützen zu nennen? Dieses Rätsel konnte wohl nie mehr gelöst werden...

Coulin durfte sich aber durch solche Erinnerung nicht ablenken lassen. Er war sich in einem Punkt beinahe sicher, dass er einen jungen Mann, der dem historischen Zrínyi mehr oder weniger ähnlich sah, in einem seiner Zeit und seiner vornehmen Herkunft angemessenen Gewand und auch mit wallendem Umhang darstellen werde – wie bereits auf zahlreichen Blättern skizziert –, einen zielbewusst auftretenden Jüngling, der sich in seinem künftigen Leben ebenso als geistig-künstlerische Persönlichkeit als auch als energischer Leiter seiner Domänen bewähren würde. Das Vielerlei eines von Kämpfen, von Proben eines kräftigen Behauptungswillens sowie von schicksalhaften Wendungen erfüllten Lebens mochte ansonsten ungeformt bleiben. Coulin hatte einen Zugang zu Nikolaus Zrínyi und seiner Welt zu eröffnen, die für den Neuzeitmenschen in gewissem Maß auch eine Theaterwelt war, der Rest verlor sich in Staub und Asche. Verlor sich im Sammelsurium des Abgelebten und in Ruinen, wozu – von Zrínyi einmal abgesehen – Rom eine vorzügliche Anschauung bot, da sich hier Kunstwerk und Moder, mühevoll Erhaltenes und achtlos Verworfenes mit Neuem und Zukunftträchtigem auf engem Raum mischten.

Und gerade das war es ja, was diese Metropole so anziehend machte. Hier lebte noch die Klassik, deren Skulpturen Coulin immer wieder Äußerungen höchster Bewunderung abnötigten. In Rom behauptete sich auch der aus dem antiken Erbe hervorgegangene, nie zu unterschätzende Klassizismus, daneben neuere Kunstrichtungen es schwer hatten aufzukommen. Coulin strebte aber auch nicht nach einer Erneuerung um jeden Preis. Er wusste sich im Gegenteil geborgen in der Gediegenheit alter Malweise, wo jedes porträtistische Detail, jede Körperbewegung ihren aus deutlicher Anschauung gewonnenen Ausdruck erhalten hatte. Das Gegenüber der Kunst, ihr Gegenstand, im Atelier das weibliche oder männliche Modell, in der Natur ein die Sinne fesselnder Ausblick, weiterhin die ins Biblische oder ins Profane gerichtete Auftragsarbeit mit verschiedenartigen Vorgaben hinsichtlich der Motive – all das spornte ihn an, bei der Linienführung, bei der Wahl von Formen und Farben möglichst genau zu sein. Darin sah er für sich eine Aufgabe, die vielfach im Einklang mit moderner Anschauung und auch modernen Darstellungsmitteln war. Im Gespräch mit kunstverständigen Menschen wurde er jedoch nicht müde zu behaupten, das Ziel aller Bemühungen sei stets das Bildwerk, welches so ruhig, so unbeirrt eigen und stark dastehe wie die Arbeiten der Alten Meister

In Paris mochte man die Schwerpunkte anders setzen, in Wien und Berlin wohl auch, da sprach man von Lockerungen, vom Abschütteln lästiger Zwänge, da galt die Hingabe des Schaffenden den Gebilden einer freier entfalteten Phantasie. Rom aber – es blieb ein Hort des Altbewährten und stilvoll Erneuerten, gerade weil sich hier im Lauf von Jahrhunderten, gar Jahrtausenden, Schichte auf Schichte abgelagert hatte...

Robert Wellmann, der aus seinem Reußmarkter Elternhaus die Lebenslehre auf den Weg mitbekommen hatte, Existenzfragen nicht in beschaulichen Erwägungen zu verklären, sondern durch praktische Lösungen zu bewältigen, riet Coulin mehrmals davon ab, den Vorbildern aus der Antike und der Renaissancezeit allzu ergeben zu folgen, der antikisierende Zug in Coulins Kunstauffassung und Malweise dürfe nicht überhand nehmen. *Signor Roberto* ermahnte den Freund, sich in höherem Maß auf das pulsende Leben einzustellen, auf die Natur in ihrer Bewegung, deshalb habe die Devise zu lauten: Hinaus aus dem Atelier! Und wenn schon Atelierbilder entstünden, dann nicht *x*-beliebige, dämlich dreinblickende Personen porträtieren, sondern schöne Italienerinnen! Solche wie die attraktive *Signora* Emanuela.

Trotz mitunter herber Kritik war Wellmann jedoch darauf bedacht, Coulin nicht zu demoralisieren. Er bestärkte ihn vielmehr in dem Vorsatz, der eigenen Malweise treu zu bleiben und diese nicht kleingläubig als „veraltetes Können" zu bezeichnen. Coulin habe seinen Weg fortzusetzen, korrekt und sich gegenüber streng, er habe jede Leichtfertigkeit zu meiden. Allerdings müsse er noch besser werden, und dies, obwohl ja zugegeben werden könne, dass sich im Schaffen der letzten Jahre mancher Fortschritt erkennen lasse.

Im Oktober waren die Nachmittage schon recht kurz, was Coulin dazu nötigte, mit dem Aufräumen des Ateliers zeitiger als in den Sommermonaten zu beginnen. Er konnte alle paar Tage damit rechnen, dass gegen Abend, stets aber vor Einbruch der Dunkelheit, Olga herüberkam aus der Wohnung in der *Via Napoli*, allein, manchmal auch in Begleitung des zwölfjährigen Schobi. Klein-Stibes verblieb während der Abwesenheit seiner Mutter zu Hause, von Tante Gertrud umhegt, der Erzieherin, die aus Kronstadt stammte.

Olga pflegte in der letzten Zeit einige Kompositionen aus dem klassisch-romantischen Repertoire auf der Geige einzustudieren. Das geschah im Empfangsraum der Villa, dort war sie weder von den eigenen Kindern noch von den Privatschülern gestört, auch stand dort das Klavier, das während der seltenen, zu bestimmten Anlässen gebotenen Kammermusikabende schier unentbehrlich war.

Ein solcher außergewöhnlicher Anlass stand Mitte Oktober bevor: Kardinäle und sonstige ungarische Würdenträger wurden erwartet, unter ihnen auch Titularbischof Fraknói. Olga tat gut, einiges bereit zu halten für ein Sonatenprogramm mit oder ohne Klavier, Konkreteres würde sich erst kurz vor Ankunft der hohen Herren klären.

Wenn alles annähernd wie in vergangenen Jahren ablief, dann würde die Delegation vom Papst empfangen. Kleinere Leute wie die Stipendiaten des Ungarischen Seminars durften sich während der päpstlichen Audienz im Petersdom ergehen.

Wer dann von den Kirchenführern und anderen Exzellenzen aus Ungarn Lust hatte, die beiden Künstler der Villa Fraknói in ihren Ateliers aufzusuchen, war dazu gerne eingeladen. Smigelschi und Coulin wussten das natürlich zu schätzen, wenngleich sie sich dessen bewusst waren, dass die ehrenvolle Zuwendung der Großen keinerlei pekuniären Gewinn brachte, sie war vielmehr mit Ausgaben verbunden, die sich aus dem Umstand ergaben, dass im Atelier und im gesamten Seminar alles aufs Laufende gebracht werden musste. Mit Augenzwinkern verständigten sich Coulin und Smigelschi darüber, dass man durch die feierliche Visite weniger verwöhnt als „offiziell genotzüchtigt" wurde...

Kam Olga in die *Via Gabriele Falloppio*, hielt sie sich zunächst eine Weile bei den Smigelschis auf. Mit Pulcheria – die sie Pulcheri nannte, einfach Pulcheri – tauschte sie sich über

Hausfrauenprobleme und Sonstiges aus, bevor sie in Arthurs Atelier trat.

„Wie geht es dir?" fragte sie, als sie an dem von uns hervorgehobenen Oktobertag ihrem Mann gegenüberstand, und er wusste, sie meinte nur eines, sein gesundheitliches Befinden.

„Danke, gut", entgegnete er und legte seinen Arm um ihre Schultern, „keine Beschwerden."

„Ich will es gerne glauben", meinte Olga, „konntest du leicht schlucken?"

„Aber ja, das Brot war vorzüglich, und dann die Trauben... alles prima."

„Und die Reizungen?"

„Erträglich. Nicht der Rede wert."

Nach seiner Gewohnheit wich er etwas aus, wenn sie ganz genau wissen wollte, wie es mit der Geschwulst im Mund bestellt war, mit dieser seit einigen Monaten herangewachsenen Verdickung der Zunge, im medizinischen Fachjargon als „Infiltration des Zungenrandes" bezeichnet.

Nun denn, es war ja wohl nicht so schlimm darob bestellt, wenn er von diesem Übel ablenkte. „Alles in Ordnung!" war eine seiner Wendungen, und mit der flott dahergesagten Formel „ach, meine Geschwollenheiten" versuchte er, sich unbeschwert zu geben.

Er vermied stark gewürzte Speisen, auch hatte er, auf Anraten des *Dottore*, das Rauchen fast ganz gelassen und hatte mit einiger Überwindung gelernt, dem verlockend guten, dem jedermann erschwinglichen südländischen Wein aus dem Weg zu gehen.

„Ich habe wieder den Zrínyi vorgenommen", sagte er, und es klang so, als hätte er einen festen Entschluss gefasst, von dem ihn nun nichts auf der Welt abbringen würde. „Der Bischof kommt ja in zwei Wochen, und ich hoffe, ihm das Bild zeigen zu können."

„Das freut mich!" Aus dem warmen Stimmklang hörte er die Ermutigung heraus, die Olga immer schon mitschwingen ließ, wenn es um seine Arbeit ging.

„Und dann mache ich auch das fertig", versprach er eifrig und zeigte auf das an einer Wand lehnende Gemälde, auf dem Olga und eine weitere Frau zu sehen waren – die Gattin, nach dem Bad im Freien noch nicht ganz angekleidet, die andere Person nackt.

„Ach", ließ Olga sich vernehmen und fasste die dargestellte Szene ins Auge, „das waren schöne Tage in Cervara, da hatten wir wenig Sorgen. Wir waren müde vom Baden und waren doch so frei und gelöst wie selten. Wie gut du das getroffen hast. Die Luft flirrt in der Hitze, und alles ist so hell, selbst die Schatten der Olivenbäume sind leicht, sie scheinen zu schweben."

„Ja", bekräftigte der Maler ihre Worte, „die Schatten schweben."

Er sagte nicht: Sie verdichten sich, sie werden schwärzer. Er wiederholte bloß, was sie vorgebracht hatte: Die Schatten schweben.

Nachwort

Dreierlei kam bei Entstehung der Schilderung zusammen:

Familiäres. Der Name Coulin und die Geschicke dieser Familie sind mir in großen Zügen seit meiner Kindheit geläufig. Die Schwester meines Vaters, Marie, hatte einen jüngeren Bruder des Malers geheiratet, Alfred Coulin, und deren Kinder und Enkel sind mir im alltäglichen Verkehr sowie aus Erzählungen bekannt geworden. Das Werk Arthur Coulins (1869–1912) erschien mir einst weniger als lebendiges, die Gegenwart berührendes Erbe, es war vielmehr eine respektvoll erwähnte großväterliche Hinterlassenschaft. Erst in reiferen Jahren lernte ich seine Arbeiten und die anderer Vertreter seiner Generation als Leistung zu sehen, deren Strahlkraft sich auch auf die Gedankenwelt der seinem Tod folgenden Jahrzehnte auswirkte.

Dokumentarisches. Aus mehreren Gesprächen und aus der Lektüre von Pressebeiträgen konnte ich das Entstehen der Bildmonographie *Arthur Coulin* von Harald Krasser mitverfolgen (Bukarest: Verlag Meridiane 1970; auch in rumänischer Sprache erschienen). Die davon veranlasste Ausstellung im Hermannstädter *Haus der Künste* (Kürschnerlaube) bereicherte die optischen Eindrücke der Veröffentlichung. Eine spätere Ausstellung (2009–2010) in Hermannstadt und Kronstadt, von der ein stattlicher Katalog Zeugnis ablegt (*Arthur Coulin*, 2010) ergänzte mein Wissen über den Künstler.

Mir lag außerdem die Sammlung biographischer Zeugnisse und Abbildungen vor, die sich im *Siebenbürgisch-sächsischen Künstlerarchiv* befindet, mir zur Verfügung gestellt von meinem Bruder Manfred Wittstock. Das *Künstlerarchiv* verwahrt auch die von Harald Krasser angelegte Sammlung der *Briefe von, an und über Arthur Coulin*. Es ist dies ein umfangreiches Konvolut von Abschriften, die Krasser selbst nur zum geringen Teil in seiner Monographie auswerten konnte – ein wahrer Fundus aufschlussreicher Äußerungen zu den Lebensumständen der Maler Arthur Coulin, Carl Dörschlag, Robert Wellmann, Friedrich Mieß und anderer.

Der Malerkollege Octavian Smigelschi (1866–1912) und sein Werk erschlossen sich mir vor allem aus Virgil Vătășianus Monographie *Octavian Smigelschi* (București: Editura Meridiane 1982).

Die Erzählung ist dennoch nicht reine Dokumentation, sondern fußt bloß auf ihr; Fiktion kommt auch zu ihrem Recht.

Touristisches. Zusammen mit meiner Frau und einigen Familienmitgliedern verbrachte ich im Oktober 2014 einige Tage in Rom. Der Aufenthalt ermöglichte es mir, in gewissem Maß den Spuren von Olga und Arthur Coulin nachzugehen. Aus der Korrespondenz hatte ich die Anschriften ihrer Aufenthalte in den Jahren 1908–1912 notiert und versuchte vor Ort, mir ein Bild ihrer damaligen Lebensstätten zu machen.

Das vor hundert Jahren existierende Straßennetz der zentralen Stadtbezirke ist über weite Partien hinweg erhalten geblieben, selbst wenn man feststellen muss, dass sich in der Anlage und Bebauung der Straßen mancher Wandel vollzogen hat. Die Villa des Bischofs Fraknói, dieses den Stipendiaten des Ungarischen Seminars bereit stehende Gebäude, angeblich auf der Via Gabriele Falloppio Nr. 139 A situiert, ließ sich anhand dieser Angabe nicht identifizieren. Die Via Gabriele Falloppio verfügt gegenwärtig bloß über wenige Häuser und mündet nach etlichen -zig Metern in die zu ihr in stumpfem Winkel verlaufende Via di Villa Patrizi. Herrschaftliche Bauten, gar Residenzen sind hier anzutreffen – Botschaftssitze und andere Repräsentanzen, und man darf annehmen, dass die ungarländischen Stipendiaten in dieser Gegend gut untergebracht gewesen sind. Genaues ist aber nicht zu ermitteln, und das umso weniger, als der Vergleich eines alten Stadtplans (1909) mit einem neuen zeigt, dass gerade das Areal der Villa Patrizi neu parzelliert und kompakter bebaut wurde.

Die Wohnung der Coulins in der Via Napoli Nr. 80, Appartement 15, dürfte sich in dem mehrstöckigen Gebäude (6 Ebenen) befunden haben, das heute die Hausnummern 79–80 trägt. Die Front des schätzungsweise 1890–1900 auf abfallendem Gelände erbauten Miethauses, in unauffälligen Farben gestrichen, ist durch Pilaster gegliedert, deren Schäfte oben mit Kapitellen verziert sind. Die grauen Fensterläden sind offenbar meist geschlossen – vielleicht war das aber nur zur Zeit meiner Besichtigung am frühen Nachmittag so.

In den Jahren 1911–1912 wohnte Familie Coulin in der Via Veneto Nr. 51. Die Straßenseite, auf der sich die angegebene Hausnummer befunden hat, wurde in der seither vergangenen

Zeit durch monumentale Gebäude radikal verändert, so dass es nicht mehr möglich ist, das einstige Logis ausfindig zu machen. Auf der anderen Straßenseite sind Bauten angeordnet, die auch Olga und Arthur Coulin gesehen haben werden, an denen sie vorbeigegangen sein mögen, darunter das Luxushotel *Majestic*, ein 1889 errichteter Bau des Architekten Gaetano Koch. Die Coulins gehörten nicht zur reichen Bourgeoisie, der – einer am Hotel angebrachten Gedenktafel zufolge – das Gebäude, nach und nach aber auch die ganze Gegend vorbehalten war, diese „exklusive Zone". Das Appartement 10 von Nr. 51 war vermutlich auf schlichte Wohnlichkeit eingestellt und weniger auf ein für die Familie Coulin inadäquates gesellschaftliches Prestige ausgerichtet.

Heimat-Flug

Hier ist des Säglichen Zeit, hier seine Heimat.
Sprich und bekenn...
Rainer Maria Rilke[1]

Ein angenehmer Flug, in jeder Hinsicht zufriedenstellend, zumindest am Anfang. Eine Stewardess hatte ihm mit gewinnendem Lächeln einen Umschlag eingehändigt, und auf den darin enthaltenen Formularen konnte er guten Gewissens die besten Bewertungen ankreuzen. Die Abfertigung im Flughafen war einwandfrei gewesen, die Betreibergesellschaft kam den Passagieren in allem entgegen. An der Verzögerung des Starts, an dieser knappen Stunde, trug das Unternehmen keine Schuld, vielmehr war es die ungünstige Witterung, die den Aufschub verursacht hatte. Nebel über dem Zielort ließ es geraten sein, den Abflug hinauszuzögern.

Bei Sonnenlicht setzte die Maschine vom Rollfeld ab. Längere Zeit konnte er Rumpf und Tragflächen des Flugzeugs als beweglichen Schatten über Felder und Wiesen gleiten sehen. Mit dem Aufstieg verringerten sich in ihren Maßen die zunehmend welliger werdenden Landgebiete unter den Passagieren, und auch die bald als Gebirgszüge ausgeprägten Felsmassen zu ihren Füßen erschienen hügelmäßig gering. Stets wurde der Blick von den Tälern und ihren wechselhaften, ihren halb-stofflichen Inhalten angezogen – die der Sonne abgekehrten Gründe waren meist von Nebelschwaden umspielt, auch hielt sich Schnee in den zur Mittagszeit immer noch verschatteten Mulden.

Welche Massive waren das, die den Fluggästen untertan zu sein schienen – der Karst, die Alpen? Die Ur-Anlage des Seins mutete gebändigt an aus der Höhenlage, die von den

---

[1] *Duineser Elegien*, IX, Frankfurt am Main: Insel Verlag 1962, S. 37.

Fahrtteilnehmern physisch und seelisch gehalten wurde und die nicht ganz frei war von Überheblichkeit. Dieses Sich-Überheben, hervorgerufen durch Technik und Komfort, ließ kaum einen Gedanken zu an die beträchtliche Falltiefe, die sich bei unvorhergesehenen Umständen fatal auswirken könnte. Beispielsweise bei plötzlicher Zunahme des Dunstes, bei einer nicht bis ins Letzte vorausbestimmbaren Ausbreitung der Wolken.

Dies zu erwägen, lag fern. Dabei war das Wort Nebel deutlich genug ausgesprochen worden als Ursache der Verspätung. Aber selbst als sich unten wolkiges Geflock allmählich zusammenschloss zu einer Decke beträchtlicher Dichte, schien noch keine Ursache gegeben, im Nebel etwas anderes zu sehen als die unbedrohliche Begleiterscheinung einer reizvollen Fortbewegung inmitten der Natur.

Der Fluggast, von dem wir sprechen, Franz-Xaver genannt, war in den vergangenen Tagen an Rilke erinnert worden, hatte er doch, auf nächtlicher Busfahrt vom Regional-Flughafen Friuli-Venezia Giulia nach Triest auch Duino gestreift, die Ortschaft, in der sich der Dichter mehr als ein halbes Jahr aufgehalten hatte. Franz-Xaver war also in Nähe dieser Lebensstätte eines auch gegenwärtig voller Ehrfurcht genannten Autors gewesen, und er beschloss, sich nach seiner Heimkehr die in jener Gegend verfassten *Duineser Elegien* wieder zu Gemüt zu führen.

Rilke, ja, dessen Existenz, dessen Dichtungen waren Franz-Xaver immer auch ein wenig Bestätigung seines eigenen Daseins, hatte sich doch der längst verstorbene Autor brieflich an einen werdenden Schriftsteller gewandt, an einen jungen Franz-Xaver, und ihn in Fragen der Kunst und des Lebens zu belehren versucht.

Zufälligerweise war dieser andere Franz-Xaver kürzlich erwähnt worden, während des Treffens, an dem der nun nach Hause reisende Fluggast zugegen gewesen war. Eine Dichterin hatte den Temeswarer Franz-Xaver Kappus[2] ins Gespräch gebracht, doch so, dass allein Rilkes briefliche Äußerungen gewürdigt wurden – sei denn darin nicht alles Wesentliche über schöpferische Berufung und Dichterlos zum Ausdruck gebracht?

Das Treffen, diese literarische Veranstaltung, galt freilich nicht einem einzelnen Poeten, obwohl solche mehrfach genannt wurden – die Triestiner Umberto Saba, Italo Svevo, Claudio Magris und andere. Die Begegnung war vielmehr auf das Thema „Heimat" eingestellt. Welch dankbarer Gegenstand der Erörerung!

Die Teilnehmer des Kolloquiums waren durch Triest gewandert, sie hatten, unter kundiger Führung einer schon seit drei Jahrzehnten der Ortschaft verbundenen Deutschen, die dem Meer geöffneten Bezirke der Hafenstadt durchmessen und dann auch etliche der hügelan angeordneten Gassen und Straßenzüge beschritten. Nicht selten fühlte Franz-Xaver dabei den Anklang dessen, was er im Allgemeinen als „heimisch" bezeichnen konnte, wenn er auch genau wusste, es sei nicht die auf ihn zutreffende Beschaffenheit des Heimischen.

Abendliches Umherstreifen auf eindrucksvollen Straßen wie auch in verwinkelten Gassen ließ ihn desgleichen Heimat-Nähe und gleichzeitig Heimat-Ferne empfinden. Er war ja im Grunde kein Küstenmensch, doch zugänglich für die Eigentümlichkeiten des Hiesigen, für die mittelmeerländische Art, sich im Leben einzurichten.

Und nun kehrte er ins Land zurück, in dem er ansässig, für dessen Belange er in einem gewissen Maß zuständig war. Selten hatte er so viel von der Substanz des Wortes „Heimat" aufgenommen wie in den vergangenen Tagen, er war ganz

---

[2] Franz Xaver Kappus (1883, Temeswar – 1966, Westberlin), Journalist, Verlagslektor, Prosaautor (Romane, Erzählungen), Verfasser von Schauspielen, bekannt vor allem als Empfänger von Rilkes *Briefen an einen jungen Dichter* (1929).

durchtränkt von dem Begriff. Behaftet mit den verschiedensten Schattierungen war das Wort ausgesprochen worden, vom Podium her oder aus dem Publikum. Es hatte in vielerlei Formen des Gefühls Ausdruck gefunden und war in vorsichtigen Abwägungen des Verstandes geprüft worden. Heimat und immer wieder Heimat... Unten aber, im angeflogenen pannonisch-danubisch-karpatenländischen Raum, brauten sich Nebelmassen zu kompakten, schier undurchdringlichen Schichten zusammen.

Kürzlich hatte es Augenblicke gegeben, da er innward: Mittelmeer, ich bin am Mittelmeer! Nicht etwa beim Promenieren am Strand geschah das, nicht inmitten der Corso-Geschäftigkeit, nicht indem er dieses Hiersein im mediterranen Jetzt an der Hafenanlage und an den Gebäuden der Stadt abzulesen versuchte, sondern beim freien Blick auf die sich schier ins Unermessliche verlierenden Wogen... wenige Augenblicke waren es...

Völlig unerwartet meldet sich eine Frauenstimme durchs Mikrophon, sie gibt bekannt: Das Fahrtziel könne nicht angeflogen werden. Die Sicht sei durch Nebel verstellt, man werde deshalb den Flugplatz von B-p. ansteuern.

Worte schwirren durcheinander, Meinungen werden in Ausrufen, in halben oder ganzen Sätzen laut. Warum B-p.? Das sei absurd, weshalb lande man nicht auf einem der Endstation näher gelegenen Flugplatz? Warum fliege man nicht gleich zum Ausgangsort zurück, das wäre für viele am günstigsten, wahrscheinlich für die meisten.

Vor Franz-Xaver sitzt einer, der wirft die Arme hoch und stöhnt „aahhrrh!" Ein anderer, er sitzt hinter Franz-Xaver, ruft: „Wir sollen zurückfliegen... zu-rück-flie-gen!"

Die meisten Fahrtteilnehmer sind ruhig, doch sichtlich bemüht, durch forschende Blicke in alle Richtungen zu begreifen, was sie denken sollen und wie sie sich zu verhalten haben.

Die Mitteilung ist lapidar gewesen. Sie vermied die Aussage, man sei, laut Stundenplan, schon nahe am Endziel gewesen; sie verschwieg, man habe die Landung auf anderen rumänischen Flughäfen erwogen, doch liege über der gesamten innerkarpatischen Region dichter Nebel... Allein dieser Umstand erklärt, warum eine dem Ziel recht entfernte Großstadt angeflogen wird.

Eine Stewardess geht von Reihe zu Reihe, sie versucht zu erklären, zu beschwichtigen. In B-p. angekommen, werde man eine Liste anlegen mit den gewünschten Optionen. Wer wolle, könne zurückfliegen, wer sich zur Fortsetzung der Reise entscheide, werde per Bus das Fahrtziel erreichen. Selbstverständlich komme die Fluggesellschaft für jede Art der Weiterbeförderung auf. *Sorry!* Sie ersucht alle Anwesenden um Verständnis für die witterungsbedingte Programmänderung.

Unaufhörlich kaut Franz-Xavers Vordermann gesüßtes Gummi. Lebhaft arbeitet es deshalb in der Schläfenregion, doch kann man auch glauben, der kaum gezügelte Ärger setze die Gesichtsmuskeln in Bewegung und äußere sich zudem in nervösen Zuckungen der Kopfhaut.

Wie diesem Passagier geht es wohl auch anderen, nur sind sie beherrschter. Die junge Frau in Franz-Xavers Sitzreihe blickt sich unruhig um. Ebenso die weibliche Person vor ihr; um sich abzulenken, beugt sie sich nach vorn, sodass ihr langes Haar das Gesicht verdeckt, und betrachtet eine Landkarte.

Der Vordermann lässt sich vernehmen: „Ich habe mich nur mit Mühe für ein paar Tage von der Arbeit freimachen können, und jetzt diese Verzögerung. Keine Ahnung, was da abläuft und was ich machen soll."

Franz-Xavers Gehirn erzeugt mancherlei Phantasiegebilde. Schriftsteller Rilke sagt zu ihm: „Öffnen Sie den Sicherheitsgurt und erheben Sie sich, alle sollen Sie vernehmen können."

Franz-Xaver tut das (ohne es wirklich zu tun, und auch der Gurt verweigert sich dem Verstoß gegen die Vorschrift und bleibt geschlossen).

Das Summen des Triebwerks wird von Franz-Xavers Stimme übertönt. „Aber, Leute, warum die Aufregung? Wir sind oberhalb des uns Vertrauten. Mit Sicherheit werden wir erreichen, wonach wir streben. Keiner von uns soll die Heimat entbehren müssen. Wir werden dort abgesetzt, wo es am besten für uns ist. Zeitverluste wird man wohl in Kauf nehmen müssen, sammeln wir aber unsere Gedanken, lenken wir sie auf das Ziel, auf die Heimat, und sie wird sich uns nicht verschließen. Was sind Kilometer, die uns noch von ihr trennen? Die Entfernungen werden sich verringern, sie werden in nichts zusammenschmelzen. Wünschen wir es inständig: Die Heimat nimmt uns auf!"

Zwar ist es nur ein kontemplativer Einfall, und doch hört Franz-Xaver deutlich die Stimme des Vordermanns. Dieser ruft erbost: „Verschonen Sie uns mit ihren Reden!"

Franz-Xaver sitzt wieder... er sitzt noch immer... und Rilke verblasst, er gehört ja, nach eigenem Ausdruck, zu den „Schwindendsten"... „Ich hätte es sagen müssen", murmelt Franz-Xaver. Und denkt: Wir nehmen immer geduldiger, immer ohnmächtiger hin, was über Heimat gesagt wird, selbst den größten Irrtum ertragen wir schweigend.

Das Abendrot verschwindet aus den Luken zu seiner Linken. Offenbar wird eine Schleife geflogen, denn die letzten Sonnenstrahlen gewahrt er nun zu seiner Rechten. Die Kreisbewegung wird fortgesetzt, das scheidende Tageslicht haben die Passagiere jetzt im Rücken.

Die Mikrophonstimme gibt durch: Man warte auf Antwort „unserer Boden-*Crew*", um zu wissen, was nach der Landung geschehen werde.

Das Flugzeug beginnt niederzugehen. Zusehends nähert es sich dem Nebelgemeng. Keine Worte mehr, stille Ergebenheit ist angesagt, zumal man ohnehin nichts anderes tun kann, als sich zu fügen.

Das Licht im Flugzeugrumpf wird reduziert. Wolkenfelder, Wolkenwälder rücken an, und jetzt geht's hinein ins Ungewisse. Minutenlanges Gebrause.

Trübe Sicht, immerhin wieder erlangte Gegenständlichkeit. Holpriges Aufsetzen der Räder, Bodenkontakt bei zunehmend gedrosseltem Tempo, schließlich gleichmäßiges Einherrollen.

Die Blicke der mitreisenden Frauen, der Männer haben an Tiefe gewonnen. Nicht mehr das übliche An-einander-vorbei-Sehen, man schaut in die wissender gewordenen Augen.

Allmählich verwandeln sich die Schicksalsgefährten wieder in gewöhnliche Menschen. „Weiterfahren mit dem Bus", sagt der Mann hinter Franz-Xaver ins Mobiltelephon, „ich glaube, das ist Käse, das macht nicht Sinn, ich fliege zurück."

Der Vordermann hat sich für den Bus entschieden. „Ich wollte mit Freunden auf die Jagd gehen. Vielleicht schaffen wir es noch."

Der Text ist ein Echo des Symposiums *Heimat – unheimlich / La patria estranea*, 28. November 2011 in Triest, veranstaltet vom dortigen Goethe-Institut auf Initiative des Schriftstellers Claudio Magris.

Erstdruck in *RHEIN! Zeitschrift für Worte, Bilder, Klang*. Nr. 4, Mai 2012, S. 90–96.

Annäherung an Birthälm

I.

Erste kurze Aufenthalte im Ort waren von touristischen Beiläufigkeiten erfüllt, sodass mir von jenen frühen Besuchen nicht viel mehr haften blieb als nur Umrisse allgemeiner Anschauung.

Das änderte sich in der zweiten Hälfte der 1970er Jahre, als, durch landeskundliche Veranlassung – um es so anspruchsvoll zu benennen –, mein Blick auf Birthälm mit einem Mal angelegentlich wurde, das heißt: von dokumentarischen und kompositorischen Angelegenheiten bestimmt. Wieder sind die Bezeichnungen etwas übertrieben für die schlichten Vorgänge, die da abliefen. Worum handelte es sich denn?

Für einen Dokumentarfilm hatte ich mich in Birthälm nach geeigneten Motiven umzusehen. Landschaft und Siedlung sollten gleichermaßen zu ihrem Recht kommen, Vergangenes hatte anhand des Gegenwärtigen veranschaulicht zu werden, alles durchströmt vom Dichterwort, dem überlieferten – versteht sich –, getragen also von einigen für Birthälmer Belange kanonisierten Schriftzeugnissen.

Zusammen mit meiner Schwester Rohtraut durchstreiften wir im August 1978 die charakteristischen Stätten des einstigen evangelischen Bischofssitzes, wissend, dass kirchliche Motive wie Kreuz und Altar keine oder bloß eine untergeordnete Rolle spielen durften in dem Filmstreifen volksdemokratisch-sozialistischer Moderne. Einbringen in dergleichen fortschrittliche Bildmontagen ließen sich bestenfalls in Stein geschlagene Wappen, Einlegearbeiten an Türöffnung und Gestühl sowie orientalische Teppichverzierungen.

Im Pfarrhof und Pfarrhaus konnten wir den doktinär-progressistischen Entzug des Religiösen wettmachen. Die Räumlichkeiten, in denen Ortspfarrer und Bischöfe gewirkt hatten, bargen stimmungsvolle Winkel, die sich bei Filmaufnahmen zur Geltung bringen ließen.

Frau Brantsch, Witwe eines Geistlichen, gab uns manche Auskunft, und Kirchenvater Melas führte uns durch das Gebäude, dessen obere Räume gerade für die Präsentation des neuen Pfarrers hergerichtet wurden: Mitte September – hieß es – werde der Kirchberger Pfarrer Harald Gunne da seinen Dienst antreten.

Eingehend prüften unsere auf optische Effekte eingestellten Augen die Hausfassaden, Toreinfahrten und Höfe jener Bauten, die den Platz säumten und zu Beginn der Steingasse (Aurel-Vlaicu-Straße) standen. So auch jenes Gebäude mit vorgerückten Steinsäulen, in dem die Apotheke eingerichtet war. Herr Hager, der hier wohnte, versicherte uns, es sei dies wohl das älteste Haus im Ort – er wies auf den gebrochenen Giebel und auf die mit Jahreszahl 1571 versehene Inschrift.

Ein Gässchen erschloss uns den Aufstieg zu jenem terrassierten Höhenzug, der von den Rebpflanzungen des Staatsgutes bedeckt war. Die Reihen der Weinstöcke – hatten wir erfahren – erstreckten sich in weitem, an Birthälm heranschwingendem Bogen vom Tobstal bis nach Reichesdorf. Am Waldesrand oben bot sich uns gute Aussicht auf Burghügel und Gemeinde.

Vieles, so meinten wir, schier alles, eignete sich zur Umsetzung in Filmmaterial, selbst wenn dieses nicht die damals noch seltene Farbchromatik aufwies, sondern im üblichen Schwarz-Weiß gehalten war.

Etwas später, im März '79, war ich erneut in Birthälm, diesmal als Teil einer „Kulturbrigade". Die Hermannstädter Fakultät für Philologie und Geschichte hatte eine solche „Brigade" zusammengestellt, aus eigenen oder sonst woher angeworbenen Kräften, und hatte die Formation in den Jahren 1978–1980 in Dorfgemeinden des Hermannstädter Kreises auftreten lassen. Kurze Vorträge und Lesungen folgten einander, Tanz-

und Singgruppen traten auf, Blasmusik und Klänge des damals beliebten „*Folk*" waren zu hören.

Nach Meschen, Marpod und anderen Ortschaften kam auch an Birthälm die Reihe. Auf der Busfahrt ins Weinland war nicht zu übersehen, dass Vegetationsreste des Vorjahres durch Flächenbrand beseitigt wurden. Trotz Verbot war diese Unsitte noch im Schwang, es wurde weithin die „Taktik der verbrannten Erde" angewandt.

Flamme, Qualm und Asche – sie wirkten auf die kurze Schilderung ein, die nach dem Besuch in Birthälm entstand. Und sie haben eine Brandspur nun auch in diesen Aufzeichnungen gelegt, wie gleich zu sehen sein wird.

II.

Taktik der verbrannten Erde

Trotz Versicherungen, dass der Vorvergangenheit die Mitvergangenheit und dieser die Gegenwart gefolgt sein soll, hartnäckig angewandte Methode zur Flurbereinigung im Februar/März, die Feldmark im Brandzeichen, das in die letzten Buschwinkel dringt – Frühjahrs ist Krieg auf den Hügeln.

Feuergeplänkel im Kampf zwischen Wintererbe und neuen Projekten, Einsatz frühgeschichtlicher Mittel, die sich im Vegetations-Hunger der Flammen erneuern, um Denkzettel zu verabreichen dem nicht fruchtlos gebliebenen Vorjahr – angekohlt ist des Gestängels Freitum.

Weitergreifen der Flammen, unter Auslassung der Maulwurfshügel, Indifferenz angesichts der Furchen und ehgestrigen Stauden, Feuer als Fluchtrichtung der aufgescheuchten Flügel und Stacheln – Rauch erstickt den keimenden Graswuchs.

So pessimistisch sollte man nach einem Birthälm-Aufenthalt nicht schreiben. Deshalb folgt hier eine etwas zuversichtlichere Umschrift des Textes:

In Birthälm ist der Vorvergangenheit der Wehrtürme die Mitvergangenheit des Böttchergewerbes und die Allgegenwart der Rebhalden gefolgt; die Flammen dringen nicht vor, kaum glimmen die Hänge, es ist nicht Weinbauernbrauch; Brandzeichen machen bloß Eichenfässer kenntlich.

Geplänkel im Bläserprogramm zwischen Ländler und Egerländer (Tischwein), denn in Hinsicht des Anbaus hat man sich für Ertrag entschieden; Einsatz der unerwarteten Gesprächswendungen, gedämpfter Worthunger bei aller Begeisterung; des Vorjahrs kann man dankbar gedenken, in Blüte und Frucht.

Weitergreifen der guten Laune, selbst unter den Unlustigen; schlecht steht einem die Gleichgültigkeit zu Gesicht, man sucht sie zu bezwingen; das Bindende, schwer erfassbar, als Richtung.

Nicht umformen lassen sich die Sätze: „Frühjahrs ist Krieg auf den Hügeln", „Angekohlt ist des Gestängels Freitum", „Rauch erstickt den keimenden Graswuchs". Was ist da zu tun? Man kann anderes festhalten. Etwa:

Birthälm ist ein Hinaufsteigen in die Weinberge und Maishänge, ist ein Hinabsteigen in die Burgmauern und – dass man sieht, was es geschlagen – ein Einstieg in die Zifferblätter des Uhrturms. Auf diesen Gedanken kommt man unwillkürlich, wenn man dabei gewesen ist, als neue Zifferblätter auf den Burghügel getragen wurden, ja, Hand angelegt hat zu ihrer Beförderung. Sie sind so groß, dass selbst Erwachsene in ihren mehr oder weniger genau gemessenen Minuten verschwinden können. Diesen Einfall kann man jedoch auch wieder verwerfen: Man darf sich nicht ohne weiteres von einem solchen „Stundensteller" verschlucken lassen. (*Auch dieser Satz lässt sich nicht umformen.*)

III.

Nun aber, zur Sommerszeit *anno* zwanzigzwölf, sind wir wieder unterwegs und verweilen in Birthälm...

Zwei Zifferblätter, dazumal vom Uhrturm abgehoben, lehnen an einer Wand der Befestigung. Zwei mannshohe Scheiben, nunmehr verwittert, der Farbauftrag mit den im Kreis angeordneten römischen Zahlen ist teilweise abgeblättert.

Wer einmal eine solche Scheibe gepackt hat, wie bereits erwähnt, um sie weiterzubefördern, der wird für eine Weile gleichsam zum Zifferblatt. Sämtliche Gedanken wendet der Träger dem Zahlenwerk zu, um mit der unhandlichen Last nicht zu stürzen, all sein Sinnen ist darauf gerichtet, dem Zeitmesser gerecht zu werden. Die Stufen der hölzernen Treppe wandeln sich zu sorgsam beachteten Einheiten des Zeitverlaufs, und die Schritte über den Schlängelpfad oder über den steilen Karrenweg sind durch Sekunden bestimmt, die vom Uhrgetriebe dieser Welt in Gang gehalten werden.

Vor vielen Jahren – mehr als dreißig sind seither vergangen – bin auch ich einmal zum Zifferblatt geworden. Die meist so leicht verrinnende Zeit hatte auf einmal ein bedeutsames Gewicht. Es war, als würden Minuten so lange währen wie sonst ganze Stunden, und auch einzelne Sekunden waren bedeutsamer denn je. Plötzlich sah ich mich in der Lage, ungeahnt weite Zeiträume genau abzuschätzen, ganze Jahrhunderte durfte ich überblicken, als wäre ihr Ablauf eine Sache von gestern und heute. Wie gering ich mich, in gebückter Haltung unter der auf Rücken und Schultern aufliegenden Platte, auch dünkte, war ich doch Teil eines Respekt gebietenden Räderwerks, von dessen Mechanik mir ein wenig mehr verständlich wurde als sonst.

Ein Blick auf den Uhrturm zeigte mir jetzt: Die emporgestemmte Neuzeit leuchtete in makelloser Helligkeit und mit weithin sichtbaren schwarzen Stundenzahlen von oben herab, im Auftrag zeitenüberdauernder Mächte.

Du gehörst her, glaubte ich dieser kleinen Episode entnehmen zu können. Denn das eine, das soeben Erkannte, bestätigte das andere, lang schon Gewesene. Durch Annäherung, durch Wiederholung bot sich mir die Chance, heimischer zu werden, als ich es bisher war. Ja, Heimisch-Werden beruht auf Wiederholung; die Wiederholung ist die Mutter des Daheims.

Es muss nicht ein von der Zeitmaschine selbst bestimmtes Geschehen sein, das zum Heim-Haben beiträgt, durchaus nicht. Viel schlichtere Vorgänge erneuter Begegnung reichen aus, dass man sich zu Hause weiß an einem Ort. Man wird inne: Diese Stufen bin ich einst hochgestiegen; diese Hallenkirche hat sich schon vielmals meinen Blicken eröffnet, und meine Augen nehmen den Flügelaltar nicht zum ersten Mal wahr.

Solcherlei Bestände des Wirklichen begriff ich nach und nach, freilich nicht gänzlich. Denn ein Flügelaltar wird sich, trotz aller Sachkenntnis, kaum unserem Verständnis aufflügeln, er wird sich tieferer Einsicht verweigern, als hätte er für den Betrachter lediglich eine Werktagsseite und bliebe auch in Festzeiten geschlossen. Aber wiederholtes Anschauen bringt uns ihm näher.

Ebenso der Kirchenraum: Zwar ist er mir bekannt, habe ich doch oft schon den Blick die Wände, die Säulen emporgleiten lassen zum Netzgewölbe. Immer neue Konstellationen zeigten sich mir in diesem spröden Mauerwerk an. Farbige Strahlen spielten um die Gewölberippen, rotes Geflamm hob den steinernen Träger in ein licht Getragenes, gab der Verankerung etwas Beschwingtes.

Auch die Treppe hatte mich schon längst gewonnen, nicht weniger die Talniederung. Denn auch sie bestätigten mir: Mein

Eintritt in diesen Ort lag zurück, oft durchmaß ich ihn, und so nahm ich ihn zusehends wahr als mir geläufig und vertraut.

Maße anderer Art gaben sich mir im Mausoleum zu erkennen. Ordnender Grundsatz war hier die Lebensspanne. Grabplatten einzelner Bischöfe und Pfarrherren säumten die Wände.

Die gelebte Zeit – war sie hier das Heimische? Diese Frist, von der Geburt bis zur Bahre, wollten die Nachgeborenen sich vergegenwärtigen, und zwar nicht auf einem mittlerweile aufgelassenem Friedhof. Deshalb wurden die sterblichen Überreste einiger Bischöfe vor annähernd hundert Jahren zu der in einem Befestigungsturm ausgeschachteten Gruft überführt. Der damalige Ortspfarrer (mein Großvater, wenn ich das hier anmerken darf) versicherte in seinem Bericht über den mehrtägigen Vorgang der Umbettung, es sei alles „durchaus würdig und wohlüberwacht" verlaufen. Am schwersten sei es gewesen, die Grabdenkmäler herbeizubringen, sei es aus der Sakristei, sei es vom Totenacker.

Eine steinerne Gedenktafel inmitten des Mausoleums verkündet in erhöhten Lettern Worte eines Propheten. Aus dem letzten Kapitel des Buches Daniel ist hier zu lesen:

„Die Lehrer aber werden leuchten wie des Himmels Glanz." Und weiterhin steht da, dass die, welche „viele zur Gerechtigkeit weisen", leuchten werden „wie die Sterne immer und ewiglich". Ja, die Berater und Lehrmeister ihrer Gemeinschaft werden wie die Gestirne leuchten.

Von Vergewisserungen des einst Geschauten lebt die Heimwelt, ja, ihre Bestimmung ist diese: im Heutigen das Gewesene zu bestätigen.

Bestätigungen hat es allenthalben in Birthälm gegeben, auch für mich und meinen Wunsch, die Ortschaft bejaht und gewürdigt zu sehen. Freilich, in jeder Hinsicht auf der Höhe – das wird die Dorfgemeinde nie sein, man kann von einer solchen kaum je behaupten, sie sei „wie von Tauben auserlesen" (eine Aussage, die ich vor langem in einem *Gepfefferten Spruchbeutel* fand).

Auch Birthälm verfügt demnach nicht bloß über einen gehobenen Rang, sondern weist, nicht zu knapp, die Unzulänglichkeiten einer Menschensiedlung auf.

Und dennoch wirkte sich auch hier das Bestreben aus, dem Elend nach Möglichkeit abzuhelfen. Ein Waisenhaus wurde vor hundert Jahren eröffnet und leistete Jahrzehnte hindurch gute Dienste. Elternlose Kinder aus der Umgebung fanden auch private Aufnahme in einzelnen Familien. Dieselben Gebäude beherbergen zur Zeit ein Altenheim. Ja, zur Heimwelt gehört eben auch das Bescheidene, das Ärmliche.

Den Unvollkommenheiten und Demütigungen waren selbst Kirchenoberhäupter ausgesetzt, wie aus einer bezeichnenden Begebenheit ersichtlich.

Es wird erzählt – und die Sage ist milder als die urkundliche Quelle –, die Kuruzzen, diese Freischärler, hatten einst die Ortschaft ausgeplündert und die Burg eingenommen. Bischof Lukas Hermann (der zweite seines Namens) erwartete die Anführer im Festornat vor dem Altar der Kirche und hielt ihnen ein Kreuz entgegen. Er baute darauf, das Kreuz, welches verballhornt in der Bezeichnung „Kuruzze" enthalten ist, werde sie davon abhalten, das Gotteshaus zu verwüsten, und daran hindern, ihm gegenüber tätlich zu werden.

Die Kirche blieb von der Zerstörung bewahrt, und auch die Sakristei, in der wertvolles Gut verschlossen war, hielt ihrem Zugriff stand. Die Kuruzzen versuchten zwar, die Sakristeipforte mit ihren Streitkolben aufzusprengen, doch gelang es ihnen nicht, worauf sie von solchem Beginnen abließen. Auch dem Bischof geschah kein Leid. Nur auf eines musste er verzichten, auf seine roten Stiefel, die nahmen sie ihm ab. Der barfüßige Bischof – das ist wohl ein verdichteter Ausdruck für Notlage und Bedürftigkeit.

Die von Dokumenten bezeugte historische Wahrheit ist noch drastischer. Ihr zufolge wurde Bischof Hermann von den Plünderern bis aufs Hemd entkleidet, auch drangen die Kuruzzen in die Sakristei ein und brachten alles kostbare Kirchengut an sich.

Und die Menschen, hier und in der Umgebung? Sie sind in der Heimwelt von verschiedenster Art, es gibt vielerlei Landesbewohner, die ganze Skala von Eigenschaften lässt sich beobachten, von gewinnenden und weniger gefälligen. Das will etwas besagen: Sämtliche Charakterzüge sind vertreten, nicht nur die allerbesten. Mancher Zeitgenosse neigt deshalb dazu, besonders das Verwerfliche wahrzunehmen, weil es sich mitunter allzu deutlich kundgibt. Und ist misstrauisch...

Einmal ging ich im Hügelland der Heimwelt über die Hattertbreiten, dem Wald zu und dann durch dichten oder lockeren Baumbestand, schritt über Wiesen. Meilenweit war kein Hirte, kein Forstarbeiter anzutreffen, und auch die Beerenklauberinnen und ihre Begleiter hatte ich an ortsnäheren Himbeer- und Brombeerschlägen zurückgelassen.

Hinter einer Bergkuppe gewahrte ich zwischen Laubkronen und Tannengeäst ein Dach. Ein von schwarz lackiertem Eisengestänge umfriedetes Wegkreuz mit der heiligen Maria zeigte mir an, da habe sich kürzlich jemand bemüht, die Gegend zu weihen. „Der Mensch heiligt die Stätte" sagt man, hier jedoch klang solcher Spruch weniger nach Lob als nach Beschwörung – möge es doch wirklich so sein!

Dem Gebäude mich nähernd, sah ich bald: Die Rundbalken, aus denen das Haus gefügt war, zeigten noch keine Spuren der Verwitterung, das Fichtenholz leuchtete, als wäre es erst vor Tagen aus der Rinde geschält worden. Niemand war zu sehen, weder Bauarbeiter noch sonst wer zeigte sich. Kantige Pfosten hatten den Zimmerleuten dazu gedient, vor der Hütte einen kleinen Hof abzugrenzen.

Wieder nahm es sich als inständige Bitte aus, was über der unversperrten Hoftür zu lesen war: „Der gute Mensch weiß das gute Werk zu schätzen." (*Omul bun prețuiește fapta bună.*) Eine wirkmächtige Mahnung an alle, die versucht sind, hier Schaden anzurichten? Eine eingängige Richtlinie jedenfalls, die mich zuversichtlich stimmte. Und so trat ich leichteren Sinnes als zuvor den Rückweg an.

Anmerkungen

Der im **ersten Teil** erwähnte Dokumentarfilm wurde tatsächlich gedreht und unter dem Titel *Erwin Wittstock in Birthälm* in der Deutschen Sendung des Rumänischen Fernsehens gezeigt. Erstmals veröffentlicht wurde der Filmtext in *Geschichten aus der Geschichte*. Hg. von Hans Liebhardt. Bukarest: Politischer Verlag 1983, S. 127–133. Er wurde auch in die Anthologie *Sommertage in Birthälm. Literarisches, Geschichtliches und Kunstgeschichtliches zu Birthälm* aufgenommen, hg. von Gerda Ziegler. Sibiu/Hermannstadt: Honterus Verlag 2009, S. 147–151.

Zu **Teil zwei**: *Taktik der verbrannten Erde* ist in dem Band *Parole Atlantis. Erzählende und betrachtende Prosa* enthalten (Cluj-Napoca: Dacia Verlag 1980, S. 82–83) und steht auch in der Anthologie *Sommertage in Birthälm* (S. 145–146). In ihren *Nachbetrachtungen* zum letztgenannten Buch deutete Gerda Ziegler den Brand als Bild für den allzu deutlich wahrnehmbaren Niedergang des Weinbaus sowie für den Zerfall der sächsischen Gemeinschaft (S. 209–210).

Im **dritten Teil** wird der Ortspfarrer erwähnt, unter dessen Anleitung das Mausoleum eingerichtet wurde; er hieß Oskar Wittstock. Sein Bericht *Die Birthälmer Bischofsgräber* erschien in den *Kirchlichen Blättern* (Sonderabdruck, 1913).

Wie es Bischof Lukas Hermann II. erging, lässt sich den von Friedrich Müller gesammelten *Siebenbürgischen Sagen* entnehmen (Wien: Verlag Carl Gräser 1885, S. 335) wie auch der

Darstellung *Die Bischöfe der evangelischen Kirche A. B. in Siebenbürgen*, I. Teil, verfasst von Hermann Jekeli (Köln und Wien: Böhlau Verlag 1978, S. 120).

Erstdruck in *Deutsches Jahrbuch für Rumänien 2013*. Bukarest: ADZ Verlag, S. 190–196.

Grendelsmoor und Tränenbrot

Volkserinnerung – ihr Wurzelwerk greift oft tief in den Wurzelgrund der Gemeinschaft. Dort im Wald, drüben, wo die Wege einander kreuzen, hat sich dies, hat sich jenes zugetragen. In *dem* Haus... bei *der* Brücke... auf dem Kirchhof... genau dort...

Mitunter hat sich die Wurzel vom Boden gelöst, und dann ist die Erinnerung bald keine Volkserinnerung mehr, sondern nur eine recht unbestimmt in manchen Köpfen, in einzelnen Schriften für eine Weile fortbestehende Episode; sie schwebt frei.

Vielleicht kann man sagen, wenn man längst Vergangenes an jüngster Geschichte und an Gegenwärtigem misst: Die Erinnerung einer Menschenschicht, einer Gemeinde kann sich nicht eingewurzelt erhalten als ständig dem Boden verbunden, als boden-ständig, der Wind fährt durch Wurzelstock und Wurzelbrut, durchs Blattgezweig und Krongeäst. Je wurzelloser, je heutiger ist die Weiter-Sage.

Dennoch, die Neugier bleibt: Wo ist das Ereignis, das im Wort weitergereichte Geschehen eingewurzelt gewesen? Ja, diese Neugier ist mir nicht fremd.

Und so war ich bestrebt, einmal jene Stätte aufzusuchen, an der die Erinnerung haftete an einen vom Sumpf verschlungenen Bauersmann. Sehen wollte ich im Nösnerland, wo denn zwischen Senndorf und Windau die Erzählung vom „Grendelsmoor" verortet war.

Das hieß auch, die Spuren meines Urgroßvaters abzugehen: Er hat vor anderthalb Jahrhunderten in diesem Gelände Sagen und Geschichten aufgezeichnet, die ihm aus damals lebendiger Volkserinnerung vorgetragen wurden. Ein Ausflug also ins zeitlich und räumlich Abliegende, in die einstige Einwurzelung und in das vom Wind hin- und hergewendete Geblätter.

Bistritz, Senndorf, Windau im August 2015

Busfahrer, Taxichauffeure und andere Kurzgespräch-Partner vermuteten in mir den Siebenbürger Sachsen, der auf Alt-Heimat-Besuch im Land weile. So auch der Fahrer des Kleinbusses, der am Bistritzer Bahnhof auf Kunden wartete und Muße hatte, sich mit mir, dem pünktlichen Reisegast, zu unterhalten.

Ob ich hier oder sonstwo im Nösnerland Verwandte habe? Oder einen Besitz?

Ich verneinte beides und sagte, Vorfahren von mir stammten von hier.

Die in ihm erweckte Vorstellung war wohl, meine Eltern oder Großeltern hätten in Bistritz gewohnt. Dass es die Urgroßeltern gewesen sind, die in den sechziger Jahren des 19. Jahrhunderts in den Süden Siebenbürgens gezogen seien, übersteigt vermutlich seinen Begriff von der Vergangenheit, vom Dasein der ihm bekannten Menschen und ihrer Sippen (was ich auch sonst beobachten konnte, die Galerie der nennbaren, der plastisch vor einem erscheinenden Ahnen ist bei den Menschen seines Schlages wenig figurenreich, die Familienerinnerung reicht kaum je bis zur Wende vom 19. zum 20. Jahrhundert).

Dem Fahrer ging es darum, mich einordnen zu können. Wo hätte ich denn vor der Revolution gelebt? Gewiss in Deutschland. Seine Erwartung und die vieler Rumänen ging dahin, zu glauben, unsereiner sei erst durch die Wende wieder auf die Heimatregion aufmerksam geworden.

Ich sagte meinen auch zu anderer Gelegenheit angewandten Spruch auf: Wir haben immer hierzulande gewohnt, das habe sich so ergeben.

Bald starteten wir, bei geringer Anzahl von Passagieren, doch stiegen bei einzelnen Haltestellen noch jeweils einige hinzu.

Die Trasse ließ sich ab dem süd-östlichem Stadtrand recht steil an. Die Karte belehrte mich, dass wir vom Hügelgewirr der Bistritzer Umgebung (*Dealurile Bistriței*) einen recht hohen Bergsattel zu bewältigen hatten. Danach ging's, ebenfalls recht abschüssig, hinab, und ich wurde in geräumiger Talsenke im Ort Jelna, zu deutsch Senndorf, abgesetzt.

Ein alter Mann, hageren Gesichts, den Strohhut tief in die Stirn gezogen, las Birnen vom gemähten Rasen in einen Korb. Als ich mich an ihn wandte, glaubte er zunächst, die – noch recht grünen – Früchte hätten es mir angetan.

Nein, sagte ich und fragte, ob er für die Kirche arbeite. Solches könne man annehmen, stünde doch ein stattliches Kruzifix im umzäunten Geviert des Gärtchens vor dem Haus, vermutlich seinem Haus.

Er schüttelte den Kopf und meinte, er habe aus eigenem Antrieb das Wegkreuz aufgerichtet, *doar suntem creștini* (wir sind doch Christen). Er vermutete in mir einen Nostalgie-Sachsen (ohne das Wort „Nostalgie" zu gebrauchen, er war ein schlichter Mann), und ich korrigierte, was zu korrigieren war.

Als redlicher Nachfolger teilte er mir mit, in einem einst sächsischen Haus zu wohnen. Er war ein zwölfjähriger Junge gewesen, als seine Familie hier einzog, nach der Flucht der Sachsen im '44er. Die verlassenen Gebäude seien damals Rumänen zugeteilt worden, er stamme aus der Gegend von Desch. Nach Kriegsende seien nicht viele Sachsen zurückgekehrt, immerhin gab es in den Jahren '46, '47 zwölf bis fünfzehn sächsische Familien im Ort.

Mein Blick – wie das Augenmerk wohl aller Touristen – wurde von der sichtlich neuen Kirche angezogen, deren mit Kupferblech gedeckte Kuppeln die Zugehörigkeit zur Orthodoxie auswiesen. In Reichweite des hellen Gemäuers erhob sich ein Turm anderer Bauart, zumindest anderer, nämlich spitz zur Höhe gerichteten Bedachung. Wie ich von meiner Auskunftperson, Constantin B., erfuhr, sei das der Glockenturm der evangelischen Kirche gewesen. Die rumänische Kirchengemeinde habe ihn samt Geläute den Sachsen abgekauft und renovieren lassen. Die evangelische Kirche hingegen sei nur noch eine Ruine.

Herr Constantin kam von jenseits des Gitterzauns auf die Fahrbahn, um mir zu zeigen, wo der *Tāu* liege, der Teich, nach dem ich mich erkundigt hatte (eigentlich galt meine Frage einem Moor in Nähe des Dorfes, Richtung *Ghinda*, also Windau). Der in Höhenlagen von Wald bestandene Bergzug zeigte vielerlei Buckel und Einbuchtungen, so dass ich mir dessen nicht ganz sicher war, welches der Zugang sei, den Herr Constantin mir angegeben hatte.

Auch blieben sonst noch einige Unsicherheiten im Gespräch mit dem über Achtzigjährigen. Er hätte die Sage vom Grendelsmoor wahrscheinlich nicht detailliert wiedergeben können, sie war ihm nicht eigentlich vertraut, zu sehr lag sie außerhalb dessen, was ihm glaubhaft und zwingend erschien. Doch als ich Stichworte nannte wie „pflügender Bauer, versunken samt Ochsengespann", nickte er, vom Hörensagen war ihm derlei bekannt.

Im Grunde meinten wir Verschiedenes: Er redete von einem Teich, einem *Tāu*, und ich suchte ein Moor, dessen Wassermenge vielleicht gerade dafür ausreichte, als Tümpel bezeichnet zu werden. Allerdings war ich froh, überhaupt einen Anhaltspunkt ermittelt zu haben, der halbwegs in die Welt mythischer Vorstellungen passte, eine Stätte, ob nun mit dem Wasserspiegel eines Bergsees versehen oder lediglich eine schlammige Masse, aus lehmigem Erdreich und trüber Nässe gemengt. Eher in diese Richtung zielten die Äußerungen des Alten, er sprach von einem anscheinend tiefen, doch unreinen Wasser, das sich als unbrauchbar erwiesen hatte für die Feldwirtschaft.

Meine Absicht war, mich zunächst dem Kirchenbereich zuzuwenden und dann den Weg in die waldige Bergregion anzutreten, den mir der Bauersmann gezeigt hatte. Die Dorfstraße war ungewöhnlich breit, den meist ebenerdigen Häusern waren jeweils eingezäunte Gärtchen vorgelagert, etliche davon mit Blumenbeeten, mit Sträuchern und Obstbäumen reichlich versehen.

Im *Visavis* der einst sächsischen Kultstätte näherte sich mir, von ihrem ordentlich gehaltenen Anwesen her, eine betagte Frau. Schwarze Kleidung und dunkles Kopftuch deuteten auf ihren Witwenstand hin. Sie sprach erwartungsgemäß Rumänisch, gehörte also wohl zu den in der Nachkriegszeit oder später hier ansässig gewordenen Bewohnern. Seit vierzig Jahren lebe sie hier im Ort, sagte sie auf meine Frage.

Sie machte mich auf eine Unterscheidung aufmerksam, die man heutzutage nur in vertrauensvoll geäußerten Worten berührt. Ihre Vorgänger im Haus vom Stamme *X* – sie verwendete allerdings eine andere Bezeichnung – hätten das Gebäude fast völlig ruiniert durch ihren Lebensstil und es habe viel Geld und Mühe gebraucht, es wieder herzurichten.

Leider habe man die evangelische Kirche nicht rechtzeitig den Sachsen abgekauft, und so sei dieses schöne alte Gebäude eingestürzt und zerfallen, es stehen ja nur noch einige Mauern, und man sieht etliche Steine, denen das Gewölbe aufgesetzt war. Viele Rumänen wären dafür gewesen, die sächsische Kirche zu übernehmen, andere aber hätten sich dagegen gewehrt, eine echte rumänische Kirche müsse eine Kuppel haben und andere Formen berücksichtigen als die einst bei den Sachsen gebräuchlichen. Und so habe man eine Menge Geld aufbringen müssen für eine neue Kirche. Sei ich schon auf dem Friedhof gewesen?

Ich schüttelte den Kopf. Offensichtlich sah auch sie in mir einen in Deutschland oder sonstwo im Ausland lebenden Sachsen. Und so sagte sie, gleichsam in diese Richtung weisend: Es habe ein schönes Treffen gegeben mit den ausgewanderten Senndörfern, sie seien auch sehr ergriffen gewesen beim

Wiedersehen, beim Neuentdecken ihrer nun schon seit Längerem verlassenen Heimat.

Auf einem Motorroller kam ein sommerlich gekleideter, mit Schutzhelm ausgestatteter Fahrer heran, den sie als ihren Schwiegersohn bezeichnete. Wie sich zeigte, war er gekommen, um Lebensmittel abzugeben, die er in der Stadt gekauft hatte.

Ja, er sei viel unterwegs, sagte der stämmige Mann, er arbeite und wohne in Bistritz, komme aber regelmäßig her aufs Dorf.

Die alte Frau meinte, vielleicht hätte ich von ihrer Enkelin gehört, von Anita, die sei Sängerin.

Nun dämmerte es mir, ich bestätigte, sie sei im Fernsehen aufgetreten. Ihr Familiennamen war mir gegenwärtig, ich sprach ihn aus und wusste zu sagen, sie sei als Opernsängerin in Wien engagiert.

Anitas Vater präzisierte: Zur Zeit hielte sie sich in London auf, doch Wien sei tatsächlich ihr Standquartier.

Und der Sohn, meinte ich, sei evangelischer Pfarrer in Zeiden, im Burzenland.

Der Vater nickte und fügte hinzu: Auch Andreas musiziere. In einem Pfarrer-Trio.

So tauschten wir noch etliche Informationen aus, unter den Mottos „Die Welt ist klein" und „Die weite Welt spiegelt sich in einem bescheidenen Winkel des Nösnerlands".

Die Alte sagte, ihr Schwiegersohn sei beim Deutschen Forum tätig. Und so kam es, dass der Fahrer des Motorrollers in die deutsche Sprache hinüberwechselte. Auch er könne sich ein Leben ohne Musik nicht vorstellen, und deshalb sei es ihm ein wichtiges Anliegen, dass das Deutsche Forum in Bistritz eine Blaskapelle unterhalte.

Als er hörte, ich wolle zum Bergsee hinauf und von dort in den Nachbarort Windau hinüberwandern, meinte er, den Teich würde ich schwerlich finden, er sei im Wald verborgen.

Sprach's, setzte sich den Helm wieder auf, verabschiedete sich und fuhr in Richtung Bistritz davon.

Weitere Befragung klärte und verunklarte gleichzeitig die von mir zu beschreitende Strecke. Eine Frau, soeben aus ihrem Haus getreten, gestand, seit Jahrzehnten nicht mehr oben beim *Tău* gewesen zu sein, sie könne mir aber doch ungefähr angeben, wo ich die bewaldete Bergkuppe zu passieren habe. Dort also...

Mehr Zuverlässigkeit beim Auskunftgeben traute sie Bauarbeitern zu, die, etliche Höfe weiter, Zement mischten und per Schubkarren auf steil ausgelegten Bohlen an die gewünschte Stelle beförderten. Sie werkten im herabfließenden Schweiß ihres Angesichts (die Augustsonne brannte herab, die Temperatur überstieg wohl den Thermometerstand von 30 Grad). Ein muskulöser Mann „vom Stamme *X*" wies auf die Einkerbung hin, die das Höhenprofil gliederte, ja, das sei ein Kennzeichen für den Weg nach Windau (er benannte den Ort selbstverständlich mit der rumänischen Bezeichnung *Ghinda*). Er fügte noch hinzu, bei welcher Wegkehre, bei welcher Baum- und Strauchgruppe ich mich vorsehen und richtig orientieren müsse, um mein Ziel zu erreichen.

Zwischen gemähten Grasflächen stapfte ich langesamen Tritts einher, zeitweilig zwischen Wiesenstreifen, über die der Sensenschnitt schon lange nicht hinweggestrichen war. Das ausgedörrte, mitunter von Margareten überragte Gestängel wollte offensichtlich eines nicht hergeben, seine von der Mittagsglut bedrängte und beeinträchtigte Lebenskraft.

Traktorenwege und Herdenpfade brachten mich zum Waldsaum. Vereinzelte Walnussbäume und von herabgefallenen Früchten umgebene Apfelbäume erinnerten an längst preisgegebene Gartenanlagen. Schlehen waren bereits dunkel gefärbt. Die hellen Ranken der Waldrebe konnten sich nicht genugtun in der Bereitschaft, sich festzuschlingen an Stielen und Schäften. Und Beeren des Roten Hartriegels hielten sich unauffällig zwischen den Blättern wirr wuchernder Sträucher. Disteln und Schafgarbe säumten den Weg.

Den mir bezeichneten Einschnitt in der waldigen Bergbekrönung spürte ich leicht auf. Buchen dominierten, Eichen versuchten, sich deren Vorherrschaft zu erwehren; spannenhoher Nachwuchs aus Vorjahres-Eicheln deutete eine solche Auflehnung an.

Die Höhe war bald erreicht, und ungewöhnlich leichten Schrittes ging's über den Abhang zu Tal. Zu meiner Linken hatte ich auf hundert und mehr Metern ein bald schmäleres, tief ins Erdreich gefurchtes, bald sich zu breiter Mulde weitendes Sumpfland. Die moorartigen Vertiefungen fanden ihren Abschluss in einer recht unübersichtlichen Senke, die bestanden war von Röhricht, Weidengebüsch, Riedgras und von dem in ganzen Kolonien vorhandenen Gelben Steinklee. Sollte „Grendelsmoor" hier, in diesem schweigenden Grund, gelegen haben? Vielleicht...

Den besagten Teich hatte ich aber nicht vor mir, selbst wenn man annehmen sollte, das Feuchtgebiet, an dem ich stand, habe durch anhaltende Dürre an Flüssigkeit verloren.

Um es nicht zu versäumen, den vielleicht doch in der Nähe befindlichen *Tău* ausfindig zu machen, ging ich im ausgedehnten, totenstillen Forst *Pădurea Tăului* auf Karrenwegen in die eine wie die andere Richtung, indes vergeblich. Vermutlich hielt ich mich zu sehr im westlichen Bereich des Waldes auf, zu weit vom ebenfalls bewaldeten Bergzug *Dealul La Tău*.

Bald fand ich mich damit ab, den Teich nicht entdeckt zu haben, der auf die Sage ohnehin nicht recht passen wollte. Immerhin war ich auf ein Moor gestoßen, das mit einiger Phantasie als der Ort sagenhaften Geschehens eingeschätzt werden konnte.

Ein einziger Mensch begegnete mir auf diesem Streifzug durchs Waldrevier. Von unten, also von Windau her, kam ein junger Mann. Landesüblich befragten wir uns gegenseitig nach Weg und Ziel.

Ob die Erinnerung mich zu meiner Wanderung veranlasst habe, wollte er wissen und war sich fast sicher, ich besichtigte Stätten der Jugend oder sonstiger vergangener Lebensetappen.

Ich beschied ihn, Bistritz sei mir bekannt, nun hätte ich auch die Umgebung ein wenig erkunden wollen. Und was würde ihn herführen?

Die Arbeit, entgegnete er, ohne näher zu erklären, was denn hier zu schaffen sei. War er mit Vermessungen beschäftigt oder mit sonstigen Tätigkeiten verwalterischer Art, war er ein Forstbeamter? Seine Hose gehörte zur Tarnuniform der Infanteristen, doch war er weiters weder militärisch noch sonstwie dienstlich eingekleidet, die leichte Bluse, die Sportschuhe waren zivilistisch und deuteten auf keinen Berufsverband hin.

Bedachtsam wirkte er, als er mir einen Rat gab: Nie solle ich ohne einen festen Stock durch den Wald streichen. Ich könne mich darauf stützen, könne Hunde und andere Tiere abwehren.

Sicher habe er Recht, sagte ich und beschloss, mir vom reichlich umherliegenden Gehölz einen Wanderstab zu brechen.

„Guten Weg!" Mit diesem Gruß entfernte er sich unversehens rasch.

Mir wurde bewusst, dass ich wohl ein Bild der Schutzlosigkeit abgegeben habe. Er hatte in mir wohl eine Art Sonntagsjäger gesehen, der zwar nicht darauf aus war, das Wild mit der Flinte zu erlegen, der vielmehr mit dem ihm über dem Bauch baumelnden Photoapparat in die freie Natur ausgerückt war und, völlig ahnungslos, nichts von den Gefahren wusste, die ein unbegangener, wie ausgestorben wirkender Wald barg. Der etwa dreißig Jahre zählende Mann hatte mich vor Hunden gewarnt – dass mir aber auch diebisches Gelichter hätte begegnen können, welches es auf alles bessere Gerät, alle Wertsachen abgesehen habe und dem man nicht wehrlos begegnen dürfe, hatte er verschwiegen.

Verdutzt durch seinen plötzlichen Abgang, blickte ich ihm nach. Ich war nicht einmal dazu gekommen, ihn nach dem *Tău* zu fragen. Seinen Rat gelehrig befolgend, legte ich mir einen Wanderstab zu. Dieser geleitete mich durch den Wald und dann auf Schotterwegen durch die Windauer Senke, bis zur Asphaltstraße im Talgrund.

Oben noch, aus der Baumregion tretend, war ich dessen gewahr geworden: Villen der Stadtbewohner bestückten die Hänge diesseits und jenseits des Bachbetts, das einst unschön als „Saugraben" benannt worden war. In der Ferne war Bistritz sichtbar, diese jetzt und immerfort anziehende Ortschaft.

Die Geschichte vom Grendelsmoor hat mich durch die Jahre, gar Jahrzehnte begleitet. Zwei Bearbeitungen des Stoffes ergaben sich dabei. Die eine rückte die siebenbürgisch-sächsische Sage in den Mittelpunkt und wurde unter dem Titel *Grendelsmoor* veröffentlicht, die andere gab sich allgemeiner, als Requiem, und war im Abdruck *Tränenbrot* benannt.

Nun lege ich beide Texte zusammen. Das Geschehen hatte sich schon zu Beginn in Stimmen aufgelöst, und auch bei der erneuten Durchsicht war es, als fügten sich Handlung, Sprachlaut, Wohlklang und Geräusch zu einem Spiel, das weniger für das Auge als fürs Gehör bestimmt sei.

Einzelstimmen:
Sprecher; Sprecherin; Spielmann.
Grendel, ein alter Bauer; Das Gebrechen; Sonne.
Nachbarschaftsvater; Witwe; Klagefrau.

Sprecherin:
Siebenbürgisch-sächsische Volkslieder und Balladen sind im Lauf der Jahre mehrfach bearbeitet und gesungen worden, vorgetragen von Solisten sowie kleinen oder größeren Sing- und Spielgruppen. Auch anderes aus der sächsischen Überlieferung

wurde vertont, Gedichte und Sprüche, oder als gesprochener Text rezitiert.

Was uns heute zusammenführt, ist eine Geschichte aus dem Nösnerland in Nordsiebenbürgen. *(Zum Sprecher)*

Du kannst uns sicher Genaueres über die Sage vom Grendelsmoor sagen.

SPRECHER:

Das Grendelsmoor liegt bei Senndorf. Schlägt man von Bistritz aus die südöstliche Richtung ein, gelangt man nach wenigen Kilometern in diese Ortschaft. Während des Mittelalters und in der frühen Neuzeit, während der katholischen Hochblüte und der protestantischen Reformation war Senndorf eine wirtschaftlich und kirchlich wichtige Landgemeinde.

Ihr künstlerisches Erbe birgt einen Namen, der zu den verschiedensten Auslegungen Anlass gab und die Phantasie lebhaft beschäftigte: Klingsor. In Senndorf hieß das Echo „Klängsur". Davon ausgehend, hat man an den sagenhaften Spielmann „Klingsor von Ungerland" gedacht. Und hat gemeint, das Wort „Klingsor", „Klingesære", bezeichne den fahrenden Sänger schlechthin.

Die kleine Erzählung vom Grendelsmoor ist ein poetisches Zeugnis aus der Senndorfer Überlieferung. Lies du uns bitte die Geschichte aus einem Buch siebenbürgischer Sagen vor.

SPRECHERIN:

Gerne.

„Auf dem Berge der Senndorfer Gemarkung, welcher gegen Windau hin liegt, befindet sich mitten im Walde ein großer und tiefer Sumpf, Grändelsmōr genannt, über dessen Entstehung folgendes erzählt wird: Ein Senndorfer Bauer ackerte hier einst mit sechs Ochsen auf den Ackerländern, die sich vor Alters daselbst befanden. Die Sonne stieg immer höher und schien immer wärmer; der Mann konnte die Hitze kaum mehr ertragen; da – ärgerlich über so heißen Sonnenschein während seiner harten Arbeit, ergriff er das *Kulter* [das Pflugmesser] und hieb nach der Sonne. Im nämlichen Augenblick aber sank er samt seinen sechs Ochsen und dem Treiber in die Tiefe, und an der Stelle jener Ackerländer befindet sich bis heute der große und tiefe Sumpf."

Sprecher:

Danke. Der Text steckt das Geschehen der neueren Bearbeitung ab. Vielleicht muss noch etwas über die Hintergründe der Handlung gesagt werden.

Zunächst ein Wort zur Person Grendel. Die Gelehrten haben herausgefunden, den Senndorfer Bauersmann Grendel könne man im Zusammenhang mit dem angelsächsischen, dem altenglischen Mythus *Béowulf* sehen.

Sprecherin:

Damit ist ein weitläufiger Bezugsrahmen angedeutet. Ist er nicht gar zu weitläufig?

Sprecher:

Nein. Manche Grundmythen der Menschheit sind in archaischen Zeiten von Volk zu Volk gewandert. Wobei sie meist auch verändert wurden.

In der Béowulf-Sage ist Grendel ein Ungeheuer, das auf dem Grund eines Moores haust. Dem kühnen Béowulf gelingt es, Grendel, den gefährlichen Unhold, unschädlich zu machen: In langwierigem, zermürbendem Kampf tötet er ihn.

Bei uns hingegen – wir haben es gehört – ist Grendel der Mensch, der sich an der Sonne, an der ihn erhaltenden Kraft, vergeht. Er verübt das, was in der Fachliteratur als „Sonnenfrevel" bezeichnet wurde. Das Moorungeheuer kommt in der Senndorfer Sage nicht vor, und auch der Held Béowulf ist nicht zugegen. Nur das Moor und seine gefahrvolle Tiefe wie auch der Name Grendel – sie sind im Nösnerland bezeugt.

SPRECHERIN:
Der siebenbürgische Grendel – er wird besiegt, er geht unter. Die Sage ist tiefernst.

SPRECHER:
So ist es. Deshalb wurde in die neuere Bearbeitung das Volkslied *Der Tod* eingeflochten sowie einiges von den Bestattungsbräuchen, die in der siebenbürgisch-sächsischen Dorfgemeinschaft üblich waren.

Senndorf ist aus dem Gefüge nordsiebenbürgischer Landgemeinden auch durch ein altes Liederbuch emporgehoben, durch das *Senndorfer Cantionale*. Die im 17. Jahrhundert angelegte Handschrift enthält über dreihundert „Gesinger", die – wie dazumal üblich – aus verschiedenen Vorlagen abgeschrieben wurden. Es sind Zeugnisse des Protestantismus in deutschen Landen, vielfach der Lutherzeit oder folgenden Jahrzehnten zugehörig. Doch auch siebenbürgische Eigenschöpfungen oder an transsilvanische Gegebenheiten angepasste Kompositionen sind vertreten.

SPRECHERIN:
Zur Senndorfer Sage kommt dadurch die Senndorfer Klangwelt hinzu. Es erscheint daher naheliegend, beides zu verbinden, die Sage und das Tonmaterial des *Cantionale*.

SPRECHER:
Theoretisch ja, in der Praxis aber nicht – wir konzentrieren uns aufs gesprochene Wort.

SPRECHERIN:
Also heißt es eher, Abstand zu wahren und auf das *Cantionale* als Inspirationsquelle zu verzichten?

SPRECHER:
Ja. Aber in einem Fall – und das ist wieder rein theoretisch gemeint – wäre die Versuchung, etwas aus der alten Handschrift zu zitieren, doch groß gewesen. Vom Volkslied *Der Tod* ist keine Melodie überliefert – es ist in mancher Anthologie abgedruckt, doch nach welcher Weise es gesungen wurde, blieb unbekannt. Und im *Cantionale* gibt es ein Lied mit dem Titel *Mein junges Leben hat ein End*, bei dem der Text fehlt. Verständlich wäre daher, dass ein Text ohne Melodie und eine Melodie ohne Text sich unwiderstehlich anziehen.

SPRECHERIN:
Nach all dem, was hier zur Sprache kam, haben wir uns wohl auf einen Totengesang, auf ein Requiem, einzustellen.

SPRECHER:
Es ist zumindest nicht falsch, an ein Requiem zu denken. Doch sind am Schluss nicht nur traurige Klänge zu hören. Eine andere Sage, an die nordsiebenbürgische Ortschaft Windau gebunden, hat einen fröhlicheren Verlauf als die Geschichte vom Grendelsmoor. Sie rundet unsere Darbietung ab. Lassen wir uns von dem heller gestimmten Finale überraschen.

SPIELMANN:
Ja, meine hochgeschätzten, guten Leute,
von Senndorf und von Weilau hörn wir heute,
von Sumpfland, diesen Orten nah gelegen,
Gefahr und Unheil drohn dort allerwegen.
So ist, was wir euch bieten, ernst geprägt,

zuletzt sich aber Frohsinn in den Klängen regt.

Ein altes Lied trag ich zum Eingang vor,
begleitet von dem drauf gestimmten Chor.
Es ist, als spräch ein Bauersmann.
Merkt freundlich auf, wir fangen an.

SPIELMANN UND MEHRERE STIMMEN. *Sie sprechen abwechselnd Sächsisch und Deutsch den Text des Volkslieds „Der Tod":*

Wāë kaum diër Duid? Hië brǎch mech nider,
  Wie kam der Tod? Er brach mich nieder,
hië zerbrǎch mir alle mene Glider;
  er brach mir alle meine Glieder;
waë kaum diër Duid ond hauf mech of?
  wie kam der Tod und hob mich auf?

Sei draugn mech aus Vouters Haus,
  Sie trugen mich aus Vaters Haus,
wour verschourn sei mech? – An de keihl lërd;
  wohin verscharren sie mich? – In die kühle Erde;
do lauch der Leif schneeweiß ond giël –.
  dort lag der Leib schneeweiß und gelb –.

Wän die Klōken īhren Schaul verlouren,
  Wie die Glocken ihren Schall verloren,
esu vergōß ech men Fraud mät allem Fleiß.
  vergaß ich meine Freud' mit allem Fleiß.

Ir Ingeltcher, brängt hiër den Wäing vor meinj Dir!
  Ihr Engelchen, bringt her den Wein vor meine Tür!
Schē'n wall ech aus der Wält,
  Scheiden will ich aus der Welt,

fäuren wall ech zau den Froiën.
fahren will ich zu den Freien.

GRENDEL:
Wie kam der Tod?
Ich träumt', es stürzt ein Baum.
Auch träumte ich von Wasserwirbeln.

Zu Neujahr senkt sich Nebel,
ein Nebel ohne Leben, ohne Tod,
da wusste ich, ich werd nicht bleiben.

So lag ich siech und litt die Not.
Manch heilsam Kraut hab ich versucht,
auch sprach man gegen das Gebrechen.

MEHRERE STIMMEN:
Was sollst du tun?

DAS GEBRECHEN:
Ich geh zum Menschen nun,
soll ihm sein Bein brechen,
soll ihm sein Kreuz abstechen,
ausblasen sein Licht.

MEHRERE STIMMEN:
Nein! Das sollst du nicht!
Komm mit uns in den Wald,
da sind zwei Brünnlein kalt,
das eine sollst du trinken
und sollst zu Grund einsinken!

GRENDEL:
Doch dies half nicht,
das Übel zog nicht aus,
ich musst' hinübergehn.

Kein Gerippe sah ich, keine Sense,
sah keine Knochenhand,
nur Nebel ohne Licht und ohne Nacht,
Nebel ohne Leben, ohne Tod.

MEHRERE STIMMEN:
Kehr um, kehr um,
tu dem armen Mann nicht Schaden,
geh hin in den wilden Wald,
wasch den Eichen ihre Wurzel aus,
zerstreu ihre Blätter,
bloß wandel nicht aus,
dem armen Mann Schaden zu tun.

GRENDEL:
Allein die Sonne kann
gegen den Nebel aufkommen,
aber sie hilft mir nicht.
Sie gab mich preis,
hab ich doch die Hand
gegen sie erhoben, beim Pflügen,
als die Hitze unerträglich war.

SPIELMANN:
Von Hitze redet dieser gute Mann,
Er redet etwas wirr in seinem Todesbann.
Ich weiß es anders, und ich bring es vor
und bitt um Nachsicht für den kranken Tor.

Was er im Fieber sprach, geduldig hab ich es gehört,
allein, ein wenig hat's auch mich betört,
sein herbes Schicksal hat mich angerührt,
nehmt's hin, wie sich's für einen Greis gebührt...

Verblichnes Licht im Nösner Land.
Kein Baum, es grünt kein Reis.
Was Wärme gab, das ist verbrannt,
im kahlen Feld türmt sich das Eis.

Der Schnee hat Häuser überfallen,
dem Winter folgt die Winterwende.
Allein der Nord gebietet allen,
die Sonne ist nur noch Legende.

Es ist der Lohn für Menschenschuld –
der Mensch zerstört, was ihm ergeben
durch Missgunst und durch Ungeduld,
der erste Schlag gilt ungeschütztem Leben.

Nichts bleibt im Nichts bestehn.
Doch nein –
             das Dunkel weicht,
der Albtraum war nur ein Versehn,
im Licht wird alles Leben leicht.

Senndorf erscheint im hellen Morgen,
sechs Ochsen spannt ein Bauer ein.
Ein Eigenland will er sich jetzt besorgen,
erschließt er es, so wird es sein.

Grendel:
Nun widersetzt der Boden sich nicht mehr,
der öd auf unserm Hattert liegt.

Der Pflug ist neu, das Kulter schwer –
der Geistergrund wird heut besiegt.

Fest liegt der Griff in meiner Hand.
Nur los!... die ersten Schollen...
Noch ist der Morgen kühl, die Kraft gespannt.
Der Sand knirscht auf, die Steine rollen.

Groß ist der tote Grund und sehr verschrien,
doch fürchte ich die Geister nicht, die hier sich zeigen,
ich nehm's mit ihnen auf und zwinge ihn,
die Geister aber bringe ich zum Schweigen.

Dies wird ein gutes Kornland sein.
Bis heute musst' ich solches oft entbehren.
Die Steine schaff ich an den Rain,
nichts hält mich ab, meinen Besitz zu mehren.

Nur recht, dass hier ein Acker werde.
Die Sonne scheint nun glühend heiß...
Nicht mehr so steinig ist die Erde...
Ich taumle schon vor Hitze, und es rinnt der Schweiß.

(Zur Sonne:) So weich zurück in deine Nacht.
Plag mich mit deinem Feuer nicht!

Sonne:
Die Nacht steht in des Mondes Macht,
mein Weg verläuft im wahren Licht.

Grendel:
Ich rat dir gut, zieh dich zurück!
Noch nie warst du mir so zur Last.

SONNE:
Sonst hieltest du mich für dein Glück.
Geduld dich nur, sehr kurz ist meine Rast.

GRENDEL:
Mach dich davon! Ich hab genug!

SONNE:
Du hebst die Hand?

GRENDEL:
Ich schlag dir ins Gesicht den Pflug!

SONNE:
So sinkst du rettungslos ins Land!

SPIELMANN:
Er riss die Pflugschar frei.
Mit ganzer Kraft führt' er den Schlag.
Dann hört' er einen Schrei.
Und dennoch war und blieb es Tag.

GRENDEL:
Zieht an! Zum Waldrand! Fort das Joch!
Zuvor feste Erde, mit sechs Ochsen kaum zu ackern.
Das Vieh bis an den Bauch im Schlamm, sackt ab.
Kein Grund!
Brich endlich auseinander, Sonne!
Ich sehe nichts, der Mund... im Schlamm...

SONNE:
Sie begehren auf, die von mir leben.
Nicht den Schlag spür ich, aber den Schmerz.

Der mich verletzte, verdirbt im Sumpf,
er kann nicht mehr umhin.

GRENDEL:
Mit Stangen und Leitern kommen die Nachbarn
und heben mich aus der Tiefe.
Wohin bringen sie mich?
Daheim werde ich zugerichtet für meinen letzten Weg.

Erscheint der Tod, mich zu strafen?
So mag es sein –
er bringt den Lohn für meine Schuld...

Wie vieles ist versäumt
und anders halb getan.

Nun trübt der Tag sich ein,
das Land zeigt sich als Schnee,
der Schnee als Nacht.
Alles wird Nebel
ohne Leben, ohne Tod.

Der Tod brach mich nieder,
aber er hob mich zugleich auf.
So will ich Abschied nehmen von den Betrübten,
sie mögen es mir nicht verargen.
Ich scheide von Haus und Hof, von Sonne und Mond.
Bringt Wein vor meine Tür,
denn ich will aufbrechen,
will mich zu den Freien gesellen.

NACHBARSCHAFTSVATER:
Er hat ein Hartes gehabt, er konnt' es nicht überstehn.

WITWE:
Ich sage Euch Dank, allen guten Freunden, denen es leid ist.

KLAGEFRAU:
Warum seid Ihr nicht länger bei uns geblieben?
Wir hätten Euch gern gesehn.
Ihr hättet noch Platz gehabt.

WITWE:
Wer soll mir den schweren Stein wegwälzen,
den du mir aufs Herz gelegt?

KLAGEFRAU:
Der Erntewagen zerscheidet sich,
der Pflug verteilt sich.
Unser fleißiger Ackergänger, unser Pflugführer,
wer soll nun für uns zusammentragen?

WITWE:
Meine Krone ist mir herabgerissen,
meine Stütze ist zerbrochen!
Wer wird unsre Wiesen mähen,
unsre Äcker bauen?
Steh auf, wo nicht, so nimm auch uns mit;
es ist für uns nicht mehr zum leben!

NACHBARSCHAFTSVATER:
Da nun der Todeskörper fortgetragen wird
aus diesem irdischen Haus,
bitte ich Euch herzlich,
Ihr wollet ihn meinen Mitbrüdern folgen lassen.

GRENDEL:
Sie tragen mich aus Vaters Haus.
Wohin verscharren sie mich?
In die kühle Erde.

MEHRERE STIMMEN:
Die Sonne aber zieht dem Abend entgegen,
ist nicht mehr deutlich zu sehn
im Nebel ohne Leben, ohne Tod.
Die dunkle Welt breitet sich aus.
In ihrer Mitte stehn hohe Mauern,
dahin sind viele eingezogen.
Die Sonne wird die dunkle Welt aufhellen,
im Morgengraun.
Und doch wird für ihn,
wird für uns alles vergangen sein.

GRENDEL:
Wie kam der Tod? Er brach mich nieder,
er brach mir alle meine Glieder
und endet' meiner Stunden Lauf;
wie kam der Tod und hob mich auf?

Mit kühler Erde tauscht' ich Vaters Haus,
mein Leib war gelb und war schneeweiß,
dumpf klangen unsre Glocken aus,
da vergaß ich meine Freud mit allem Fleiß.

Nun will ich scheiden aus der Welt,
auf Freiheit ist mein Sinn gestellt.

SPIELMANN:
Der Kraft, die uns bewahrt – er trotzt' ihr unbedacht,
er griff sie an, als wär's in seiner Macht.

Er kam zu Fall und nahm sein Schicksal an,
das spricht für ihn, den biedern Mann.

Unweit vom Grendelsmoor, auf Windauer Gebiet,
dort, wo der Wald sich übers Bergland zieht,
liegt auch ein Sumpf, mit dem sich's so verhält:
Von seltsamem Gestein ist er umstellt.
Man sagt, und ich verbreite gern die Kunde,
zwei riesenhafte Echsen lebten auf des Moores Grunde.
Als Drachen galten sie mit Recht und Fug,
indes: Der eine Unhold eine goldne Krone trug.
Verirrte sich ein Wanderer an jenen finstern Ort,
verweilte eine Frau, ein Kind zu lange dort,
erhoben sich die Echsen aus dem Schlick
und fassten die Erschrocknen in ihren kalten Blick.
Der Wunsch zu fliehn verging den Opfern bald,
zu Stein erstarrten sie in vielerlei Gestalt.

Berichten kann ich weiter: Es löste sich der Bann.
Sanft sprach ein tapfres Mädchen die beiden Echsen an.
Von einem bösen Zauber hat sie damit befreit
den König und den Prinzen, welcher das Mädchen freit.
Und Menschen über Menschen in all dem Stein erwachten,
die wieder Leben in ihre Körper brachten.
Sie schüttelten die Glieder, sie regten sich ganz munter
und zogen darauf heiter ins Heimattal hinunter.

Anmerkungen

Erstmals ist die in Senndorf (rumänisch Jelna, ungarisch Kiszsolna) aufgezeichnete Sage *Grendelsmoor* 1860 in Bistritz veröffentlicht worden (*Sagen und Lieder aus dem Nösner Gelände*, gesammelt von Heinrich Wittstock). Friedrich Müller übernahm sie aus jenem Erstdruck für die zweite Auflage seiner

Siebenbürgischen Sagen (Wien und Hermannstadt 1885, Nr. 3, S. 5; wird von der Sprecherin zitiert). *Grendelsmoor* erschien weiterhin in der von Misch Orend besorgten erweiterten Neuausgabe der Müllerschen Sagen (Göttingen 1972) sowie in der von Richard Huß zusammengestellten Anthologie *Sagen und Erzählungen aus dem Nösnergau und dem Regener Ländchen* (Bistritz 1927, S. 127–128; auf S. 127 ist der vom Sprecher vorgebrachte Hinweis auf „Klingsor", „Klängsur", „Klingesære" belegt).

Wir finden die Begebenheit vom Grendelsmoor aufgenommen auch in das von Claus Stephani betreute Buch *Das goldene Horn. Sächsische Sagen und Ortsgeschichten aus dem Nösnerland* (Bukarest 1982, S. 181) sowie in Claus Stephanis Sammlung *Eichen am Weg. Volkserzählungen der Deutschen aus Rumänien* (Cluj-Napoca 1982, S. 126). Die Handlung hat hier einen anderen Verlauf, abweichend von dem älteren Grundmuster.

In dieser Sage sind Spuren alter Überlieferungen enthalten. Der Tradition zufolge ist Grendel „jenes rachedurstige Wesen", „welches Nachts aus seinem Moore steigt und den schlafenden Hirten das Blut aus den Adern sauget", wie Johann Karl Schuller schrieb (*Siebenbürgisch-sächsische Eigennamen von Land und Wasser*, in *Archiv des Vereins für siebenbürgische Landeskunde*, 6. Bd., Hermannstadt, 1863–1865, S. 364; siehe auch Friedrich Wilhelm Schuster: *Deutsche Mythen aus siebenbürgisch-sächsischen Quellen*, in *Archiv des Vereins...*, 10. Bd., Hermannstadt, 1872).

Der Moordämon Grendel spielt im altgermanischen, im angelsächsischen Epos *Béowulf* eine wichtige Rolle, wodurch das heimische Sagenmotiv in einen umfassenden stoff- und geistesgeschichtlichen Zusammenhang gestellt ist (siehe Gustav Kisch: *Zur Wortforschung*, in *Korrespondenzblatt des Vereins für siebenbürgische Landeskunde*, 33. Jg., 1910, S. 107–110). Die nordsiebenbürgische Sage ist wohl – nach Gustav Kisch – „eine jüngere, abgeblasste Form jenes uralten Naturmythus, dessen Kern darin besteht, dass der Lichtheros (der Sonnengott) seinen Gegner, den Moordämon, in den Grund bohrt" (ebenda, S. 110).

Abgeblasste Form heißt im siebenbürgischen Extrakt Verminderung aller Maße. Wichtig ist aber vor allem die Umwandlung Grendels aus einem Dämon in einen Menschen. Er ist nicht das Ungeheuer, das den Bauern in die Tiefe zieht – wie Richard Huß angibt (in der genannten Anthologie, S. 128) –, sondern dieser selbst. Diese „Vermenschlichung" einer mythischen Gestalt hervorzuheben, war auch Zweck der neueren Bearbeitung. Ganz kann Grendel seine Abkunft aus dem Kreis dämonischer Elemente allerdings nicht verleugnen – wir sehen, wie er die in der Sonne verkörperte Lebensenergie angreift.

Das Volkslied *Der Tod* ist der von Michael Markel herausgegebenen Sammlung *Es sang ein klein Waldvögelein. Siebenbürgische Volkslieder sächsisch und deutsch* (Cluj / Klausenburg 1973, S. 124) entnommen (zu Beginn unseres Textes deutsche Fassung von Herman Roth; an den Schluss von *Grendelsmoor und Tränenbrot* rückten wir eine eigene Übertragung).

Zitiert oder paraphrasiert wurden noch folgende Arbeiten: Friedrich Wilhelm Schuster: *Siebenbürgisch-sächsische Volkslieder*, Wiesbaden 1865; Georg Schuller: *Volkstümlicher Brauch und Glaube bei Tod und Begräbnis*. In: *Programm des evangelischen Gymnasiums in Schäßburg*, 1862–63, 1864–65; Josef Haltrich – Johann Wolff: *Zur Volkskunde der Siebenbürger Sachsen*, Wien 1885; Adolf Schullerus: *Siebenbürgisch-sächsische Volkskunde*, Leipzig 1926. Eingeflochten wurden die Märchenmotive *Nebel ohne Tod* und *Die dunkle Welt* (Josef Haltrich: *Sächsische Volksmärchen aus Siebenbürgen*, hg. von Hanni Markel, Bukarest 1972).

Bei der am Ende des Textes skizzierten Sage über das Moor bei Windau (rumänisch Ghinda, ungarisch Vinda) stützten wir uns auf die von Richard Huß zusammengestellte Sammlung *Sagen und Erzählungen...* (a. a. O., S. 138).

Über das *Senndorfer Cantionale* schrieb Gottlieb Brandsch im *Korrespondenzblatt des Vereins für siebenbürgische Landeskunde* (31.Jg., 1908, S.145–148), und er reproduzierte auch acht Lieder (S.148–158). – Nr. 6, auf S.155, ist das Lied *Mein junges Leben hat ein End*, bei dem angemerkt ist „Text fehlt"; der Text ließe sich aus anderen Quellen freilich ohne große Mühe beibringen. Im Übrigen wies mich der in der älteren Musikliteratur bewanderte Dr. Wolfgang Höppner auf die sechs Variationen hin, die der holländische Komponist Jan Pieterszoon Sweelinck (1562–1621) auf die Melodie des Liedes verfasst hat.

Ein gewisser „Andreas Urmenius [nicht eindeutig lesbar], Homorod" hatte um die Mitte des 17.Jahrhunderts die Handschrift angelegt. Die dem Namen beigefügte Ortschaft „Homorod" führte dazu, dass gelegentlich vom *Cantionale aus Homorod* gesprochen wurde (vergleiche Octavian Lazăr Cosma: *Hronicul muzicii românești*, Bd.1, București 1973, S.272). Von Senndorf kam das *Cantionale* ins Brukenthalmuseum Hermannstadt, und es wird zur Zeit in der Hermannstädter Zweigstelle der Nationalen Archive (Arhivele Naționale ale României, Direcția Județeană Sibiu) aufbewahrt, samt einer von Gottlieb Brandsch besorgten Transkription in moderne Notenschrift (über hundert Gesänge des Manuskripts wurden umgeschrieben).

Die eigenen Bearbeitungen des Stoffes sind: *Tränenbrot*, erschienen im Band *Mondphasenuhr* (Cluj-Napoca 1983, S.85–90), und *Grendelsmoor*, abgedruckt in *Karpaten-Rundschau* (23.Januar 1999). Einigen Aufschluss darüber findet man auch in dem Aufsatz *Das entschwindende Urbild*, in *Keulenmann und schlafende Muse* (Hermannstadt/Sibiu 2005, S.117–119).

Während des 25.Sachsentreffens (Mediasch, September 2015) sprach ich auch mit dem Geschäftsführer des Zentrumforums Bistritz, mit Thomas Hartig, der mir einige Wochen vorher als Motorradfahrer flüchtig bekannt geworden war. Aus seinen Äußerungen und auch aus denen seiner in Senndorf aufgewachsenen Gattin musste ich den Schluss ziehen, die Sage vom *Grendelsmoor* und ihr Schauplatz seien heutzutage lediglich eine von schriftlichen Quellen aufbewahrte Überlieferung.

Frachtschiff „Evangelia"

I.

Als meine Frau und ich im Sommer 1969 im Seebad Costinești ankamen, um da, zusammen mit Geschwistern, Urlaubstage zu verbringen, sahen wir das Schiff, das in Nähe der Küste, im nördlichen Umkreis der Ortschaft, auf Sand und Gestein aufgelaufen war. Angeblich ein griechischer Frachter, der von einer libanesischen Transportgesellschaft gemietet und im Vorjahr gestrandet war.

Das Wrack zog die Badegäste und so auch mich magisch an. Es lag ungeschützt da, und es hieß, rumänische Institutionen dürften es nicht abbauen oder sonstwie nutzen, da es den rechtmäßigen Besitzern freistünde, uneingeschränkt darüber zu verfügen. Selbst im Fall, dass die griechischen oder libanesischen Reeder Jahre hindurch nichts unternähmen, könne ihnen das Besitzrecht nicht streitig gemacht werden.

Neugierige Personen hatten es nicht schwer, den Frachter *Evangelia* zu erreichen. Schwimmer überwanden die zwei- bis dreihundert Meter breite Distanz vom Ufer bis zu dem stählernen Koloss ohne sonderliche Mühe, auch gab es gelegentlich Boote, die ihn ansteuerten. Strickleitern hingen vom Rumpf hinab, sodass man sich hinaufarbeiten konnte. Jene Zeitgenossen waren im Vorteil, die zu ihrem Erkundungsgang Badeschlappen mitgebracht hatten, weil sowohl die metallnen als auch die hölzernen Partien des Decks von der Augustsonne beträchtlich aufgeheizt waren, auch lagen überall Glassplitter umher.

Ein von niemandem gehinderter, vielmehr stillschweigend geduldeter Beutezug war bald nach der Schiffskatastrophe in Gang gekommen. Was nicht mit Niete und Nagel befestigt war, aber auch sorgsam gesichertes Gut wurde abmontiert und mitgenommen – konnte man denn wissen, ob man nicht irgendwann diesen oder jenen Einrichtungsgegenstand oder Teil einer Installation gebrauchen würde?

Mit einem meiner Brüder waren wir ans Wrack herangeschwommen und wanderten über das Deck und durch einzelne Etagen und Räume des schon recht ausgeplünderten Schiffs. Fern lag der Gedanke, uns im metaphorischen Sinn als Schiffbrüchige zu sehen, allzu desolat war das sich uns bietende Bild.

Erst nachdem wir das Land wieder erreicht hatten, kam in mir allmählich das Bedürfnis auf, das Gegebene und Vorstellbare zusammenzureimen, ein Schiff in Seenot und im Verhängnis zu sehen. Ich brachte *Strandung* in erster Niederschrift zu Papier. Nicht ohne Irrwege wurde der Text in etlichen Neufassungen zurechtgeschliffen zu jenem Ergebnis, das in dem Gedichtband *Botenpfeil* (1972) öffentlich wurde. Hier folgt ein geringfügig veränderter Nachdruck.

II.

STRANDUNG

Weit abliegend und unzugehörig strichen Schritte über dies
                                                                                Schiff,
unberührt von der Trägheit aufgefahrener Spanten,
vermieden die Schwerkraft des zerspaltenen Grunds.
Nur zögernd kamen Arme auf die Geländer zu,
geometrisch verstrickt zu leblanger Dauer
bei zerblättertem Öl.
Roststellen brachen allenthalben hervor
in die Rundgänge über das Dreideck
Epeiros, Europa oder Euterpe
unter libanesischer Flagge,
zu Klippen gebracht
nach dem schlichtesten Seestraßenrecht.

Da sprang ein Messlot auf das Metall zu Füßen,
sprang die Treppe Metall hinab, immer tiefer in Laderaum,
in lauter entfrachtete Luken, ausgelaufene Kieltanks,
immer tiefer und lauter.

Fäuste fielen kantig ans Strandgut,
glitten schwer das brüchige Eisen hinab,
als flösse nur kurz Sauerstoff in ihren Adern,
lösten sich frei vom dunkleren Gang der Gewinde.
Wieviel Hebel hoben nicht ab, hoben nicht an? –
und hier schlugen Brecheisen zu in diesem Sturm,
die verrotteten Schrauben zu lösen,
die Boote frei zu bekommen vom Davit,
bis das Hecklog endlich nachgab,
die Spiegelsextanten ihre Boote entließen,
das Werk und Hilfswerk der Richtkraft.
Doch nein, wieso?, diese Wellen –
als wären sie eingeordnet in den Kreislauf der Leitungen,
brachen sie das letzte Schaltwerk aus,
stemmten ab die letzte Verästelung der Seefahrt,
bis das Gerät niederfiel,
auf den Boden des Steuerhauses,
hinabrollte auf die Kommandobrücke, aufs Bootsdeck,
durch die Räder der Seilwinden
bis es wieder in Griff lag,
im brennenden Griff, indes
über die Reling gelassen wurde das Schiff. –
Lauter sprach es unter solchem Zuruf aus der Kajüte,
hart sprach es in der Art dieses Frachters.
Klar abgesetzt drangen die Worte
aus Schränken, den Wänden entstürzt, die sie selbst waren,
aus den zerregneten Fenstern der Fahrt zur hohen See,
spanisch oder vielleicht noch viel lauter,
die Sprache, welche in dichtem Seegras aus Sesseln quoll,
aus Elektro-Strängen.

Aber vielleicht war es nicht diese Sprache,
die hier Worte schnell formend ertönte,
sondern viel vernehmlicher an der Stelle:
In diese Wand schlugen die Schüsse ein, und unweit
lagen haufenweise Papierstreifen, flüchtig bemorst,
ganze Hände voll hielt man dem Kapitän hin,
hielt sie dem Kapitän ersten Rangs hin
oder dem Kapitän zweiten Rangs,
während man da immer noch brachte
Hände voll schmaler Papierstreifen, flüchtig bemorst,
als ob dadurch etwas ausgerichtet würde.
Hatte jemand geschossen? –
es wurde wohl niemand verwundet,
niemand war sichtbar im Kajütengang,
durch den man ins Freie sah ohne weiters.

Verstreut lagen die Handbücher der Navigation,
manche am äußeren Bordkant –
seit wieviel Stürmen schon hier,
so geschleift an den Rand der Lesbarkeit
bei unveränderten Lettern, zutreffend
hoben sie sich von ihrem Hintergrund ab,
aber geschoben hatten sich zwischen die Zeilen
die Zeitungsblätter der Verlassenheit,
der langsame Andrang des Nebels.

Und diese Karten – achtlos aufs Deck geworfen,
Sumatra las einer, Davao,
und beschrieb die Linie des Golfs,
zeichnete ihn nach mit den Lauten Davao,
aber es war ein eingebildetes Singapore,
ein Hongkong der Unmöglichkeit,
war ein Taiwan des Todes, ein Bandung des Zweifels.

III.

Costineşti, August 2012

„Jenseits des Deichs" – so beschied mich ein junger Mann neben den zu Feierabend an Strand gezogenen Schlauchbooten. Es war, als müsste er unbedingt einem imaginären Schiffertypus entsprechen: Er war bärtig, struppig und trug einen verwegen aufgesetzten Hut. „Dort, gleich hinter der Deichwand, ist die Anlegestelle."

Eine aus betonierten Dreifüßen – „Tripeden" – und sonstigem kantigen Gestein aufgeworfene Mauer umschloss zu drei Seiten den kleinen Hafen. Auf der einen, dem Land zu gerichteten Seite war das fest gefügte Hafenbecken etliche Meter breit geöffnet und von einem Brückenbogen überspannt, auf dem man Fußgänger in beide Richtungen dahinschreiten sah.

Wer Costineşti bereits kannte, der wusste, die geschwungene Brücke überdeckte die Wasserstraße, die einen See mit dem Meer verband, einen Zugang für Boote oder ganze Bootskonvois, wie sie den unternehmungslustigen Urlaubern zuliebe eingesetzt wurden. Ein grotesk anzusehender, überdimensionierter Schwan, eine durch Lautsprecher als *Lebădă* bezeichnete Schaluppe, glitt soeben als Leitschiff einer kleinen Kolonne von bequem gestalteten Promenadenbooten vorüber.

Die Sonne stand schon tief, und doch wollte das geräumige Boot, das zum Wrack fuhr, zur *Epavă*, heute noch einmal auslaufen. Anwärter für das Vorhaben, wie sich zeigte vor allem Anwärterinnen, fanden sich ein, junge Leute, die über grobe Steine die Bootsplanken erreicht hatten und sich in dem Gefährt einrichteten. Ich gesellte mich hinzu, sah, wie einige von ihnen die schon recht abgenutzten Schwimmwesten anlegten und sich auch sonst auf die schätzungsweise halbstündige Tour einrichteten.

Noch ging's aber nicht los, denn oben, auf der Dammkrone, wurde noch per Mikrophon um Kunden geworben. „Nutzen Sie die Gelegenheit! Wir bieten Ihnen eine wundervolle Ausfahrt aufs Meer. Die letzte Fahrt des heutigen Tages zum Wrack beginnt gleich! Erwachsene zahlen zehn Lei, Kinder die Hälfte. Fünfundzwanzig Plätze stehen Ihnen zur Verfügung. Zögern Sie nicht!" Es blieb aber bei der Anzahl von acht oder neun bereits anwesender Personen.

Zuerst waren die zünftig aufgeschlitzten Jeans und die Schlappen des Mannes zu sehen, der nun über die Steinblöcke herabturnte, dann nahmen unsere Augen auch die Bierdose wahr, die er in der einen Hand mit sich führte. Ein gewinnendes Lachen gab dem Auftritt des etwa Dreißigjährigen den prägenden Zug und bestimmte auch in der Folgezeit sein Gehaben.

Er ordnete an, dass ebenso viele Passagiere jeweils rechts und links sitzen, wegen des Gleichgewichts, was sich mühelos bewerkstelligen ließ. Dann schwang er sich auf den langgestreckten Sitzbock inmitten des Bootes, warf den Motor an und fasste nach dem kreisrunden Steuer. Nachdem das Boot freigetäut war, setzte es sich in Bewegung.

Von oben rief uns der junge Kassierer zu: „Gute Fahrt! Wir sehen uns morgen oder übermorgen wieder, wenn ihr zurückkehrt. Nicht vergesst, mir aus der Türkei eine Ansichtskarte zu schicken. Angenehme Fahrt!"

„Danke, danke!" wurde ihm lachend geantwortet.

Kaum hatten wir die schützende Mauer des Bootshafens verlassen, zeigte sich, die Wellen gingen höher, als das ruhige Geplätscher im Hafenbecken einem andeuten mochte. Dennoch bestand unser Steuermann nicht darauf, dass wir allesamt die Schwimmwesten überstreiften. Von selbst kam eine jede, ein jeder darauf, wie man am besten dem Schlingern des Gefährts, seinem völlig unregelmäßigen Auf und Ab, begegnete und sich aufrecht hielt, hingekauert auf die Seitenbänke, mit der Hand den stählernen Umlauf gefasst.

Völlig unbeeindruckt von dem für uns Landbewohner befremdlichen Gewoge sprach der Steuermann dem Bier zu. Keinen Augenblick aber mussten die Passagiere glauben, er hätte sich und das seinem Kommando unterstellte Schiffchen nicht unter Kontrolle.

„Wer will das Boot steuern? Komm du, Fräulein, ich zeig dir, wie man's macht." Das Mädchen folgte seiner Aufforderung nur zögernd und saß etwas verschüchtert auf dem Platz des Steuermanns. Dieser schien es darauf angelegt zu haben, uns allen zu zeigen, wie leicht es sei, das Gefährt auf Kurs zu halten, man müsse nur die Lenkung richtig im Griff haben, und wenn sie einem entgleiten sollte, war es nicht schlimm, mühelos ließ sich jede Abweichung korrigieren. „Siehst du, wie gut es geht", lobte er, „demnächst wirst du die Schifffahrt-Ausbildung beginnen und erfolgreich abschließen."

Das Mädchen glitt aber vom Sitzbock des Steuermanns hinab, sie glaubte, ihre Rolle als Vorzeigeperson erfüllt zu haben. Ohne zu säumen rief der Steuermann ein zweites, ein entschlossener wirkendes Mädchen zum Mittun auf. Er schärfte ihr ein, stets auf die rechte Seite des mittlerweile in unserem Blickfeld deutlich umrissenen Wracks zuzuhalten, dann laufe alles richtig. Mit „stark rechts!" und „stark links!" und anderen Anordnungen ging die Fahrt vonstatten.

„Stört es Sie", rief er mich an, „wenn ich mit diesen Mädchen so direkt spreche?"

„Was soll mich daran stören?" versetzte ich.

„Ja", meinte er, „es gibt ältere Leute, denen es missfällt, wenn ich so mit den Passagieren rede. Die geben mir dann zu verstehen, ich müsse höflicher sein." Ich konnte ihn beruhigen, mir sei nicht aufgefallen, er hätte es am richtigen Ton fehlen lassen.

Mittlerweile fuhren wir an Pfählen, Querstangen und Netzen vorbei, und da achtete der Steuermann darauf, dass wir diesem Fischereiareal nicht zu nahe kamen. „Die Vögel, die Sie dort auf den Stangen sitzen sehen, das sind Pinguine... Das war ein Scherz, nicht wahr? Es sind Kormorane, und die nähren sich ausschließlich von Fisch."

Ich erkundigte mich nach der Fischerei, der *Kherhana*, die es bis zur Wende an dem von uns nächst gelegenen Strandabschnitt gegeben hatte.

„Sehen Sie das rote Haus dort?" gab er zur Auskunft, „dort wohnt der Besitzer der Fischerei, die heute ganz anders angelegt ist als früher. Der Mann hat etwa zwanzig Lipowaner angestellt, die sich ja auf Fischfang und Fischverarbeitung verstehen. Die Erträge sind aber gering geworden, mit großen Netzen wird heutzutage kaum mehr etwas gefangen... Und die Villa dort drüben, die gehört einem bekannten Bukarester Journalisten, von der *România liberă*. Er hat eine hübsche Tochter, und mir hätte es gefallen, sein Schwiegersohn zu werden, aber der Herr, *Conu* Mihai, hat andere Absichten..."

„Wer ist zur Zeit Besitzer des Wracks", wollte ich wissen.

„Das werde ich sagen", bedeutete er mir, „wenn wir uns dem Schiff genähert haben, alle sollen die Erklärungen anhören können."

Bald diese, bald jene Fahrtteilnehmer betätigten ihre Kameras – noch gab es genügend Helligkeit für photographische Aufnahmen. In Reichweite des Hecks angekommen, stellte der Steuermann den Motor ab. In das nun von keinem Nebenlärm entstellte Rauschen der Wellen sprach er mit kräftiger Stimme:

„Das Schiff gehörte einem Griechen, Onassis, dem Besitzer vieler Schiffe. Der verblichene, nicht mehr lesbare Name des Frachters lautete *Evangelia*, so hieß eine Tochter des Griechen. Man sagt, er habe insgesamt vierundzwanzig Kinder gehabt. Vor uns haben wir die Reste eines Transportschiffs, es diente meist dazu, Alteisen zu befördern. Angeblich hatte es mitunter auch Südfrüchte geladen. Das glaubten die Leute in Costineşti um so mehr, als nach dem Schiffbruch, *Naufragiu*, lauter Orangen und Zitronen um das Wrack schwammen. Sie sind aber Proviant für die Seeleute gewesen. Die Wahrheit ist die: Auf ihrer letzten Fahrt ist die *Evangelia* ziemlich leer gewesen. Sie war noch für eine Frist von zwei Jahren versichert. Und es blieb fraglich, ob man später, bei ihrem Alter, ihrem Zustand, eine weitere Versicherung hätte abschließen können. So kam der Verdacht auf, man hätte die Schiffskatastrophe absichtlich herbeigeführt. Sollte der Grieche die Versicherungssumme erhalten haben? Das weiß ich nicht.

Das Unglück ereignete sich 1968. Im Jahr '74 hat die Rumänische Marine es als Richtpunkt, als *Reper*, in ihre Karten aufgenommen. Seit dem Jahr 2000 ist es in den Besitz des Rumänischen Staates übergegangen..."

Jemand fragte: „Und was hat der Staat damit vor?"

„Keine Ahnung. Zur Zeit wird das Wrack von vielen Touristen aufgesucht. Achten Sie darauf, wie schadhaft das Heck ist. Im Winter hämmern die von Nordost heranbrausenden Stürme ständig darauf ein. Und so ist hier hinten bloß das Skelett des Schiffsrumpfs geblieben."

Im rasch hereinbrechenden Dämmer ging die Fahrt weiter. Sie war darauf angelegt, das in seiner ruinösen Körperhaftigkeit vor unseren Sinnen aufwuchtende Ungetüm zu umkreisen.

An der einen Längsseite klaffte ein riesenhaftes Loch. „Unser Boot ist das einzige", rief der Steuermann, „das in diese Öffnung einfährt, andere meiden die Zufahrt."

Der einstige Laderaum tat sich unseren Blicken auf. Aus der Höhe hing rissiges Metall herab, und zu den Seiten türmten sich verbogene, geborstene Eisenplatten, ein ebenso jammervoller wie gespenstischer Anblick.

Indes das Gefährt hinausglitt, erklärte unser Abenteurer: „Das Meer arbeitet mit zerstörerischer Kraft ständig an dem

Wrack, der Rost setzt ihm zu, es verwittert von Jahr zu Jahr. Jederzeit kann etwas herabfallen."

Nun wurde der Bug umrundet. „Wir können hier sehen, wie fest die Stahlplatten an das Gerüst genietet wurden."

Inmitten der zweiten Längsseite verhielt das Boot eine Weile. „Jetzt sind wir jener Stelle gegenüber, wo wir ins Innere des Wracks eingedrungen sind. Die Risse in der Wand erweisen das. Wenn Sie bei diesem breiten Einschnitt eine Kerbe links und eine Kerbe rechts der Öffnung ins Auge fassen, können Sie feststellen: Die beiden Anhaltspunkte bewegen sich unterschiedlich. Daraus können wir ersehen: Das Schiff ist entzweigebrochen.

Jetzt noch einen Blick hinauf: *L'Ozana* ist dort zu lesen, und viele glauben, das Schiff hätte immer so geheißen. Wir wissen aber, es trug den Namen *Evangelia*, nach der Bibel, es ist aber auch ein griechischer Frauenname, wie ich schon sagte. Oben, das erkennen Sie, sitzen die Kormorane. Menschen steigen nicht mehr hinauf."

Am Ende der Fahrt sagte ich beim Verlassen des Bootes zum Steuermann: „Ich bin einst auf dem Schiff gewesen, das war im Jahr '69."

Er meinte, ihm sei nicht beschieden gewesen, es zu besteigen. Beim *Naufragiu* sei seine Mutter vierzehn Jahre alt gewesen. Nein, nein, er habe es nicht geschafft, einmal an Bord zu sein. Anfangs seien doch Strickleitern von der Reling herabgegangen? Das wollte er von mir bestätigt haben.

Ich versicherte es ihm und dankte für die Fahrt. Im Beiklang des soeben Erlebten und im Nachhall von Erinnerungen ging ich in den Abend.

Erstdruck in *Deutsches Jahrbuch für Rumänien 2014*. Bukarest: ADZ Verlag, S. 257–263.

Windmühle

Das Gutshaus – das Schloss – der Familie von Arnim in Wiepersdorf, südlich von Berlin in der Mark Brandenburg gelegen, war, noch zu Zeiten der DDR und ihres „Kulturfonds", als „Künstlerhaus" eingerichtet worden. Nach der Vereinigung Deutschlands wurde der Kreis der dort Beherbergten auch auf Schriftsteller und Künstler anderer europäischer Länder ausgeweitet. Zu den Stipendiaten gehörten beispielsweise der Bildhauer Mihai Olos und der Komponist Ştefan Niculescu. Nora Iuga teilte mir brieflich mit (29. Juni 2010), sie habe dort Rilkes Gedicht *Orpheus. Eurydike. Hermes* ins Rumänische übersetzt.

Die geistige Ausstrahlung des Gutshauses und seines Parks wirkte die Zeiten hindurch, hatte doch hier das für die deutsche Romantik so wichtige Ehepaar Achim von Arnim (1781, Berlin – 1831, Wiepersdorf) und Bettina von Arnim geborene Brentano (1785, Frankfurt am Main – 1859, Berlin) gelebt. Beide sind neben der Ortskirche bestattet worden.

Zwei Monate des Jahres 1993 verbrachte ich im Schloss Wiepersdorf, umgeben von der Atmosphäre einstiger Sitze des Landadels. Die Idylle büßte ihre suggestive Kraft etwas ein, wenn man sich vorhielt, dass die Besitzung Wiepersdorf zur Zeit des dichtenden Ehepaars verschuldet war, trotz allen Bemühungen, den Ackerbau, die Weide- und Forstwirtschaft zu modernisieren.

Während meines dortigen Aufenthalts verfasste ich einige *Wiepersdorfer Texte*, die zu gegebener Zeit auch erschienen sind (im Band *Kurator, Söldner, Gouverneur und andere Prosa*, Bukarest: Kriterion Verlag 1998).

Im Juni 2010 fand eine Begegnung jener statt, die sich seit der politischen Wende in Wiepersdorf aufgehalten hatten. Zum Programm des Treffens trug ich mit einer kurzen Betrachtung bei, die nicht auf Schloss und Park eingestellt war, sondern auf deren Umgebung. Eine Windmühle hatte einst meine Aufmerksamkeit beansprucht.

Achim von Arnim ist ein sinniges Mühlengedicht zu verdanken, in dem er zum Ausdruck brachte: Mühlen erzeugen Mehl für unsere Nahrung, ein tieferer Blick zeigt aber, dass ihr Werken auch geistig gedeutet werden kann.

Das *Oeffne nicht die goldnen Thore* betitelte Gedicht endet mit den Strophen:

Wenn ich auf der Mühlenwage
Recht im Unrecht mir abschätze,
Seht, das gilt am jüngsten Tage,
Und ich leb nach dem Gesetze.

Das Gesetz der Weltgeschichte
Ist bald früh, bald spät beschworen,
Daß im Schweiß vom Angesichte
Brodt und Weisheit wird geboren:

Denkt voraus ins thätge Leben,
Was ihr hofft, und was ihr suchet,
Jenem seid ihr hingegeben,
Was euch lockt, wird euch verfluchet.

Und nun der Text meiner Wortmeldung.

Während meines Wiepersdorfer Aufenthalts fuhr ich wiederholt mit dem Rad ins nahe Städtchen Dahme, wegen allerhand Besorgungen. Wäre ich hier ansässig, würde ich in diesem Land leben, hätte ich sagen können, ich fuhr durchs *schwankende Vaterland*. So hatte der Gutsherr Arnim seine Heimat gekennzeichnet.

Schwankte das Land oder doch eher ich? Mein Gefährt nahm alle Unebenheiten des Weges auf, es federte nicht jede Erschütterung ab, sodass ich tatsächlich den Eindruck gewann, eine schwingende Bewegung hätte mich erfasst. Ob auch das Land regelrecht schwankte, wurde mir nicht deutlich, weil ich ja anderswo beheimatet bin.

Auf den kleinen Touren ins Städtchen war mir im freien Feld eine Windmühle aufgefallen, und ich schenkte ihr im Vorbeifahren stets die gebührende Beachtung. Sie hatte ihren Standort etwa zweihundert Meter von der Asphaltstraße entfernt. Die Flügel regungslos, auf Dauer blockiert. Ich nahm mir vor, die Mühle einmal genauer in Augenschein zu nehmen.

Warum ich das wollte? Wohl nur aus Neugier. Einen anspruchsvolleren Grund anzugeben, fiele mir schwer. Wäre ich ein Hiesiger, hätte ich sagen können, die Triebkraft zur Besichtigung sei *patriotische Unschuldstreue*. Unschuldige Treue, ja, die hätte ich vielleicht angeführt, patriotische Treue, wie die Gutsherrin Bettina das zu bezeichnen pflegte.

Eines Tages nun dachte ich, es wäre Zeit, dieses Vorhaben in die Tat umzusetzen. So schwenkte ich auf den Landweg ein und näherte mich der altertümlichen Anlage. Spähende Blicke darauf gerichtet, umrundete ich das hölzerne Bauwerk.

Ein Mann kam, wohl aus dem nächst gelegenen Ort, aus Rietdorf, und ich fragte ihn, den treuen Vaterlandsfreund, wem die Mühle gehöre und ob sie in Betrieb sei.

Wortkarg gab er zur Antwort, er wisse nicht, wer sie heute besorge. Vielleicht habe sie einen neuen Besitzer. Überall seien jetzt neue Herren. Er selbst sah die Mühle nie in Bewegung. Mehr könne er nicht sagen. Ein Kopfnicken, und er setzte seinen Weg fort.

Ich sah dem Davon-Schreitenden nach ... Nicht doch, nicht doch, murmelte ich. Und versuchte, eine andere Perspektive einzuschalten. Die Mühle – sie arbeitete noch bis vor kurzem und ist wohl auch jetzt bisweilen im Betrieb. Hat nicht der Gutsherr gesagt, sie habe nicht nur Mehl fürs tägliche Brot gemahlen, sondern auch *Weisheit geboren*? Oder, wie man hinzufügen muss, auch törichte Gedanken erzeugt. Hat sie nicht bis in die Gegenwart Einsicht und Vernunft zerrieben und uns den Staub in die Augen *gestreuet*?

Bald kehrte ich der Mühle den Rücken, was sicher *willfähriger Nachsicht* bedurfte. Und fuhr ungetreu weiter.

Anmerkungen

Zitiert oder paraphrasiert wurden Textstellen aus: Achim von Arnim: *„Mir ist zu licht zum Schlafen". Gedichte, Prosa, Stükke, Briefe.* Hg. und mit einem Nachwort von Gerhard Wolf. Frankfurt am Main: Fischer Taschenbuch Verlag 1984, S. 51 (*In Varnhagens Stammbuch*), S. 67–68 (*Oeffne nicht die goldnen Thore*); Bettina von Arnim: *Brief an Gustav Pfizer*, datiert 29. Juli 1839. In: *Dichterhandschriften von Martin Luther bis Sarah Kirsch*. Hg. von Jochen Meyer. Stuttgart: Philipp Reclam jun. 2. Auflage 2003, S. 90.

Erstdruck in *Euphorion*, 21. Jg., Nr. 7–8, Juli–August 2010, S. 19.

Schicksalsbrunnen

Während meiner ersten längeren Reise durch die Bundesrepublik Deutschland, im Herbst 1987, weilte ich wiederholt in den Stuttgarter Stadtanlagen, in Nähe des „Schicksalsbrunnens". Die steinernen Figuren ergaben ein etwas altmodisches Ensemble, und doch sagte mir das sorgsam durchkomponierte Bildwerk zu. Es gibt Plastiken, bei denen man die zeitverhafteten Merkmale deutlich erkennt und dennoch inständig wünscht, die Komposition möge auch dem Betrachter einer neueren Epoche gefallen.

Damalige Eindrücke flossen in eine Erzählung ein, in der die Hauptperson Peter Gottlieb genannt wurde. Man erkennt leicht: Die Benennung ist an Chamissos Peter Schlemihl und seine „wundersame Geschichte" angelehnt, geht es doch auch in meiner Schilderung um den verlorenen, den vermissten und schier nicht mehr zu erlangenden Schatten.

Die „Märchennovelle" mit dem Titel *Peter Gottliebs merkwürdige Reise* wird im Anschluss an diese Aufzeichnungen abgedruckt. Hier möchte ich mich darauf beschränken, bei einer einzigen Stelle meiner Erzählung den dokumentarischen Hintergrund und biographische Veranlassungen der Niederschrift anzudeuten: beim Motiv „Schicksalsbrunnen".

Auf jener Reise suchte ich Christa Thurmayer auf, eine in Stuttgart ansässig gewordene Siebenbürgerin, ihres Zeichens Fachlehrerin für Deutsch, Psychologie und Pädagogik, einst Lehrkraft und auch Leiterin des Pädagogischen Lyzeums in ihrem Geburtsort Hermannstadt/Sibiu.

Wir sprachen damals auch über den Brunnen, den sie *bis dato* nicht beachtet hatte. Klassizistische Vorstellungen – mutmaßte ich – hätten den mir unbekannten Urheber des Werks bei der Ausführung seines Projekts geleitet, doch seien dem Opus auch Motive des Jugendstils abzulesen. Zeitlich könne man es wohl der Jahrhundertwende zuordnen. Etwa in dieser Art erging ich mich in kunsthistorischen Erwägungen.

Frau Thurmayer mochte eine so vage Kennzeichnung nicht befriedigt haben, sie wollte Genaueres wissen. Noch gab es nicht den „Schnellen Brüter" der Information, das Internet, und so ging sie ins Fremdenverkehrsbüro der Stadt, schrieb die auf einer Karteikarte verzeichneten Daten ab und sandte sie mir brieflich zu:

„Der Schicksalsbrunnen ist die Stiftung zweier Kunstfreunde, die nicht genannt sein wollten. 1914 hatte Professor Karl-August Donndorf (1870 Dresden – 1941 Stuttgart) den Auftrag der beiden Stifter erfüllt. Der Text stammt ebenfalls von ihm:

AUS DES SCHICKSALS DUNKLER QUELLE RINNT DAS WECHSELVOLLE LOS. HEUTE STEHST DU FEST UND GROSS, MORGEN WANKST DU AUF DER WELLE.[1]

Vielleicht weißt Du inzwischen schon mehr über diesen Mahner und seine Auftraggeber. Das Bildwerk hast Du jedenfalls ohne jedes Vorwissen entsprechend eingeordnet, während ich bis dahin für Brunnen und Inschrift blind gewesen bin."

Für Information und Brunnen-Photos dankte ich ihr. Einen „Nachtrag zum Schicksalsbrunnen" in Form einer Ansichtskarte quittierte ich mit den selbstverräterischen Worten: „Gefreut habe ich mich über die Ansicht des Schicksalsbrunnens, der mir (ich bin altmodisch) gefällt" (23. Mai 1988).

Christa Thurmayers Schicksal hat sich im Oktober 2014 erfüllt. Die Urnenbeisetzung veranlasste mich, im März 2015 wieder in Stuttgart zu sein. Unwillkürlich lenkten sich meine Schritte auch zum Schicksalsbrunnen.

Das Wasserspiel der beiden Fontänen war nicht in Funktion, und die Sicht auf das skulpturale Gefüge war etwas be-

---

[1] Nora Iuga übersetzte den Spruch mit den Worten: DIN AL SORȚII IZVOR NEGRU CURGE LOZUL MINCINOS. AZI EȘTI TARE ȘI INTEGRU, MÎINE DUS DE VAL ÎN JOS. Vergleiche *Strania călătorie a lui Peter Gottlieb. Povestire.* Traducere de Nora Iuga. București: Editura Tracus Arte 2015, S. 57.

einträchtigt durch eine Vergitterung, wie sie auch andernorts verwendet wird, um Passanten auf Distanz zu halten. Mag sein – und zu hoffen wäre es –, dass die Absperrung anzeigte, die Anlage würde in absehbarer Frist restauriert, um in die Augen fallende und auch weniger sichtbare Schäden zu beheben (einem der beiden Jünglinge war ein Fuß abgeschlagen worden).

Das Gitter konnte freilich nicht verhindern, dass der Betrachter über Aussage und Form des Schicksalbrunnens nachsann...

Die Gestalt in der Mitte verkörpert eine Norne (*ursitoare* im Rumänischen), die beiden Paare jugendlicher Menschen drücken aus, wie schicksalhafte Fügungen von den betroffenen Personen aufgenommen werden.

Der Bildhauer erweist sich als guter Kenner germanischer Mythologie. Aus den mir in eigener Bibliothek zugänglichen Schriften[2] zum Thema ist mir bekannt, dass sich Nornen – der Überlieferung gemäß – gerne in der Nähe von Quellen und Brunnen aufhalten. Eine von ihnen (*Urðr*) behütet den Brunnen am Fuß des Weltenbaums *Yggdrasill*, den *Urðarbrunnr* oder *Urðurbrunnen*. Die Stuttgarter Verknüpfung von Schicksal und Brunnen ist also denkbar einleuchtend.

Dem Kanon weiterhin konform ist es, dass man sich Nornen in kerzengerader Haltung vorzustellen hat – „Tag und Nacht sitzen die hohen Nornen da wie Bildsäulen" (K. A. Krüger). Sie kennen keinen Schlaf, vielmehr blicken sie unentwegt wachsam vor sich hin. Just das ist auf dem Stuttgarter Bildwerk zu sehen.

Gemeinhin – nicht jedoch in Stuttgart – treten sie zu dritt auf, was der altnordischen Vorstellung (aber auch den drei Parzen mittelmeerländischer Sage) entspricht. Eine von ihnen

---

[2] Jacob Grimm: *Deutsche Mythologie* [1835]. Leipzig: Reclam 1942, S. 95; Eugen Mogk: *Germanische Mythologie*. Leipzig: Göschen 1906, S. 30–31; Karl A. Krüger: *Germanische Götterkunde in Einzelbildern*. Volksausgabe. Stuttgart: Loewes Verlag [1908], S. 102–105.

ist für die Vergangenheit, die anderen beiden sind für Gegenwart und Zukunft zuständig (laut der Jacob Grimmschen Darstellung für „das Gewordene, Werdende und Werdensollende"). Ihre Befugnisse reichen weit, selbst die Götter haben sich ihrem Spruch zu fügen. Allerdings dürfen auch Nornen die einmal gewiesenen Schicksalsbahnen nicht willkürlich ändern (K. A. Krüger: Es steht nicht „in ihrer Macht, die Geschicke aus eigener Kraft unbeschränkt zu gestalten").

Wird der Name Donndorf genannt, merkt der Siebenbürger auf. Der einigermaßen Landes-Kundige weiß ja: Die Statue auf dem Huetplatz in Hermannstadt wurde von Bildhauer Donndorf geschaffen. Die auf hohen Steinsockel (Granit) gestellte, in Metall gegossene Gestalt des evangelischen Bischofs Georg Daniel Teutsch (1817–1893) ist allerdings nicht ein Werk von Karl-August Donndorf, sondern ist seinem Vater Adolf (von) Donndorf (1835–1916) zu verdanken. Das dem „Sachsenbischof" gewidmete Bildwerk, dem Historiker zugeeignet (er ist Verfasser eines stattlichen Bandes zur frühen Geschichte der Siebenbürger Sachsen, bis 1700), wurde im August 1899 feierlich eingeweiht.

Alle paar Tage gehe ich daran vorbei. Die Plastik ist auf Monumentalität angelegt, wie sie sich um die Wende des 19. zum 20. Jahrhundert für einen Kirchenführer zu eignen schien, dem damals auch die Rolle eines Volkstumspolitikers zukam.

Auf dem quadratischen Sockel sind, im Relief, die Porträts vierer seiner Getreuen zu sehen. Es sind Persönlichkeiten, die wegen ihres beharrlichen Einsatzes für siebenbürgische Belange in die Geschichte des Südostens eingegangen sind: Teutsch' Vorgänger im Bischofsamt Georg Paul Binder, der „Sachsengraf" (Komes) Konrad Schmidt, der gelehrte Schul- und Kirchenrat Johann Carl Schuller sowie der traditionsbewusste Publizist Franz Gebbel.

Passanten haben Mühe, die abgebildeten Mitarbeiter des Bischofs zu identifizieren, ihre Namen sind nicht vermerkt, zum Unterschied von der Hauptperson, die mit der Inschrift TEUTSCH kenntlich gemacht wurde. Doch selbst wenn man die Namen wüsste, wäre nicht viel damit erreicht – die Volkserinnerung ist wählerisch und auf wenige sinnbildhaft wirkende Menschen eingestellt.

Und der siebenbürgische Schicksalsbrunnen? Ein der Stuttgarter Anlage ebenbürtiges Ensemble ist uns nicht bekannt. Die Brunnen aus alter und auch neuerer Zeit mit einem so anspruchsvollen Begriff, einer so gewichtigen Abstraktion zu verbinden, die zur allegorischen Darstellung tendierte, ist offenbar kaum je Anliegen der Künstler, ihrer Auftraggeber und Mäzene gewesen.

Vielleicht fehlte es zu sehr an einer für alle Landesbewohner gleichermaßen verbindlichen regionalen Überlieferung über das Schicksal, die nach Ausdruck verlangt hätte, das heißt: Es ermangelte letzten Endes eine kennzeichnende, eine tief verwurzelte, eben nicht rudimentäre Ausprägung mythischer Vorstellungen aus dem europäischen Süden und Osten, aus dem Norden und Westen des Kontinents – eine solche Synthese all dessen, was in gehobener Ausdrucksweise als *Geschäk*[3] bezeichnet wurde, gab es nicht.

Dabei ist die Mentalität der im Karpatenbecken siedelnden Völkerschaften – Rumänen, Ungaren, Siebenbürger Sachsen – durchaus vom Glauben an das Schicksal, an die Vorherbestimmung geprägt gewesen, und das wirkt auch in der Gegenwart nach. Freilich bildet sich der Schicksalsglaube neuerer Zeiten fast nur mehr in Redensarten ab, ohne dass die heute

---

[3] Siebenbürgisch-sächsisch für Geschick. Vergleiche *Siebenbürgisch-Sächsisches Wörterbuch*. Bd. 3, *G*. Bukarest: Akademie-Verlag; Berlin: Walter de Gruyter 1971, S. 182.

zu hörenden Maximen in eine komplexere, höchst spezifische Gedankenwelt der Prädestination eingebettet wären.

War das urtümliche Wissen um die schicksalhafte Konditionierung der Existenz in Siebenbürgen und sicher auch in noch weiteren Räumen des Südostens verhältnismäßig karg, so lässt sich andererseits feststellen, dass dem Versuch, fatale Auswirkungen des Schicksals abzuwenden, umso mehr Aufmerksamkeit geschenkt wurde. Zu solchem Ende sind in altheidnischer Zeit die Kräfte der Magie eingesetzt worden, und das spiegelt sich deutlich in der *Folklore*.

Später dann wies der christliche Kultus die Gedanken, die um die schicksalhafte Fügung allen Menschenloses kreisen, in eine bestimmte Richtung – göttliches Ermessen und Handeln wurde mit christlichem Erlösertum verquickt. Das verlieh dem begreiflichen Ansinnen des Menschen, sein Schicksal günstig zu beeinflussen, neue Akzente.

Dessen ungeachtet verblieben im christlichen Gesamtkonzept, in angepasster Form, auch weiterhin vorchristliche Ideen und Gepflogenheiten. So kommt es, dass der Schicksalsgedanke frühgeschichtlicher Zeit als Ahnung, als Einsicht noch vielfach in die christlichen Deutungen des Daseins hineinspielt.

Aus Christa Thurmayers Hinterlassenschaft im Seniorenstift Stuttgart-Schönberg griff ich mir einen schmalen Bildband: *Gilgamesch von Uruk*. Erzählt von Arnica Esterl. Mit Bildern von Marek Zawadzki.[4] Daheim angelangt, gesellte ich das Buch zum Insel-Band *Gilgamesch. Eine Erzählung aus dem alten Orient*. Zu einem Ganzen gestaltet von Georg E. Burckhardt.[5]

Mit der älteren Veröffentlichung hat es folgende Bewandtnis: Als Christa Thurmayer 1974 in die Bundesrepublik

---

[4] Esslingen, Wien: Esslinger Verlag J. F. Schreiber (Esslinger Atelier) 1998.
[5] Leipzig: Insel Verlag, o. J., Insel-Bücherei Nr. 203.

Deutschland auswanderte, übernahm ich von ihr besagtes Insel-Buch.[6]

Beim Zusammenfügen der beiden Veröffentlichungen durfte ich den Schluss ziehen, der uralte assyrisch-babylonische Mythos habe im Wissen und in der Vorstellungswelt der Besitzerin eine gewisse Rolle gespielt. Wieso sie darauf verfiel, sich damit zu befassen, ist mir nicht bekannt. Das Pflichtpensum im Fach Weltliteratur mag ihr, der in Klausenburg/Cluj ausgebildeten Philologin, den ersten Anstoß gegeben haben, doch bedurfte es wohl auch späterer Impulse, um sie darin zu bestärken, sich mit der zwar reizvollen, doch spröden Dichtung auseinanderzusetzen.

Wenig plausibel erschiene es mir, anzunehmen, es hätte jene Veröffentlichung auf sie eingewirkt, die vor allem von der rumänischen Öffentlichkeit zur Kenntnis genommen wurde, das Poem *Enghidu* von Nichita Stănescu.[7] Dieses bemerkenswerte Stück Lyrik und andere Proben aus dem dichterischen Schaffen des viel beachteten, bald als Schule-bildend geltenden Autors erschienen unsereins literarisch interessierten Angehörigen einer – im Vergleich zu Christa Thurmayers Alter – jüngeren Generation nicht nur als Leistungen eines um neue Sichtweisen, um neue Ausdrucksmittel bemühten Schriftstellers, sondern auch als Zeugnisse einer während der 1960er Jahre unverhofft aufgefächerten Thematik in der Literatur des volksdemokratischen Rumänien.

Stănescu hatte als Motto seines Poems die Stelle des Gilgamesch-Epos gewählt, in der es heißt: *A murit Enghidu, prietenul meu, care ucise cu mine lei.* In der Burckhardtschen Übertragung entspricht dies dem Passus: Enkidu, mit dem ich „in

---

[6] In einem Stempelaufdruck gibt sich die einstige Eignerin in Frakturschrift zu erkennen: „Dies Buch gehört Christa Thurmayer."

[7] Vergleiche Nichita Stănescu: *Dreptul la timp* [Das Recht auf Zeit]. Bucureşti: Editura Tineretului 1965, S. 18–20.

den Schluchten die Löwen tötete, mein Freund, der mit mir alle Gefahren teilte – ihn erreichte des Menschen Schicksal".[8]

„Des Menschen Schicksal": Gerade das ist es, was wir uns von der orientalischen Dichtung deuten lassen wollen. Enkidus Tod und die damit Gilgamesch ins Bewusstsein gerückte Vorstellung des eigenen Endes lassen den schier verzweifelnden König von Uruk durch die Steppen seines Landes irren und schließlich den Entschluss fassen, seinen zu den Göttern erhobenen Ahnherrn Utnapischtim nach dem Geheimnis der Unsterblichkeit zu befragen.

Unsterblichkeit wird in Burckhardts Übertragung lediglich als „das Leben" bezeichnet, das von keiner Vergänglichkeit beeinträchtigte und von keinem baldigen Tod begrenzte Dasein. Im „Göttergarten" grünt der „Baum des Lebens", bewacht von einer Göttin, die Gilgamesch eröffnet: „Das Leben, das du suchst, wirst du nicht finden. Als die Götter die Menschen schufen, bestimmten sie den Tod für die Menschen, das Leben behielten sie für sich selbst."[9]

Ähnlich äußert sich auch der unter schwierigsten Bedingungen erreichte Utnapischtim. Selbst das „Wunderkraut", das der beharrlich die Unsterblichkeit suchende Irrfahrer auf Weisung Utnapischtims erlangt, kommt ihm abhanden, die „Wunderblume", die das Leben samt „Vollkraft der Jugend" verheißt.

Dieses poetisch ausgestaltete negative Fazit, zurückreichend in das zweite, das dritte Jahrtausend vor Christi Geburt, hat die Gedankenwelt des alten Orients und dann auch Europas Schicksalsdeutung nachhaltig geprägt. Utnapischtim spricht zu Gilgamesch: „Von der Tage Anbeginn her gibt es keine Dauer."[10]

---

[8] Insel-Bücherei Nr. 203, S. 34.
[9] Ebenda, S. 42.
[10] Ebenda, S. 50.

À propos Wunderblume. Sie wird Gilgamesch von einer Schlange entwendet, zu einem Zeitpunkt, als er Entspannung sucht und es daher an der gebotenen Wachsamkeit fehlen lässt.

Mit dem Motiv „Schlange" können wir unseren Ausflug in die Mythologie des Nordens und des Nahen Ostens beschließen und uns wieder heimisch-siebenbürgischen Gefilden nähern. Zwar gibt es im Karpatenland keinen Schicksalsbrunnen, doch kennt die Region immerhin eine Schlangenkopfquelle. Sie fließt im Park der Brukanthalschen Sommerresidenz in dem Alttal-Städtchen Freck/Avrig. Obwohl sie eher als Rinnsal zu bezeichnen wäre, das an wenig auffälliger Stelle plätschert (und zeitweilig versiegt), wird jeder Besucher hingeführt. Und das mit Recht – die Schlangenkopfquelle spendet nicht nur das mit den Sinnen erfassbare Nass, sondern birgt wohl auch eine bis noch kaum ergründete Geschichte, in der vielleicht das Lebenskraft gewährende Wunderkraut eine Rolle spielt.

Peter Gottliebs merkwürdige Reise

Eine Märchennovelle

... ein helles Licht schien, es hatte aber keiner einen Schatten, und was seltsamer ist, es sah nicht übel aus ...

Adelbert von Chamisso: *Peter Schlemihls wundersame Geschichte*

Vorwort

Als es mir im Herbst 1987 gelang, eine etwas längere Reise durch die Bundesrepublik Deutschland anzutreten und, reich an Eindrücken und Erfahrungen, zu absolvieren, nahm ich eine ansprechend gestaltete kleine Ausgabe der „wundersamen Geschichte" *Peter Schlemihls* mit auf den Weg. Es war eine mit Holzschnitten Adolph von Menzels (1815–1905) ausgestattete Veröffentlichung, ohne Jahresangabe in der Deutschen Buch-Gemeinschaft Berlin erschienen.

Eine Stelle des weit verbreiteten Werks (deutsche Erstausgabe 1814), das einst seinen Verfasser Adelbert von Chamisso (1781–1838) berühmt gemacht hatte, mutete mich wie die Keimzelle einer weiteren Schlemihl-Erzählung an, nämlich jener Passus, der die Schattenlosigkeit nicht nur des einzelnen Individuums, breit abgehandelt an der Person Peter Schlemihls, sondern aller Menschen ins Gespräch brachte. Dies schien mir ein willkommener Ansatz, eine Gesellschaft, die kennenzulernen ich im Begriff war, zu beobachten und in einigen Episoden abzuschildern.

Die betreffenden Zeilen aus Chamissos Geschichte stehen meinem Text als Motto voran[1], und sie bestimmen auch die Hauptrichtung dessen, was heutzutage als *Narrativ* (Erzählgefüge) bezeichnet wird. Mit dieser Wahl reihte ich mich in die Schar derer ein, die das *Opus* des Chamisso weitergeführt, umgedeutet oder sonstwie bearbeitet haben, zudem in die Kolonne der Autoren, die, von der Antike bis in die Gegenwart, vom Motiv des verlorenen Schattens angezogen waren (darunter Lukian von Samosata, Dante Alighieri, Christoph Martin Wieland, E.T.A. Hoffmann, Nikolaus Lenau, Hugo von Hofmannsthal).[2]

Die bewusst in Kauf genommene Abhängigkeit von Chamisso, eine hoffentlich förderliche und nicht sklavische Bindung, zeigt sich auch in der Namens-Parallele. Aus Aufzeichnungen des deutschen Dichters französischer Herkunft ist ersichtlich, „Schlemihl" sei ein hebräischer Name, der „Gottlieb, Theophil oder Aimé de Dieu" bedeute; „in der gewöhnlichen Sprache der Juden" sei dies „die Benennung von ungeschickten und unglücklichen Leuten, denen nichts in der Welt gelingt".[3] Die Analogie Peter Gottliebs zu Peter Schlemihl, wohl auch das Wechselseitige, das Komplementäre zwischen beiden Personen wird damit deutlich.

Unterschiede in der Personenzeichnung und im Erzählvorgang ergeben sich aus dem Umstand, dass in der neueren Geschichte von Bemühungen die Rede ist, den der Menschenwelt allgemein abhanden gekommenen Schatten wieder zu erwerben. Versuche, diesem wichtigen Identitätsmerkmal er-

---

[1] Adelbert von Chamisso: *Peter Schlemihls wunderbare* [heißt sonst meist: wundersame] *Geschichte*. Berlin: Deutsche Buch-Gemeinschaft, o.J., S. 94.
[2] Vgl. Gero von Wilpert: *Der verlorene Schatten. Varianten eines literarischen Motivs*. Stuttgart: Alfred Kröner Verlag 1978.
[3] Adelbert von Chamisso: *Gedichte, Peter Schlemihl, Reiseaufzeichnungen*. Vorwort und Auswahl von Georg Scherg. Bukarest: Kriterion Verlag 1971, S. 302.

neut zur einstigen Geltung zu verhelfen, werden aber von obskuren Mächten durchkreuzt.

Die Erzählung wird als „Märchennovelle" bezeichnet. Keinen Augenblick indes dachte der Autor daran, eine Kindergeschichte zu verfassen. Der Text nutzt bloß manches vom Rüstzeug und von der Ausdrucksweise des Märchens. *Peter Gottliebs merkwürdige Reise* ist zuerst in der Zeitschrift *Neue Literatur* veröffentlicht worden (Bukarest, Nr. 11 und Nr. 12, 1988) und dann im Prosaband *Spiegelsaal. Skizzen, Erzählungen* (Bukarest: Kriterion Verlag 1994). Eine rumänische Ausgabe ist der Schriftstellerin und Übersetzerin Nora Iuga und einem Bukarester Verlag zu verdanken (*Strania călătorie a lui Peter Gottlieb. Povestire*. Traducere de Nora Iuga. București: Editura Tracus Arte 2015).

J. W.

1.
Abflug aus Bukarest

Sie saßen schon auf den Plätzen, hatten die Gurte festgezogen und warteten auf den Start. Neben ihrem war ein anderes Düsenflugzeug, dessen Tragflächen auf die Betondecke des Lufthafens ausgeprägte Schatten warfen, scharf begrenzte, getreue und doch ins Nachtregister versetzte Abbilder eckiger Flügel, die, nach außen sich verengend, am Ende abgeschnitten waren.

Zwei Männer, Bord- oder Wartungspersonal, standen in der Nähe eines Laufrades, der Vorgänge harrend, die sich abspielen sollten, sie gingen ein paar Schritte, verhielten dann wieder. Sie zeichneten keine Schatten auf den Boden, das heißt keinen Grau- oder Schwarzschatten wie das Flugzeug, sondern bloß den schwer wahrnehmbaren, kaum umrissenen Farbschatten ihrer blauen Monteurkluft.

Durch die Bordsprechanlage wurde mitgeteilt, der schattenlose Flug beginne gleich. Gelobt wurden die Anwesenden, weil sie sich, zum Nutzen der Wissenschaft, an den Testen beteiligten, die auf die Beseitigung des Sachschattens abzielten. Die Passagiere sahen wie gebannt hinaus, jeder durch die Luke, der er am nächsten saß.

Die Maschine rollte an. Schwerfällig, etwas holpernd fuhr sie über die zementierte Fläche, sie kurvte, drehte bei – wie das in der Fachsprache heißen mag. Während sie immer rascher vorwärtsglitt, projizierte sie einen deutlichen, im sonnigen Mittag konsistenten Schatten auf den geebneten, künstlich erhärteten Boden. Der dunkle Fleck verflüchtigte sich, noch bevor sich das Fahrwerk vom Grund löste.

„Der Versuch ist gelungen!" hörte man eine Männerstimme im Mikrophon.

Es war nicht anders zu erwarten gewesen, war nicht daran zu zweifeln, dass das Düsenflugzeug in seiner Fortbewegung schattenlos würde. Die Bemühungen der Physiker, den Grauschatten samt und sonders zu beseitigen, waren ja schon recht weit gediehen, und es war bloß eine Frage der Zeit, wann es gelingen würde, den Dingen diesen Teil ihres Bestandes zu nehmen.

Der Unsichtbare forderte durch den Lautsprecher die Fluggäste auf, sie sollten unbesorgt bleiben, wenn die Maschine ins Schwingen geriete oder wenn Geräusche ertönten, wie sie von den – völlig ungefährlichen – Versuchen bewirkt würden, den Sachschatten des Flugzeugs und seiner Einrichtungsgegenstände herbeizulocken und dann wieder zu zerstäuben.

Als die Mikrophonstimme schwieg, konnte das schauerlichschöne Geschehen des Flugs von allen vollauf erlebt werden. Schauerlich war es, weil die Aggregate, die den Sachschatten zerstreuen sollten, wohl auch den Passagieren von ihren Strahlen einiges verpassten. Die in großer Höhe vorgenommenen Experimente beeinträchtigten zudem (den Beschreibungen jener zufolge, die ihre Zeugen geworden waren) die Bequemlichkeit des Flugs erheblich, nicht nur durch gelegentlichen Lärm, sondern auch durch wechselnde Druckverhältnisse, die bei empfindsamen Fluggästen Atembeschwerden und Herzklopfen auslösten.

Wegen solcher Begleiterscheinungen waren die als Testflüge veranstalteten Transporte wenig begehrt, obwohl sie billig waren und auch weniger Förmlichkeiten erforderten, da diese zum guten Teil von der Fluggesellschaft der Schattenverwalter selbst erledigt wurden. Dennoch hielt es viele ab, von den Angeboten der Schattenverwalter Gebrauch zu machen, seit durchgesickert war, dass radioaktive Substanzen verwendet würden, um dem dunklen Konterfei der Dinge zu Leibe zu rücken.

Für Peter Gottlieb hatte es freilich keine andere Wahl gegeben. Wenn er die Möglichkeiten in Betracht zog, die sich ihm boten (oder verweigerten), eine Reise nach Deutschland zu unternehmen, konnte er es am ehesten auf diesem Wege. Im Flugzeug sitzend, trotz allen Vorbehalten und Beeinträchtigungen, glaubte er sich deshalb glücklich schätzen zu müssen, die Fahrt angetreten zu haben, von der er sich manche Klärung versprach.

Wie waren die Verhältnisse dort beschaffen, dass seine Lehrerkollegen, seine Schüler und deren Eltern nun schon seit Jahren *xxx*-stadt und Umgebung verließen, um sich im Westen anzusiedeln? Dies wollte er, der sein vierzigstes Lebensjahr erfüllt hatte und dennoch die gepriesenen Gegenden nicht aus eigener Anschauung kannte, einmal selbst erkunden. Freilich, ob er, dies im Objektiv, es richtig eingefädelt hatte, als er die Fluggesellschaft der Schattenverwalter um ihre Dienste angesprochen, konnte er damals noch nicht ermessen.

Und doch: Genau genommen vermochte er eigentlich schon zu jenem Zeitpunkt abzuschätzen, dass er in den Schattenverwaltern nicht die richtigen Förderer besaß; er durfte bloß wünschen, im Verkehr mit ihnen nicht den Kürzeren zu ziehen, und hoffen, seine Reiseunternehmung ende nicht allzu schlimm. Peter Gottlieb war ja vor den Schattenverwaltern gewarnt worden, zum letzten Mal, während die Fahrgäste den Warteraum verließen, um über die Rollfläche zu gehen.

Sie waren schon jenseits der Kontrollschranken, als eine junge Frau, mit geschäftlichen Umgangsformen und in dienstlichem Habitus, ihnen im Auftrag einer Stiftung bedruckte Blätter reichte. Diese enthielten, in mehreren Sprachen, darunter auch im Deutschen, etliche Sätze über die Schattenverwalter, über die für Leib und Seele schädlichen Auswirkungen ihrer Flüge, und die Aufforderung, mit dieser Vereinigung keine gemeinsame Sache zu machen. Weiterhin stand da zu lesen, im Bedarfsfall könne man sich an eine Stiftung wenden, die auf allen größeren Flughäfen ihre Vertreter habe.

Die weibliche Person, die ihre aufklärenden Papiere jenen in die Hand gab, die sie nehmen wollten – es waren nicht viele, die meisten blieben gleichmütig, sie wollten nicht belästigt sein –, wurde gefragt, was für eine Stiftung es denn sei, die so kritische Töne anschlage.

Die Frau führte einen Personennamen an, den man nicht recht verstehen konnte.

„Welche Stiftung?" erkundigte sich deshalb jemand.

Sie wiederholte den Namen, der Gottlieb wohlbekannt war, und wies auf ein Abzeichen, das sie auf der Brusttasche ihres Jacketts trug. Man sah ein Ornament voller Rundungen und kurzer Geraden, wie sie dem Mittelstrich des Druckbuchstabens *G* entsprechen, und tatsächlich zeigte es bei genauerem Hinsehen drei oder gar vier große *G*s, die, ineinander verschränkt, eine Art Rosette ergaben.

„Sie verstehen doch deutsch?" fragte die Frau in die Runde und fuhr dann mit ihren Erläuterungen fort: „Worte, die im Deutschen mit G beginnen, sind Leitgedanken unserer Stiftung: etwa Güte, Gerechtigkeit, Gemeinschaft, Gemüt, auch Gott, also der Inbegriff alles dessen, ja der ganzen geistigen Welt."

„Das Wort Gegenpropaganda haben Sie vergessen!"

Eine andere Frau, ebenfalls höchst dienstlich in ihrem Auftreten, die offenbar die Interessen der Fluggesellschaft zu verfechten hatte, warf dies ein und meinte: „Für Gegenpropaganda ist es aber zu spät, die Würfel sind gefallen, wir starten bald ..."

Darauf hatte man den Weg zur Abflugpiste freigegeben.

Peter Gottlieb war das Emblem mit den großen Gs vertraut, und auch von der Stiftung wusste er so manches. Vor Jahren hatte er sie einmal angeschrieben und sich erkundigt, ob man ihn nicht über den Grauschatten aufklären könne und gar Rat wisse, wie sich ein solcher eventuell erwerben ließe.

Die Antwort war etwas unverbindlich ausgefallen. Es hieß darin, die Stiftung vertrete die Ansicht, moderne, zeitgemäße Lebensformen vermögen sehr wohl, sich mit, aber auch ohne den Grauschatten älterer Epochen zu entfalten. Auf Wunsch werde man ihm behilflich sein, sich mit jenen Stellen in Verbindung zu setzen, die sich speziell mit derartigen Fragen beschäftigten.

Kürzlich hatte sich ihm nun eine Chance geboten, in dieser Sache etwas fortzuschreiten. Er hatte erfahren, Egon Rosetzki, sein ehemaliger älterer Lehrerkollege, sei bei der Vereinigung der Schattenverwalter angestellt. Mit ihm war er in Briefwechsel getreten und hatte erfahren, welcher Weg einzuschlagen sei, um in Deutschland den gewünschten Aufschluss zu erhalten.

Obwohl genug Stimmen zu hören gewesen, die ihm davon abrieten, hatte er sich also mit den Piloten der Schattenverwalter in wolkige Höhen und gar darüber begeben.

Wie bedenklich der Flug einen auch stimmen mochte, so schön war er gleichzeitig, und das schon bald nachdem man die Wolkendecke durchstoßen hatte und in den Luken der Himmel aufblaute. Unten Watte – das Bild entsprach vielleicht dem Begriff „Scharpie zupfen", Worten aus Zeiten vergangener Kriege und früherer Mildtätigkeit, von denen man heutzutage kaum mehr weiß, was gemeint ist. Rechts vielfach gegliederte Nebelgebirge, über die Steinberge der Karpaten getürmt, links, neben dem Fenster, an dem Gottlieb saß, eine gleichfalls strahlend weiße Dünung. Die Erde war auf lange Strecken hin verborgen, mal sah er einen Weg, mal einen Waldstreif, eine Bodenerhöhung.

Angesagt wurde durchs Mikrophon, man habe sich auf zehntausend Meter erhoben, gleite zur Zeit über das Banater Bergland, steuere bald den Plattensee – den Balaton – an und werde im späteren Verlauf des Flugs die Alpen linkerhand liegen lassen. Es sei starker Gegenwind.

Die Plätze waren bloß zur Hälfte belegt. So kam es, dass der Sessel neben Gottlieb, wie auch sonst mancher Lehnstuhl, unbesetzt blieb.

Ein Ehepaar saß, jenseits des Gangs, in seiner Reihe, es waren ansehnliche und wohlgekleidete Leute, von deren Gesprächen er im Motorsummen bloß einen einzigen Satz aufschnappen konnte, Worte des Mannes: „... und dann habe ich wieder das ganze Gelumpe in den Koffer hineingehaut..."

Vor ihnen, aus der Schräge Gottlieb gut sichtbar, ruhte eine dicke junge Frau, die zumeist in illustrierten Zeitschriften blätterte. Sackte man in ein Luftloch ab (oder gar in die Antimaterie?), senkte sie die farbigen Blätter auf ihre Knie und ließ laute Seufzer vernehmen. Ein Kind, ein vielleicht dreijähriger Junge, wanderte tolpatschig im Gang umher, ließ sich gerne ein wenig unterhalten und gar mit Süßigkeiten erfreuen, bis ihn sein Vater unter nicht ganz ernst gemeinten Scheltreden auf seinen Sitz zurückholte.

Flussläufe, schmal wie Rinnsale, glitzerten, sie gaben gewissermaßen Blinksignale von dem Gepulse der Erde. Straßen, helle Bänder, verliefen durch abgeerntete Felder und als pelzartiger Belag wirkende Wälder. Längere Zeit spiegelte sich die Sonne auf den Triebwerken, und diese leuchteten in silbern strahlender Glut, es war freilich eine kühle Inkandeszenz. Geblendet wandte Peter Gottlieb sich ab.

Er zog seine Briefmappe hervor und blickte auf ein Notenblatt. Das hatte er einer Freundin zu übermitteln, deren Mann vor kurzem seinem Leben ein Ende gesetzt. Die Komposition sollte der unvermutet zur Witwe gewordenen jungen Frau ein Trost sein, lautete der Text doch: „Das geknickte Rohr wird Er nicht zerbrechen, und den glimmenden Docht wird Er nicht auslöschen."[4]

Gottlieb war im Lesen der Notenzeichen nicht bewandert genug, um sich die Töne in ihrem Zusammenklang vorstellen zu können, er vermochte bloß den Worten nachzulauschen. Die Mehrstimmigkeit verminderte sich ihm dabei zur Einstimmigkeit, ja Monotonie ... nicht auslöschen, nicht zerbrechen, nicht auslöschen, nicht zerbrechen, nicht auslöschen, nicht zerbrechen ...

Die Freundin lebte im Norden Deutschlands, Gottlieb würde ihr wohl kaum begegnen. Er wollte die Vertonung der Post anvertrauen, mit einigen Zeilen versehen, die er sich beim Lärmen des Getriebes zurechtlegte ... die Nachricht vom Tod Deines Mannes ... seit der Studienzeit nicht mehr gesehen ... in meiner Erinnerung bleiben als der freundliche, zurückhaltende, dabei aufgeschlossene junge Mann ... auch gesprächsbereite junge Mann, der er damals gewesen ... damals, vor andert-

---

[4] Altes Testament, Jesaia 42,3.

halb Jahrzehnten ... Ausdruck meiner Teilnahme ... auch im Namen von Katja ...

Wie sich im Verlauf der Stunden zeigte, kamen die Passagiere ziemlich glimpflich davon. Bloß einige Male knackte und ächzte es gehörig im „Gebälk", als bräche das verschweißte und vernietete Metall auseinander. Auch hatte man wiederholt die Empfindung, die Flugmaschine triebe nicht durch die Luft, sondern – sie selbst ein wesenloser, unstofflicher Spielball des Nichts – durch eine recht verdünnte Atmosphäre, die nicht aus vollgültigen, zu Molekülen verdickten Gasteilchen bestand, sondern bloß aus Elementarpartikeln.

Der Flugapparat beschrieb eine Riesenschleife, und das zeigte wohl an, er nähere sich dem Fahrtziel. Doch nein, die Mikrophonstimme teilte mit, weil die Witterung ungünstig sei, könne der Flughafen nicht angesteuert werden, man müsse die Landung etwas hinauszögern.

Beim Hinabblicken sah man gelegentlich, wie die Wolken ihre Schatten auf den Boden warfen. So sehr Gottlieb sich auch bemühte, konnte er eine Spur des Flugzeugs nicht gewahren. Wind zerrte an dem Gehäuse, es schwang nach rechts und nach links aus, die Tragflächen ragten auf, sanken ab; das Gleichgewicht zu halten, war augenscheinlich nicht leicht. Ein Fluss tauchte auf, war das der Main? Eine geräumige städtische Anlage bestimmte mit einem Mal das Bild, war das Frankfurt? Der breite Wasserlauf war wohl eher der Rhein, ein längs der Ufer ständig von Siedlungen begleiteter Strom.

Frankfurt – wie wird es Peter Gottlieb dort ergehen? Wem er auch immer begegnete, jemanden wünschte er nicht zu sehen, Egon Rosetzki, den er nie recht gemocht, ebenso wenig wie jener ihn, übrigens der einzige Mensch, den Gottlieb in diesem Häusermeer kannte. Freilich, ihm aus dem Weg zu gehen, war nicht möglich. Vorläufig hielt Gottlieb sich an die Hoffnung, Rosetzkis früher etwas undurchschaubares Wesen habe sich zum

Guten, zum Menschenfreundlichen gewandelt, so dass man in annehmbaren Formen verkehren würde.

Mehr als eine Stunde betrug die Verspätung bereits, als gemeldet wurde, das Wetter habe sich gebessert, man könne zur Landung ansetzen. Spürbar traten die Bremsanlagen in Kraft. Der rege Autoverkehr auf den Straßen unten erinnerte an daheim, an die Ameisen, die den Gartenschlauch entlangkrabbeln, emsig und stetig ihre Trasse verfolgend, mit erstaunlicher Frequenz.

In der Eile des Landens, beim Verlassen des Passagierraums, beim Besteigen des Busses, eines, im Vergleich zum Luftgefährt, ungemein plumpen Fahrzeugs, das die Passagiere zur Pass- und Zollkontrolle bringen sollte, versäumte Gottlieb festzustellen, ob die Flugmaschine ihren Schatten wieder zurückerlangt habe. Von hundert anderen Dingen war seine Aufmerksamkeit in Anspruch genommen und aufs Zukünftige, auf Empfang und Erledigung von Formalitäten gerichtet, so dass er es einfach vergaß.

2.
Ankunft in Frankfurt am Main

Je näher sie dem Gebäude kamen, das heißt einem, wie es schien, aus einer Vielzahl von Hallen und Lagerräumen gefügten Bau, je weitläufiger und – auf den ersten Blick – unübersichtlicher sich die Szene des Lufthafens erwies, umso weniger geheuer war es Gottlieb zumut. Dieser Umschlagplatz von Reisenden aus aller Welt erschreckte ihn vermutlich auch, weil er nicht wusste, wo er bleiben würde; zweifellos hatte er Ursache zu wünschen, nachts nicht nur den Sternenhimmel oder die Plafonds der Wartesäle, sondern das Dach eines wohnlichen Hauses über dem Kopf zu haben. Um seine Erregung zu beschwichtigen, sagte er sich andrerseits, in diesem – geordneten – Labyrinth könne er sich nicht verirren, wenn er sich seinen Fahrtgenossen, den vermutlich kundigeren Passagieren, anschloss.

Kaum waren ihre Pässe begutachtet worden, hatten sich, in den von Reisegästen aus anderen Flugrichtungen bevölkerten Hallen, alle verlaufen. Umsonst hielt Gottlieb nach jenem vornehm gekleideten Ehepaar, nach der Dickmadam, dem kleinen Jungen und seinem Vater Ausschau – es war, als hätte der Erdboden sie verschluckt. Er erkundigte sich nach der Gepäckausgabe und gelangte schließlich zu dem Fließband, das, in mächtiger Ellipse, ein paar noch vorhandene Gepäckstücke aus dem Karpatenland herumdrehte. Auf dem vorbeiratternden und ächzenden Band konnte er seinen Koffer nicht gewahren.

Unvermutet stand Herr Rosetzki vor ihm und lächelte über das volle, breite Gesicht. Der etwas fettleibig gewordene Mann schüttelte Gottliebs Rechte mit schlaffer Hand. Er hieß Gottlieb willkommen, forschte eher gleichgültig nach seinem Ergehen, nach der Schule, an der er selbst tätig gewesen und die er nun, wie überhaupt die Kindererziehung, entbehren müsse. Wiewohl etwas gelangweilt, wollte er wissen, wie es Katja, Gottliebs Frau, und gemeinsamen Bekannten noch gehe. Was mache übrigens Benno Reuß?

Die Aufmerksamkeit des Herangereisten war geteilt, als er solche Fragen kurz beantwortete, er achtete auf das Fließband, das mit zwei Taschen, doch nicht mit dem vermissten Koffer bestückt, seine Runden drehte.

Egon Rosetzki sah, wie sehr Gottliebs Blick von der wenig ergiebigen Rotation gefesselt war, und sagte, er habe den Koffer schon weiterbefördern lassen. Das sei ihm ein Leichtes, ein Wink genüge, und schon rolle das Gepäck jener, die durch die Testflüge der Schattenverwalter hierher gelangt, auf einer anderen Strecke einher und werde sogar in die Stadt zur gewünschten Adresse geschafft. Eine Durchsicht der Siebensachen erfolge dabei nur in seltenen Fällen. Bei den bescheidenen Leuten, die an den Testflügen teilnähmen, sei ohnehin kaum etwas zu verzollen.

Erstaunt, ja verwirrt durch diese Eröffnungen wünschte Gottlieb zu wissen, wohin Rosetzki denn den Koffer gesandt habe.

„In unser Gästehaus natürlich", entgegnete der Gefragte, „im Lauf des Abends wird Ihr Gepäck dort abgegeben."

Gottlieb war das gar nicht recht, aber er schickte sich darein. Dann wäre hier nichts mehr zu bestellen, bemerkte er.

Rosetzki nickte und ersuchte den Ankömmling, ihm zu folgen.

„Wir gehen nicht durch den Hauptausgang", meinte er, etwas geschäftiger, als man es von früher an ihm, diesem trägen Menschen, gewohnt war, „dort sind gewöhnlich viele Leute. Mir ist eine Nebentür bekannt. Die führt uns direkt in die Tiefgarage, wo mein Wagen steht."

Die gemeinte Öffnung war indes versperrt.

„Verwünscht", murmelte Egon Rosetzki, „in aller drei Teufel Namen, geh auf", und er rüttelte an der Klinke. Der Verschluss aber, dieses Satanswerk und Satansverhängnis, gab die Bahn nicht frei.

„Also dann doch durch den Hauptausgang", entschied er notgedrungen. Seine gute Laune schien dahin, breitbeinig, schweren Schrittes, ging er schweigend voran.

„Wie gewöhnlich wird es etwas länger dauern", sagte er bloß.

Beide schlossen sich einer Warteschlange an und durften binnen kurzem durch eine schmale Tür treten. Gleichzeitig mit ihnen wurden Passagiere an anderen Schaltern abgefertigt, so dass man eigentlich ziemlich rasch an die Reihe kam und, jenseits der Trennwand, auf Menschen zuging, die einen zu erkennen oder wiederzuerkennen, als Vertraute oder einem empfohlene Neulinge zu identifizieren suchten.

Keine Ursache lag für die beiden vor, hier zu verweilen. Egon Rosetzki bahnte mit vorgehaltener Hand den Weg durch das harrende Publikum.

Schon waren sie im Begriff, die weiträumige Halle, die sich vor ihnen auftat, zu durchschreiten, als der Ruf einer Frau Gottliebs Begleiter zum Stehen brachte. Mahnend hob sie den Finger.

„Sie kennen die Konvention", redete sie ihn in strengem Ton an.

Der Angesprochene zuckte mit den Achseln, er hatte offensichtlich keine Lust zu einer Auseinandersetzung.

„Ich warte dort", erklärte er kühl. Ohne sich noch einmal umzusehen, schlenderte er auf eine Gruppe meist leerstehender Polstersessel zu.

Die Frau, nicht sonderlich hochgewachsen, mit rundem Gesicht, hellem Teint und hellen Augen, mit recht kurz geschnittenem braunem Haar, schlicht gekleidet, in grünem Jackett und Rock, wandte sich nun an Peter Gottlieb und sprach sachlich, dabei entschieden:

„Es ist unsere Pflicht, den landesunkundigen Passagieren der Testflüge Unterstützung anzubieten. Wir versuchen, sie vor den schädlichen Folgen dieser Flüge zu bewahren, und möchten sie vor dem Einfluss bedrohlicher Mächte warnen."

Sie hielt ein, warf einen Blick um sich und setzte dann ihre Rede fort. „Doch ich will mich vorstellen: Lieselotte Findeis, von der Stiftung – – "

„Von der Stiftung der großen *Gs*", fiel Gottlieb ein.

„Ja, Sie wissen also davon?"

Kopfnickend begann er: „Nicht erst von einem Faltbogen, den wir vor dem Abflug erhalten haben, sondern schon von früher. Vor Jahren hatte ich mich einmal an die Stiftung gewandt. Wegen des Grauschattens. Ich kam dabei aber nicht weit. Und dann hat sich die Sache im Sand verlaufen."

„So? Vielleicht können wir Ihnen jetzt mit etwas dienen. Auf jeden Fall – – "

Frau Findeis wandte den Kopf zu Gottliebs Landsmann hinüber. „Hüten Sie sich vor jenem Herrn. Sich mit ihm und seinen Hintermännern einzulassen, kann nur nachteilig sein. Sie werden sich über diese Behauptung wundern, schließlich sind Sie von der Fluggesellschaft jener Leute hergebracht worden. Sehen Sie sich aber vor ..."

Ein skeptischer Zug mochte in Gottliebs Miene aufgetaucht sein, und so ergänzte die Frau ihre Worte sogleich:

„Sie zweifeln an der Richtigkeit meiner Aussagen und erwarten sicher, ich möge Beweise fragwürdigen Verhaltens anführen. Ich könnte viele aufzählen, doch will ich es kurz machen: Er und seinesgleichen betreiben schändlichen Seelenfang und -handel, im Grunde genommen Seelentilgung. Vertretern unserer Stiftung geht er aus dem Weg. Hat er sich nicht schon jenseits der Zollschranke an Sie herangemacht und Sie beschwatzen wollen, sich durch ein Nebentürchen davonzustehlen, um nicht, wie ehrliche Leute, durch den Hauptausgang zu treten? Er tut das bloß, um meinen Kollegen und mir nicht zu begegnen. Heute ist es ihm aber nicht gelungen ..."

„Was soll ich denn tun?" brachte Gottlieb in seiner Verwirrung stockend hervor.

„Sie haben Zeit, sich bis morgen zu bedenken. In der Stiftung können wir über Ihre Reiseziele sprechen. Welche Absichten führen Sie in dies Land?"

„Man spricht heute viel davon, die Menschen sollten wieder mit einem Grauschatten versehen sein. Da dachte ich – – "

„Und haben keine bessere Lösung gefunden, als sich mit den Schattentilgern aufzumachen", bemerkte Lieselotte Findeis spöttisch.

„Sie nennen sich nicht Schattentilger, sondern Schattenverwalter", berichtigte Gottlieb.

Die Frau sah vor sich hin. „Ihnen ist vielleicht bekannt, wie unsere Stiftung den Grauschatten beurteilt, sie ist da eher reserviert. Was nicht heißen will, sie versäume es, dieser Naturerscheinung auf den Grund zu gehen. Sie spart nicht an Geldmitteln für diesbezügliche Forschungen. Wir wollen versuchen, Ihre Wünsche zu erfüllen. Leicht wird es nicht sein. Die Schattentilger sind tatsächlich die Schattenverwalter, sie sind es, die den uns abgenommen Grauschatten wieder herausrücken müssen ... Und was wünschen Sie weiter hierzulande?"

„Eigentlich ganz Persönliches, Besuche bei Freunden und Verwandten."

„Ach so. Gut ... Sind Sie auf unsere Hilfe angewiesen, wollen Sie solche in Anspruch nehmen?"

„Ja ... ja", brachte Gottlieb zögernd vor, „doch müsste ich wissen, was die Stiftung von mir erwartet."

Ihm waren die Sekten und ihre Proselytenwerberei eingefallen, und er fragte deshalb, auf welche Bedingungen, welche Grundsätze er sich mit einer Zusage festlege.

Frau Findeis versicherte ihn, er müsse keinem Dogma zuschwören. Wenn er sich an das Emblem der Stiftung halte, habe er erfüllt, was von ihren Besuchern erwartet werde.

Noch hatte Gottlieb viel zu fragen. Sie aber meinte: „Weisen Sie jenen Herrn ab. Zwar wird er es übel vermerken, doch muss er sich daran gewöhnen, dass nicht alles in seinem Sinn verläuft. Wenn es Ihnen recht ist, ermöglichen wir es Ihnen, in einem Hotel zu übernachten."

Gottlieb gab sein Einverständnis zu erkennen, und sie disponierte weiter: „Warten Sie morgen früh in der Hotelhalle, wir wollen von dort aus gemeinsam die Stiftung besuchen. Sie werden uns von ihrem Leben erzählen. Mich rufen nun andere Pflichten: Der Kampf gegen die Schattenverwalter hat viele Fronten. Einzelheiten über Ihre Beherbergung können

Sie diesem Umschlag entnehmen. Hüten Sie sich vor den Seelenverderbern."

Immer noch etwas verwirrt bedankte er sich. Sie streckte ihm die Hand entgegen, ging dann sicheren Schrittes durch den Warteraum, betrat die Rolltreppe und war alsbald seinem Blick entglitten.

Peter Gottlieb war es peinlich, nicht bei seinem ursprünglichen Plan geblieben zu sein, und er sah den folgenden Minuten und ihren Erklärungen mit Bangen entgegen. Dennoch beschloss er, standhaft zu sein, und ging auf Egon Rosetzki zu.

Nichtssagend war der Ausdruck des runden Gesichtes, leer dessen Blick, und doch wusste Gottlieb, es ließe sich der Charakter dieses Antlitzes, das Wesen seiner Augen nicht so leicht abtun, irgendwo sei in dieser schwammigen Masse ein fester Widerstand verankert, den Gottlieb zu fürchten habe.

Breit lagerte der Mann in dem Polstersessel. Der Jüngere hockte sich auf den danebenstehenden Stuhl, und zwar, bei der Spannung, in der er sich befand, bloß an den Rand der Sitzfläche, die Bequemlichkeit des Möbelstücks nicht voll nutzend.

Herr Rosetzki verhielt sich abwartend, und zweifellos war es Gottliebs Sache, das Schweigen zu brechen und seine Sinnesänderung kundzutun. Er packte es ungeschickt an, vor allem die Aussprache der Worte ließ zu wünschen übrig, sie kamen rauh von den Lippen. Indes, da er einmal zu sprechen begonnen hatte, fuhr er fort, ohne auf die unbehagliche Wirkung zu achten, die seine Äußerungen hervorbrachten.

„Leider muss ich Sie enttäuschen", meinte Gottlieb unter anderem, „Sie haben mir zu dieser Reise verholfen, wofür ich Ihnen Dank schulde, und doch kann ich der Einladung, Gast der Schattenverwalter zu sein, nicht folgen. Die Frau, mit der ich zuvor gesprochen, hat mich bewogen, davon abzusehen."

„Was hat der holde Engel denn gesagt?" fragte Egon Rosetzki verächtlich.

Gottlieb entgegnete: „Schon vor längerer Zeit hatte ich mich einmal an die Stiftung gewandt. Und nun bot die Frau an, mir auf meiner Fahrt behilflich zu sein."

„So, hat sie das? Also, hören Sie von Ihrem ehemaligen älteren Kollegen eine offene Meinung: Sie sind hier in einem Land, wo man es sich nicht leisten kann, seine Pläne von einer Minute zur nächsten zu ändern. Hier muss man klar wissen, was man will. Es ist eine harte Welt, in der einem keine Schwäche nachgesehen wird. Sentimentalitäten, denen Sie nachhängen, werden hier einfach nicht geduldet. Was tun Sie? Von einem Frauenzimmer, das erhabene Worte im Mund führt und im Alphabet, das es beim Sprechen und Schreiben gebrauchen sollte, immer nur bis *G* kommen wird, das von Geist und Gemüt faselt, werden Sie zum Narren gehalten. Was hat sie Ihnen denn versprochen? Und was haben Sie vor, dass Sie mich, Ihren ehemaligen Kollegen, einfach auf die Seite schieben?"

Es gab keine Ursache, ihm die Ziele der Reise zu verheimlichen, einige Auskunft glaubte Gottlieb ihm schuldig zu sein, zumal Rosetzki im Großen darüber unterrichtet war, aus den Briefen, die Gottlieb und offenbar auch Rosetzkis ehemaliger Schulfreund Benno Reuß an ihn gerichtet hatten.

„Bleibt es dabei", fragte Rosetzki, „dass Herr Reuß übersiedeln will? Er möchte Ihnen sein Haus vermachen?"

„Ja."

„Da haben Sie freilich nichts dagegen – ohne den Finger zu rühren, Besitzer einer von Gartenland umgebenen Villa in Ihrer Vaterstadt zu werden."

Peter Gottlieb reizte der Hohn in diesen Worten zum Widerspruch, dennoch blieb er ruhig.

„Diese Hausangelegenheit ist nicht leicht zu lösen", meinte er gleichmütig, „Herr Reuß ist nicht der einzige Eigentümer, er hat noch Geschwister."

„Er schrieb mir davon. Und diese Geschwister müssten auf ihre Besitzanteile verzichten. Werden sie sich dazu bewegen lassen?"

„Ich will es versuchen. Mir liegt im Grunde nicht viel daran, anderes ist mir wichtiger. Was meinen Sie, habe ich Chancen, den Grauschatten zurückzuerlangen?"

In vorwurfsvollem Ton sagte der Ältere: „Bei uns hätten sie bessere Aussichten als bei den holden Engeln. Wir können Ihnen zu einem veritablen Grauschatten verhelfen. Schlagen Sie sich die Stiftung aus dem Sinn. Wir wollen gemeinsam überlegen, was zu tun ist. Kommen Sie mit!"

„Nein, nein", wehrte Gottlieb ab, „ich bleibe bei meinem Vorsatz. Davon bin ich nicht mehr abzubringen."

„Schade." Egon Rosetzki arbeitete sich aus dem Polstersessel hoch. „Sie werden es noch bereuen. Die meisten, die glauben, mich vor den Kopf stoßen zu dürfen, besinnen sich schließlich auf mich."

Grußlos stapfte er davon. Gottlieb hielt sich an seiner Seite.

„Wo ist mein Koffer?" fragte er, und da Rosetzki keine Antwort gab, wiederholte Gottlieb seine Worte und sprach erregt auf Rosetzki ein: Wie sei das zu verstehen, was solle Gottlieb ohne Gepäck im fremden Land?

Rosetzki entgegnete nichts.

„Das ist Diebstahl", rief der Jüngere, und die Leute ringsum guckten zu ihnen hinüber.

Erst jetzt, als Gottlieb die Stimme hob, wurde er eines Bescheids gewürdigt: „Er wird Ihnen zugestellt", zischte Rosetzki Gottlieb an.

„Wohin? Wann?" war die Stimme des Unzufriedenen laut zu vernehmen.

„Das ist unsere Sorge."

Da ließ Gottlieb von ihm ab und kehrte zu dem Stuhl zurück, auf dem er zuvor gesessen. Hier öffnete er den Umschlag, den ihm Frau Findeis in die Hand gedrückt. Banknoten lagen darin, von deren Kaufmöglichkeiten er keine rechte Vorstellung hatte, weiterhin eine Anweisung, sich ins *Tor-Hotel* zu begeben, das, wie er dem beigeschlossenen Touristenmerkblatt entnehmen konnte, seinen Namen nach einem Torturm der ehemaligen Stadtbefestigung erhalten hatte. Selbst die genaue Angabe der Verkehrsmittel, die er zu benutzen habe, fehlte nicht.

Gottlieb schulterte die Umhängetasche, die er auf seinen Reisen zu tragen pflegte, und machte sich auf den Weg. Obwohl viel Ungewisses in der Zukunft lag, war er zuversichtlich.

Vom Hotel, einem schmalen Bau, eingefügt in die hohe Straßenfront, hatte er, aus dem letzten – dem fünften – Stockwerk, einen freien Blick auf die auch am Abend und in der Nacht lebhaft pulsende Stadt.

Die Frage drängte sich ihm auf, was denn wohl diese Ortschaft auch bei Dunkelheit in regem Betrieb hielt. War es der Treibstoff, der, in die Tanks der Autos gefüllt, danach gierte, verbrannt zu werden, war es der elektrische Strom, der durch Lichterzeuger und verschiedene Maschinen fließen musste, weil er nur schwer gespeichert werden konnte? Oder waren es die Nachtschatten der Gegenstände, ineinander verwoben und dadurch eine gewisse Spannung erzeugend, eine, im Kleinen genommen, zwar geringfügige, in der Summe jedoch ungeheure Energie, die sich in Bewegungsdrang, in Fluoreszenz und andere Lichteffekte umsetzte? Zweifellos war das Kraftpotential des bei Dunkelheit intensiven Sachschattens bedeutend ... Über solchen verfügte Gottlieb kaum, da sein Koffer irgendwo unterwegs war.

Er beschloss, bis morgen früh auf dessen Ankunft zu warten, und – falls er ihm nicht ausgefolgt würde – ihn zu reklamieren; richtig Krach wollte er schlagen und Rosetzkis Tücken anprangern.

Schon gegen drei Uhr erwachte der Hotelgast nach unruhigem Schlaf, und es gelang ihm längere Zeit nicht, den Zustand quälenden Wachseins zu überwinden, obwohl er auf alle Arten einen noch so leichten Schlummer herbeizulocken versuchte. Er stand gar auf und wusch den Oberkörper mit kaltem Wasser, sonst ein probates Mittel, um Geist und Sinne zu entspannen. Wie man sah, hatte ihn die Unrast der Großstadt schon gepackt. Oder sollte sich die Strahlung auswirken, der er im Flugzeug ausgesetzt gewesen?

Seine Gedanken wanderten heimwärts, zu Katja. Er hatte ihr versprochen, gleich nach seiner Ankunft eine erste Ansichtskarte zu schreiben, ja, das wollte er demnächst tun. An seine Schüler dachte er, die für die Tage seiner Abwesenheit von anderen, vertretungsweise geheuerten Lehrern unterrichtet wurden. Immer wieder schwangen seine Überlegungen auch ins Zukünftige hinüber, in die nächsten Tage und Wochen.

Am Morgen teilte ihm ein Hotelangestellter mit, sein Koffer sei bei der Rezeption abgegeben worden. Erfreut brachte Gottlieb ihn auf sein Zimmer. Dann ging er verabredungsgemäß wieder ins Parterre.

Frau Findeis kam. Als Gottlieb den erregten Zustand, in dem er sich befunden, und seine Schlaflosigkeit erwähnte, sprach sie ihm Mut zu, lächelnd und in bestimmtem Ton, sie mochte ihre Erfahrung mit landfremden Reisenden haben.

In ihrem Wagen gelangten beide zur Stiftung, zu einem mehrstöckigen Neubau, und hier führte sie ihn alsbald einem Mann vor, dessen brauner Vollbart ihm etwas Väterlich-Bedächtiges gab.

Ein längeres Gespräch entspann sich in dem mit Akten und Büchern eingedeckten, beinahe überladenen Büroraum, wobei Gottlieb zunächst die Stiftung in ihrem Aufbau und ihrem Wirkungskreis bekannt gemacht wurde. Die gestern, vor dem Start des Düsenflugzeugs, vernommenen Grundzüge wurden nun, sei es von Gottliebs Mentorin, sei es vom Bärtigen, ausgebreitet, wobei vor allem *ein* Zug herausgestrichen wurde, von dem tags vorher nicht die Rede gewesen und den Gottlieb nicht vermutet hatte, nämlich der kämpferische Einsatz für die Leitgedanken der großen Gs. An Persönlichkeiten wurde erinnert, die für gerechte Gemeinschaft in Wort und Tat eingetreten waren.

Auch erhielt der Besucher einen Eindruck davon, wie weitläufig das Betätigungsfeld der Stiftung war, wie viele Länder im Lauf der Jahre ihre Hilfe in Anspruch nehmen durften. Die Flüge der Schattenverwalter waren auf einer Wandkarte veranschaulicht. Einer Tabelle konnte man Statistisches über die Bemühungen der Stiftung entnehmen, dem Treiben der Schattenstörer wirkungsvoll zu begegnen. Hier waren beispielsweise die Zahlen jener angegeben, die jährlich auf dem Rhein-Main-Flughafen Frankfurt betreut, das heißt, wie Peter Gottlieb und viele andere nach ihrem Befinden und ihren Wünschen gefragt worden waren.

Dann hatte Peter Gottlieb sich vorzustellen. Bereitwillig gab er Auskunft über seine Lebensumstände, über seinen Lehrberuf und die einstige kollegiale Beziehung zu Egon Rosetzki. Er wiederholte mit entsprechenden Hinzufügungen, was er Lieselotte Findeis über seine Reiseziele gesagt hatte.

Während er sprach, hatte Gottlieb das Gefühl, man bringe ihm wohlgeneigte Aufmerksamkeit entgegen, und so sah er sich keinen Augenblick dazu veranlasst, seine Schattenarmut vor den beiden zu verbergen und mit dem Mäntelchen wer weiß welchen Anscheins zu verhüllen. Er glaubte vielmehr, in den Mienen der Frau und des Mannes Zustimmung lesen zu können, und wenn sie auch nicht in der Lage waren, Gottlieb mit einem Grauschatten auszurüsten – sie hatten ja selbst keinen, schienen ihn aber auch nicht zu vermissen –, so waren sie zweifellos danach bestrebt, Leuten aus der Ferne behilflich zu sein, in deren Welt Standvermögen zu gewinnen.

„In einer kleinen Ortschaft bei Heilbronn", sagte Frau Findeis, „wird in den nächsten Tagen eine Aussprache über »Südöstliche Schattenwelten« abgehalten, wo auch »Verfahren zur Wiederbelebung des menschlichen Grauschattens« erörtert werden. Wollen Sie an dem Treffen teilnehmen? Sie dürften dort auch vielen Ihrer Landsleute begegnen."

„Gerne wäre ich dabei."

Da erklärten sich die beiden dazu bereit, Gottlieb, der nur über wenig Geld verfügte, die Fahrt ins Neckartal und seinen Aufenthalt am Tagungsort zu vergüten.

Den Besucher verwunderte ihre Großzügigkeit, und erneut fragte er, was er sich durch ihre Förderung an Pflichten einhandele.

„Es erwachsen Ihnen daraus keinerlei Verbindlichkeiten", beschied ihn der bärtige Mann, „aber – Sie sind Lehrer. Was wir wünschen können, ist, dass Sie in Ihrer Schule und auch sonst in Ihrer Heimat im Sinne unserer Grundsätze sprechen und handeln."

3.
In einem Städtchen am Neckar

Noch am selben Tag kehrte Peter Gottlieb Frankfurt den Rücken und fuhr mit der Eisenbahn südwärts. Zweimal den Zug wechselnd, langte er abends in dem Tagungsort an. Dessen Quartiermöglichkeiten waren wegen des großen Zustroms erschöpft, und so riet man ihm, wie auch anderen Spätankömmlingen, in einem nur wenige – knapp zehn – Kilometer entfernten Städtchen Unterkunft zu suchen. Unverhofft bot sich eine Fahrgelegenheit, und so kam er in kurzer Zeit in dem Ort an, der als „romantische Fachwerkstadt" für sich zu werben wusste. Im *Lindenhof* am Markt fand Gottlieb ein gutes Zimmer.

Die Gespräche der kommenden zwei Tage wickelten sich in einer mittelalterlichen Burg unweit des Neckars ab, vielmehr in den neben der wuchtigen Wehranlage liegenden, zu einer für gesellschaftliche Veranstaltungen aller Art umgebauten Zehntscheuer und Weinkelter. Die Diskussionen kreisten zunächst um die grundsätzliche Frage, ob es in der heutigen

Zeit angebracht sei, sich mit Fragen des Grauschattens zu befassen, wo man sich einmal seiner entschlagen habe und nicht schlecht, ja, wie es scheine, sogar besser auch ohne ihn leben könne.

Gottlieb war von der prinzipiellen Auseinandersetzung gefesselt, obwohl er, für seine Person, in dieser Hinsicht klarzusehen und zu entscheiden vermeinte: Schon seit Jahren verstand er sich als Anhänger des Grauschattens. Indes war noch viel Unsicherheit in seiner Auffassung, so dass er nun gebannt, auch etwas verwirrt und nicht ganz schlüssig in seinem Urteil die Auseinandersetzung zwischen den Befürwortern des Altgewohnten und dessen Gegnern mitverfolgte.

In dem Wortgefecht konnte man bald hören, die einen seien dem Modischen, dem sogenannt Modernen hoffnungslos verfallen, bald jedoch vernehmen, die anderen redeten einer zeitwidrigen Lebenseinstellung das Wort und täten gut, endlich zu begreifen, welche Stunde die Weltenuhr geschlagen habe. An den Vorträgen und der öffentlichen Debatte war Gottlieb aktiv nicht beteiligt, vielmehr, wie auch sonst auf Beratungen, ein stiller Zuhörer, der bloß gelegentlich, im Pausengespräch, die Meinung äußerte.

Ein Redner, seines Zeichens Oberlehrer naturkundlicher Fächer, ging in seinen Ausführungen davon aus, dass Pflanze und Tier nach wie vor Schatten werfen; der Mensch müsse sich deshalb mit der die Vollkraft des Lebens veranschaulichenden Vegetation und dem vernunftlosen Getier enger verbünden, und zwar nicht bloß mit den Ziergewächsen und Nutzpflanzen seines Gartens, mit den Hausgenossen Hund und Katze, sondern mit allem Geschöpf, und sei es noch so bescheiden. Allmählich werde sich bei einer solchen zutiefst kreatürlichen Einstellung der menschliche Grauschatten wieder zeigen.

Diese Worte wurden beifällig aufgenommen; als der Sprecher jedoch die Kernkraft für die Zersetzung des Schattens verantwortlich machte und ihre Ächtung forderte, klatschten nur wenige.

Dann meldete sich einer zu Wort, der als Freund der Berge bekannt war. Er meinte, man solle den sogenannten „neuplastischen Farbschatten", wie er von einer erwerbssüchtigen Industrie produziert werde, nicht mehr verwenden, dann werde der biedere, der durchaus nicht hoffärtige Grauschatten wieder zu seinem Recht gelangen. Wie die Farbphotographie im Grunde auf der Korruption authentischer Lichtbildkunst beruhe und man die Erzeugung von Farbfilmen deshalb verbieten müsse, um wieder den elementaren, geschlossenen Eindruck des Schwarzweißphotos zu erzielen, so auch im Bereich der Schatten. Fort also mit der sich an falscher Stelle breitmachenden Farbe! Dieser Vorschlag kam beim Publikum nicht gut an, doch erregte er eher Gleichgültigkeit als Missfallen.

Man müsse zu der herberen, indes der menschlichen Natur angemessenen Lebensweise des neunzehnten Jahrhunderts zurückkehren, sagte ein weiterer Referent, der verschiedentlich geschichtliche Abhandlungen veröffentlicht hatte: in die Zeit, bevor sich der Mensch seinen Grauschatten von dubiösen Mächten abkaufen ließ.

Dieser Meinungsäußerung schlossen sich etliche Diskussionsbeiträge an, die zumeist die Auffassung spiegelten, das vielberufene Rad der Geschichte lasse sich nicht zurückdrehen; umsonst wollten wir so leben wie die Alten, es würde uns doch nie und nimmer gelingen.

Wie wunderte Peter Gottlieb sich und war gleichzeitig nicht wenig erschrocken, als er gewahrte, dass Egon Rosetzki, unvermittelt erschienen, zu jenen gehörte, die in aller Bedächtigkeit durch den Saal schritten und zum Mikrophon traten, um die Teilnehmer vor einer rückgewandten Lebenseinstellung zu warnen. Er sprach übrigens gelassen und vermochte schon dadurch die Hörerschaft für sich einzunehmen.

In jungen Jahren, sagte ein Redner mit kurzem grauem Vollbart, habe er längere Zeit als Pfarrer und Sprachlehrer in Südafrika gewirkt; dort sei, vor allem unter den Schwarzen, der Grauschatten noch nicht so verblasst wie hier in Europa. Er gebe den Versammelten deshalb ernstlich zu bedenken, neue Kolonisationen in dem nicht grundlos so genannten dunklen Kontinent ins Auge zu fassen.

Ein anderer hatte im fernen Feuerland Ähnliches beobachten können und suchte deshalb jenen Weltteil dem eventuell aufflammenden Wandertrieb als Ziel zu weisen.

Der nächste Sprecher trat zum Pult und tadelte seine beiden Vorredner: Es sei nicht angezeigt, als Ziel umfassender Bevölkerungsbewegungen exotisch anmutende Gegenden zu wählen; mit größerer Berechtigung könne man sich den in Nordamerika angesiedelten Siebenbürger Sachsen und Donauschwaben zugesellen.

Ein ernüchternd wirkender Zwischenruf aus dem Saal ließ der Versammlung bewusst werden, dass die deutschen Volksgenossen in Übersee wie überhaupt die Durchschnittsamerikaner längst schon des Grauschattens verlustig seien.

Es wurden zahlreiche Vorschläge laut. Da man nahe und ferne Landstriche ins Gespräch gebracht hatte, war unversehens der Begriff Heimat in die Gedanken der Anwesenden geraten, und so brauchte es nicht viel, es war bloß ein Schritt dahin, die Schattenlosigkeit des „unbehausten" Menschen von heute durchs Prisma von Heim und Herd zu betrachten. Was war für die Anwesenden Heimat, wenn sie über keinen Grauschatten verfügten oder einen sehr geringen?

(Er hatte sich ihnen auf kleine Fläche verringert, auf die Größe einer Visitenkarte. Die Teilnehmer trugen nämlich während der Tagung auf ihrem Rockaufschlag oder – die Frauen – auf der Hemdbluse Kärtchen mit dem jeweiligen Namenszug. Der Schatten des Einzelnen war gefiltert, komprimiert und in etwas Druckerschwärze umgewandelt worden. Und die heimische Welt – war auch sie zu einem solchen Konzentrat zu verdichten, das sich auf einer Visitenkarte fassen ließ?)

Aus Frauenmund hörte man den Glaubensmut reden, man müsse mehr tun, müsse konkrete Beschlüsse fassen, um das Verlorene zu retten und zu erhalten, und sei es auch nur im Geist, durch das Wort. Dunkles Haar umrahmte das Gesicht der Frau, fiel wellig bis zur Schulter hinab, bedeckte die Stirn; kraftvolle Züge, die geröteten Wangen, die schwarzen Augen prägten sich den Hörern ein. Sie sprach, mit den Händen ihre Einschätzungen abstufend, von der Transfiguration des nicht mehr Bestehenden, vom Versuch, es in der Beschwörung dauern zu lassen, sprach also von Dichtung.

Niemand widersetzte sich. Man empfand freilich, der Heimatschatten sei ein schwieriges Problem, dem man auf dieser (zwar als „hochkarätig" bezeichneten) Tagung nicht gerecht werden konnte; vorderhand hielt man sich – wie ein Teilnehmer sagte – im Bereich der „Vorabklärungsversuche". Und doch: Welche Schildknappenhaftigkeit und Ritterlichkeit entwickelten im Folgenden die Männer, die aus Frauenmund gehörten Gedanken aufgreifend, im Erörtern, und das hieß: Verteidigen geistiger Räume.

Obwohl im Vortragsprogramm nicht vorgesehen, kündigte der Tagungsleiter an, auch Egon Rosetzki werde ein Referat vorlegen. Der Grundgedanke der Ausführungen war, die Oberflächlichkeit und der naive Egoismus des heutigen Geschlechts seien an seiner Schattenlosigkeit schuld; ein vertieftes Innenleben, ein geläutertes Selbst- und Gemeinschaftsbewusstsein würden dem Menschen, aller Voraussicht nach, den Schatten zurückgeben. Man müsse in sich gehen und die Weisung des Spruchdichters Angelus Silesius beherzigen: „Mensch, werde wesentlich."

Wäre Gottlieb vor zwei Tagen nicht mit Rosetzki übers Kreuz geraten, hätte er nicht von Lieselotte Findeis Aufschluss über dessen fragwürdiges, dunkelmannhaftes Wesen erhalten, hätten ihn die mit reger Teilnahme aufgenommenen Worte angesprochen. So aber, die Warnung im Ohr, mit jenem nicht zu paktieren, drängte sich Gottlieb bloß die Feststellung auf: reine Demagogie.

Möglicherweise hatten auch andere ungute Erfahrungen mit Rosetzki gemacht und dachten ähnlich wie Gottlieb, denn es meldete sich alsbald ein Redner zu Wort, der – unter dem Anschein der Billigung – ihm doch auch Abfuhr zu erteilen verstand.

„Angelus Silesius", sagte der Mann unter anderem, „Angelus, der schlesische Himmelsbote ... Manches, was dieser Dichter vorgebracht hat, mag ihm durch engelhafte Inspiration eingegeben worden sein, so dass man ihn nicht genug zitieren kann. Doch dürfen wir nicht bloß die eine Seite menschlichen Wesens sehen, sondern müssen auch mit seiner Dämonie rechnen. Das Hehre und Ergreifende im Menschen sollten wir meines Erachtens stets im Zusammenhang mit seinen Nachtseiten sehen, und so hätten wir auch von Ihnen eine Reflexion über den Schattenerwerb erwarten dürfen, die bezeugen könnte, dass Sie – wenn ich mich so ausdrücken darf – nicht nur des Himmels, sondern auch der Hölle eingedenk sind."

Freundlich lächelte der Sprecher, ein Erzieher wie auch Rosetzki, diesem zu, und es blieb den Hörern überlassen, ob sie, bei genauer Kenntnis Rosetzkis, die letztvernommenen Worte als Schlüssel zu seinem Porträt erachten oder sie als allgemeine Formulierung ansehen wollten.

Nicht weniger wichtig als Referat und Diskussionsbeitrag waren mitunter die Gespräche vor Beginn oder nach Abschluss der Wortmeldungen und in den Pausen. In kleinen Gruppen wechselnder Zusammensetzung stand man beisammen, tauschte mit Bekannten Mitteilungen über das persönliche Ergehen aus oder setzte die Erörterungen fort. Man sprach mit Leuten, die einem sympathisch waren, und solchen, die einem fremd blieben. Auf manch einen ging man erfreut zu, andere mied man eher.

So lag Gottlieb nichts daran, Egon Rosetzki zu begegnen, ja er machte einen Bogen um ihn. Einmal jedoch, im Foyer, traf es sich, dass Gottlieb ihm nicht ausweichen konnte. Er grüßte ihn, den Älteren, und dieser erwiderte die Aufmerksamkeit höflich, etwas von oben herab.

Am zweiten Abend des Treffens wurde der Ausklang mit einem kleinen Umtrunk gefeiert. Die Bilanz sei durchaus erfreulich, hieß es; die Gesprächsrunde sei im Erkennen der Schattenwelt vorangekommen, sie habe sich gewissermaßen, wie Münchhausen, selbst aus dem Sumpf der Stagnation gezogen. Bloß der Heimatschatten habe sich nicht recht definieren lassen, auch sehe man kaum Möglichkeiten, ihn zu verstofflichen. Noch gelte, was man wiederum aus Frauenmund hörte: Das eigene Leben wurzele im Wind. Und ein anderer Frauenmund bekräftigte die Erkenntnis: Man fühle sich eigentlich allein in der Sprache beheimatet.

Gläser, sei es mit rotem, sei es mit weißem Wein gefüllt, wurden gereicht, im Einklang mit dem Umstand, dass das Tagungslokal vor Jahrhunderten eine Weinkelter gewesen. Auf den Bechern war die Burg abgebildet, und man wurde dazu aufgefordert, die Gläser als Erinnerungsstück mitzunehmen. Die Anwesenden hoben sie und tranken einander zu.

Gottlieb befand sich in einem Kreis junger und älterer Landsleute. Einer seiner Studienfreunde, Michael Hamrich – der Hamrich Misch –, einst blond, nun schon etwas ergraut und recht kahl, von heller Gesichtsfarbe, die, während er sprach, eine leichte Rötung annahm, ein Einzelgänger, der sich im Tumult nichts weniger als wohl fühlte, sagte mit ungefüger, etwas rauher Stimme:

„Wir fallen durchs Sieb, der eine früher, der andere später. Wer sich längere Zeit davor bewahrt hat, dem ist es umso bitterer, wenn er vor dem Sieb steht, durch das er – mit oder ohne Schatten – fallen wird. Nichts hat dauernden Bestand, und es wäre eine trügerische Hoffnung, vom Schatten, diesem ungewissen Etwas, Festigkeit in der Welt zu erwarten ..."

Seine grämliche Erklärung, in der unter anderem auch noch der Satz vorkam „Man wird geboren, um zu sterben", veranlasste einen Mann, der den Sprecher auch schon aus Siebenbürgen kannte, diesen anzustoßen und lächelnd zu fragen, wieso er so abgebrüht sei; Hamrich wurde freundschaftlich aufgefordert, die Perspektive nicht derart düster auszumalen, es gebe immerhin auch Erfreuliches im Leben.

Solche Äußerungen griffen in ein zu tiefes, zu wuchtig erklingendes Register; die Gespräche waren gemeinhin nicht auf solche Töne abgestimmt. Man wollte nicht Trübsal blasen, sondern sich erheitern.

Nachdem Frau Enkelhardt einem manches wieder in Erinnerung gerufen, lachte sie von Herzen über diesen und jenen Ausspruch der vergangenen Stunden, beispielsweise darüber, dass man dem an unserer Schattenlosigkeit schuldigen Satan nun endlich „von der Schippe springen" müsse. Danach strich sie, mit charakteristischer Geste, eine nach vorne gefallene Haarsträhne zurück, nahm einen tiefen Zug aus der Zigarette (sie rauchte beinahe ständig) und sah dunkeläugig um sich.

Sie hatte, wie Peter Gottlieb in jenen Tagen von ihr erfahren, schon recht gut hier Wurzel fassen können. Das war der neben ihr stehenden Frau Schumann noch nicht gelungen. Sie, eine Lehrerin, lebte erst seit wenigen Wochen im Westen und sah sich nun nach Daseinsmöglichkeiten um, sie versuchte, nicht nur die behördliche Einbürgerung, sondern auch seelisches Heimatrecht zu erwerben. Dafür wäre es vermutlich vorteilhaft gewesen, über etwas mehr Schatten als den dunklen Widerschein ihrer Kleidung zu verfügen, vielmehr über Schatten als Ausdruck anhaltender und auch erfolgreicher pädagogischer Bemühung in einem Lyzeum.

Sah man sie jetzt, in dem für sie neuen Umraum, wirkte sie noch flüchtlingsmäßig unsicher, noch nicht entsprechend „geerdet". Im Gespräch mit Peter Gottlieb hatte Frau Schumann ihre Lage in den Worten zusammengefasst:

„Vermutlich glaubt jeder in einem gewissen Moment, er müsse fortgehen und es anderswo von neuem versuchen; dieser Zeitpunkt ist für mich vor kurzem da gewesen, bedingungslos, unausweichlich. Der Zeitpunkt hat sich herangeschoben und hat mich eingeholt, die Frist war abgelaufen."

Ein Mädchen, das Peter Gottlieb noch als Schulkind gekannt hatte, nun herangewachsen, Fräulein Britta, wollte seine ersten Eindrücke von dieser Szene erfahren, von diesem Land, in dem sie, zur Münchnerin geworden, seit wenigen Jahren lebte.

Der Angesprochene führte einiges an, was ihn frappiert habe und befremde. So werde er immer wieder um eine im Grunde selbstverständliche Geste der Ordnung und Sorgfalt gebracht:

„Viele Türen gehen hier selbsttätig zu, sie kommen ohne menschlichen Griff aus, sie verabschieden sich gewissermaßen nicht und wünschen auch nicht, man solle ihnen Adieu sagen. Die weit verbreitete hiesige Gemütlichkeit kann einen eigentlich kaum entschädigen für den Verlust der mit Handschlag betätigten Türen. Man sitzt beispielsweise in der traulichsten Atmosphäre eines Schwabenbräus, an den Wänden sind alte Tabakpfeifen, Geweihe, Krüge und Petroleumlampen stimmungsvoll arrangiert, auf den Tischen stehen Blumen und brennen Kerzen, und man trinkt ein prima Pils. Welchen seelischen Gewinn bringt das einem jedoch, wenn man weiß, dass einen nachher zwar der Wirt, nicht aber die Wirtshaustür verabschieden wird?"

„Sie sind altmodisch", sagte Frau Enkelhardt lächelnd und strich sich die in die Stirne gefallene Haarsträhne mit schmalgliedriger Hand zurück.

„Wer weiß? Vermutlich", gab er zurück, „wäre ich sonst auf dieser Konferenz der Schattensucher?"

„Oho", fiel Frau Enkelhardt ein, „da muss ich protestieren. Ich bin nicht hier, weil ich mich altmodisch glaube; wenigstens bilde ich mir ein, in meinen Ansichten mit der heutigen Zeit Schritt zu halten."

Britta wünschte, auch weitere Erfahrungen Gottliebs in diesem Land zu hören, und gerne wäre er dieser Aufforderung nachgekommen, wenn nicht Rosetzki zu ihrem Kreis herangeschlendert und dann, nach rechts und links grüßend, sich ihm eingefügt hätte.

Man verstummte, und es dauerte eine Weile, bis das Gespräch wieder in Fluss kam. Es wandte sich – ein solcher Schlenker war in diesen Tagen beinahe unvermeidlich – wieder dem Schattenwesen und der darauf ausgerichteten Wissenschaft zu, der hier hoch in Ehren stehenden Umbrologie.

„Gibt es Beweise", erkundigte sich einer der jungen Leute, ein Student, bei dem Hinzugetretenen, „dass Verinnerlichung und Vergeistigung den Schatten rehabilitieren?"

„Die Vertiefung unseres Seelenlebens kann viele menschliche Krisenzustände beheben", lautete die etwas allgemein gehaltene Antwort.

„Nur die Arbeitslosigkeit und ihre Beklemmungen nicht", warf Michael Hamrich eckig ein, der schon seit Jahren vergeblich nach einer Lehrerstelle Ausschau hielt, „mein stetiges Grübeln hat mich zwar in eine gewisse Gelassenheit versetzt, mir aber kaum Hilfe bei dem Zusammenbruch meiner Wertvorstellungen gebracht, den ich erleben musste. Ich zweifle, dass sich durch Meditation der Grauschatten wieder erwerben lässt. Selbst wenn dies aber der Fall wäre, würde ich mir gar nichts davon versprechen."

Nun drängte es Peter Gottlieb, das Gegenteil zu behaupten, und es wurde, wenn auch etwas linkisch vorgebracht (er stand unter einer gewissen Spannung, seit Rosetzki in der Nähe war), eine Apologie auf den Schatten. Dieser gehöre, wie ein verständiger Mann einmal geäußert, zu den Grundbedingungen des Seins und müsse deshalb das Salz menschlicher Bemühungen sein.

„Es ist bemerkenswert", nahm Egon Rosetzki hierauf das Wort und sprach langsam, beinahe träge, doch folgten ihm alle aufmerksam, „wie sehr sich jemand für den Grauschatten entflammen kann, der selbst oft die Rolle eines Schattens gespielt hat, indem er andere beschattete. Peter Gottlieb war in der Schule, wo wir zusammen gearbeitet haben, bekannt für seine Dienstwilligkeit, wenn es darum ging, andere auszuspionieren."

Der Getadelte wollte etwas entgegnen, aber seine Kehle war wie zugeschnürt.

„Das ist ..." stotterte er, „das ist eine infame Lüge ... ist unerhört ..."

Sein Versuch, sich zu sammeln, misslang. Ungeordnet, schlecht geformt kamen ihm die Worte von den Lippen: „Hat jemand Schattendienste geleistet, so war es Egon Rosetzki ... wenn ich so ungerecht behandelt werde ..."

Verstörten Sinnes legte er den Tragriemen seiner Reisetasche auf die Schulter, und – das leere Weinglas in der Hand – eilte er davon.

„Ein Verräter", rief Egon Rosetzki, „ein Spitzel!"

„Sie ... Sie sind ein solcher", stieß Gottlieb hervor.

Er vernahm seinen Namen rufen, das Fragen bestürzter Leute, die sich nach ihm umsahen. Den Ausgang hatte Gottlieb bald erreicht.

Fräulein Britta folgte ihm, und als er schon ins Freie getreten war und auf der Straße davonstürmte, hörte er noch die Worte: „Herr Gottlieb, es wird sich alles aufklären ..." Sie konnte ihn nicht umstimmen, mit großen Schritten hetzte er den Burgberg hinab.

Kaum war Gottlieb, nach knapp zehn Minuten, unten in der Ortschaft eingetroffen, war sein Zorn schon etwas verflogen, und es tat ihm beinahe leid, so unvermittelt aus der geselligen Runde davongelaufen zu sein. Andrerseits gehörte er nicht zu den Menschen, die einen solchen formlosen Aufbruch rückgängig machen. Die oben mochten denken, was sie wollten, sie mochten Rosetzkis verleumderischen Worten Glauben schenken oder nicht – beeinflussen konnte Gottlieb das ohnehin schwerlich. Insgeheim hoffte er allerdings, jene, die ihn kannten und bezeugen konnten, wie wenig stichhaltig die beleidigende Äußerung Rosetzkis war, würden nicht säumen, den unkollegialen Kollegen in die Schranken zu weisen.

Es war schon bald zehn Uhr, und keine Busse verkehrten mehr. Peter Gottlieb hatte damit gerechnet, sich einem Autobesitzer unter den Tagungsteilnehmern anzuschließen, um mühelos zum *Lindenhof* zu gelangen. Nun stand er am Straßenrand und überlegte, was zu tun sei. Der Entschluss lag nahe, die Straße längs des Neckars zu Fuß einherzuziehen. So ging er durch den warmen Septemberabend, zunächst bei Lampenlicht, dann bei deutlich wahrnehmbarem Sternenschimmer.

Noch war Gottlieb im Bereich der Ortschaft, als er an einer Parkanlage vorbeikam, an etlichen Bäumen, die voller Äpfel hingen. Früchte lagen im Gras, und einige waren gar auf den Gehsteig gerollt. Der Fußgänger nahm einen Apfel auf, betrachtete ihn bei hellem Laternenschein: Ein prächtiger Schatten fiel auf seine flache Hand. Das Weinglas aus der Tasche stellte er neben den Apfel, und selbst der durchsichtige Becher war nicht schattenlos. Nur Peter Gottlieb hatte kein Abbild, sondern gaukelte irgendwo über dem Boden umher.

Er war versucht, den Apfel einzustecken, um ihn später zu verzehren. Allein, behutsam setzte er ihn wieder auf den Fußweg, woher er die Frucht genommen und wo ihr Platz zu sein schien. Den Weinbecher gab Gottlieb daneben. Auch der gehörte her, in die von gesunden Lichtbrechungen ausgezeichnete Dingwelt.

Das Wandern wirkte entkrampfend nach der Anspannung der letzten Tage. Längere Zeit schritt Gottlieb über Gehsteige, bis das Neckarufer steiler, die Straße enger wurde. Da ging er denn über die Fahrbahn, was wegen des Verkehrs nicht angenehm war. Blendeten ihn Autos, die von vorne kamen, oder näherten sie sich aus der Gegenrichtung, trat er an die Böschung und wartete, sie mögen vorbeirollen.

Rosetzkis Äußerung wurmte ihn. Ja, so war das: Man hielt die Menschen in Schach, indem man Misstrauen unter ihnen säte. Aber war das überall so? Oder waren das bloß die hierher verpflanzten schlechten Gewohnheiten manch eines der eigenen Leute?

Nachdem Peter Gottlieb etwa eine Stunde gegangen, kam ein Fahrzeug von hinten, verlangsamte sein Tempo und hielt dann. Es war eine Art Geländewagen.

Der Fahrer rief Gottlieb an und fragte, wo er hinwolle.

Gottlieb gab Auskunft. Etwas verdattert folgte er dann der Aufforderung zuzusteigen und nahm in dem sonst von niemandem besetzten Auto neben dem Fahrer Platz.

Erklärungen waren fällig, und Gottlieb überlegte, womit anzufangen sei.

„Wollen Sie sich nicht anschnallen?" fragte der Fahrer, ein junger Mann, der, in der Eile betrachtet, als kennzeichnendes Merkmal bloß einen Schnurrbart aufwies, und Gottlieb legte den Gurt an.

Was er hier auf der Straße treibe, sei lebensgefährlich, meinte der Fahrer: Die Schofföre hätten sonntags um diese vorgerückte Stunde meist Alkohol in sich; auch sei Gottlieb zu dunkel gekleidet, um rechtzeitig gesehen zu werden. Der Fahrer habe einen Freund verloren, unter ähnlichen Umständen sei dieser umgerissen und getötet worden.

Gottliebs Ziel lag von der Hauptstrecke etwas ab. An jener Stelle, wo die Straße abzweigte, die in die Ortschaft führte, bat er, der hilfsbereite Mann solle ihn einfach absetzen.

Jener aber, wiewohl recht jung, so doch väterlich-streng, wehrte ab und brachte Gottlieb bis auf den Markt der Siedlung, zum *Lindenhof*.

„Nichts für ungut", sagte er noch, seine fürsorgliche Eigenmächtigkeit entschuldigend, und Gottlieb, der immer noch konfus war, blieb nur übrig, ihm zum Dank die Hand zu schütteln.

In Lebensgefahr war er also geschwebt, hatte der junge Mann mit einer gewissen Eindringlichkeit behauptet. Der Gute: Er ahnte nicht, wie zutreffend seine Äußerung war, nicht so sehr im Sinne körperlicher als seelischer Zerstörung, empfand Gottlieb doch eine ernste Bedrohung seiner Empfindungswelt – zu vieles erschien ihm hier schlichtweg geisterhaft. Und dann gab es auch noch krumme Existenzen, die einen verunglimpften, die Attentate auf den Ruf anderer verübten. Solches bedachte er vor dem Einschlafen.

Am nächsten Morgen, vor seiner Weiterreise, saß Gottlieb mit einigen Schattensuchern beim Frühstück. Ein älterer Herr, der kaum je ohne farbigen Schmetterling am Hemdkragen zu sehen war, der sein Leben im Dienst der Presse und des Rundfunks verbracht hatte, so dass er, in launiger Selbstironie, zu Recht behaupten konnte, bekannt wie ein schlechter Kreuzer zu sein, sagte, Egon Rosetzkis provokantes Betragen von gestern Abend sei allgemein verurteilt worden. Bedauerlich fand der Herr mit dem Schmetterling, dass Gottlieb sich dadurch habe missstimmen lassen. Im Übrigen gelte Rosetzki als fragwürdige Erscheinung. Das habe er Gottlieb mitteilen wollen, dieser solle sich nichts aus den Ausfällen machen.

Während sie noch aßen, rief Lieselotte Findeis im *Lindenhof* an und erkundigte sich, wie Gottlieb sich zurechtfinde. Sie fragte, ob er in Schwierigkeiten geraten sei.

Dies konnte er verneinen; außer dem ungerechtfertigten Angriff Rosetzkis, einer Attacke, die Gottlieb freilich in Verlegenheit gebracht, könne er sich nicht beschweren, es laufe alles reibungslos.

„Sie fahren ja jetzt nach Stuttgart?" vergewisserte sie sich, „dort dürfen Sie nicht versäumen, Herrn August Runge aufzusuchen, der gelegentlich als Vertrauensdozent der Stiftung an Veranstaltungen unserer Volkshochschulen mitwirkt. Er steht einem Institut vor, das sich mit juridischen Fragen beschäftigt, doch ist er auch ein anerkannter Fachmann auf dem Gebiet der Umbrologie."

Sie nannte die Anschrift seines Instituts, das zentral, nahe dem Neuen Schloss, gelegen sei.

4.
In Stuttgart und Umgebung

In Stuttgart hielt sich Peter Gottlieb jeweils nur Stunden auf, da er bei einem ihm befreundeten Ehepaar in einem Städtchen der Umgebung wohnte und bloß tagsüber mit der S-Bahn in die Schwabenmetropole fuhr.

Gleich nach dem Eintreffen im Hauptbahnhof meldete er sich telephonisch bei seiner Tante Waltraut Markus, um sie zu begrüßen. Vereinbart wurde für den nächsten Vormittag ein Zusammentreffen bei ihr zu Hause.

Die Tante, eine geborene Reuß, verwitwete Markus, wohnte in einer, wie sich erwies, verkehrsreichen, dem Norden zuführenden Straße. Mehrstöckige Gebäude auf beiden Seiten waren in schier endloser Folge aneinander gereiht, und Gottlieb war froh, mit der Straßenbahn jene Station nicht verfehlt zu haben, die seinem Ziel am nächsten lag. Dennoch hatte er, wie der Blick auf die Hausnummern lehrte, noch ein gutes Stück zu gehen. Es machte ihm aber im Grunde nichts aus: Der Tag war sonnig und warm, und Gottlieb hatte Muße zu gemächlicher Wanderung.

An einem die Fassadenfront überragenden, jenseits der Fahrbahn liegenden Gebäude war, in senkrecht angeordneten Lettern, das Wort „Teufel" angebracht. Das Gemäuer, die Zufahrt und überhaupt das Gelände muteten nach Fabrik an.

Schon war Gottlieb an dem Betrieb, der nicht erkennen ließ, was darin erzeugt werde, vorbei und, wenn auch ohne besondere Aufmerksamkeit, den Schildern und Vitrinen der in diesem Stadtbezirk wenig zahlreichen Geschäftsläden zugewandt, als sein Blick von einem recht massigen Mann gefesselt wurde, der ihm entgegenkam.

Es war Egon Rosetzki. Langsam, wenig zielstrebigen Schrittes schlenderte er einher. Hatte er Gottlieb gesehen? Dieser fühlte kein Bedürfnis, ihm zu begegnen, Gottlieb spähte um sich, wohin er ausweichen könne. Etliche Kaufläden, Auslagen, Reklameschilder – da das Gewünschte: Rasch entschlossen riss er die Eingangstür einer Gastwirtschaft auf und überließ es dann dem automatischen Mechanismus ihn vor Rosetzki zu verbergen.

Das Manöver schien gelungen, es war immerhin so viel Abstand zwischen beiden gewesen, dass Gottlieb damit rechnen konnte, unbemerkt geblieben zu sein. Vorsichtig trat er ans Fenster neben dem Eingang und erforschte den Straßenausschnitt, der sich seinem Auge darbot. Rosetzki nahm die Umgebung offenbar mit trägen Sinnen wahr. Beim Anblick der Gastwirtschaft schienen seine Lebensgeister etwas aufgemuntert, doch verhielt er sich unschlüssig.

Man konnte glauben, er wäre nicht abgeneigt, den Schankraum zu betreten, doch wandte er sich mit einem Mal ab und begab sich auf die andere Straßenseite. An der Pforte des Hauses neben dem mit „Teufel" gekennzeichneten Gebäude läutete Rosetzki, und, nachdem sich der – zweifellos automatische – Verschluss gelöst hatte, verschwand er von der Bildfläche.

In Gottlieb kam das Gefühl auf, die Gaststätte, in der er sich befand, würde beobachtet. Was war zu tun? Er wehrte ungute Empfindungen ab, sagte sich, er sei ein freier Mann und könne beginnen, was ihm beliebe. Den Wirt ersuchte er, einen Orangensaft einzuschenken, und Gottlieb ließ sich an einem Tisch nieder, der ihm erlaubte, die gegenüberliegende Häuserzeile ins Auge zu fassen.

Im Raum waren, an getrennten Tischen, bloß noch zwei Gäste. Einer von ihnen gehörte, seiner staubigen Kleidung wegen, wohl zu den Arbeitern, die unweit von hier das Pflaster in Ordnung brachten. Sie fügten schwere Platten, die bisweilen von einer geräuschvoll tätigen Steinsäge durchschnitten werden mussten, sorgfältig auf der akkurat geebneten Sandschicht zueinander.

Besagter Mann erhob sich und ging. Gottliebs Vermutung war indes falsch, der Abgetretene hielt auf die Firma „Teufel" zu.

Peter Gottlieb trat an die Theke und fragte den Wirt, was in jenem Betrieb hergestellt werde.

„Lederwaren", lautete die lakonische Anwort.

Zaghaft bat Gottlieb nach einer Weile um weitere Auskunft. „Täglich haben Sie das Firmenschild »Teufel« vor Augen. Was hat das mit dem Satan zu tun?"

Der Wirt sah ihn schweigend an.

„Ist der Teufel von drüben ein Mensch wie jeder andere?" versuchte Gottlieb, sich besser begreiflich zu machen.

„Das ist ja nur ein Name", beschied ihn der Wirt, ein Mensch von praktischer Art, der es nicht schätzen mochte, schon am Vormittag dergleichen zu erörtern.

Immerhin fügte er hinzu: „Der Fabrikant heißt bloß so und ist ein Unternehmer, der seinen Mann stellt. Ich heiße Birnstiel. Aber wahrscheinlich denkt niemand an eine Birne, wenn er meine hagere Gestalt sieht."

„Vielleicht aber an einen Birnstiel oder einen Birnbaum." Der noch im Raum verbliebene Kneipengast, welcher bisher still sein Pils getrunken hatte, wurde lebendig. „Ihr Name in Ehren,

Herr Wirt. Aber: Man denkt sich doch etwas dabei, wenn jemand nicht Maurer, wie ich, heißt, oder Müller. Wir hatten bei uns im Ort einen Pastor, der hieß Teufel. Man sah ihn auf der Kanzel und überlegte. Ihm wurde manche tadelnde Bemerkung zugetragen. Da hat er seinen Namen in Täufer geändert, und jedermann hörte ihm nun gerne zu."

Diese Reden hatten Gottlieb in unbefangene Stimmung versetzt.

„Sie meinen also", sagte er zum Wirt, „von dem Teufel drüben haben wir, trotz seinem bedenklichen Namen, nichts zu befürchten?"

„Sicher nicht, mein Herr", wurde ihm erwidert.

Grüßend verließ Gottlieb die Herren Maurer und Birnstiel. Als er seine Augen zum anderen Straßenzug hinübergleiten ließ, gewahrte er Egon Rosetzki, der desgleichen auf die Straße getreten war.

Ohne die Miene zu verziehen, ohne die Lippen zu einem Grußwort zu bequemen, nahmen sie voneinander Notiz. Dann machte Rosetzki kehrt und verfolgte weiter seine Bahn, vorbei an der Firma rechtschaffener Leute, die bloß das Pech hatten, einen ausgefallenen Namen zu führen. Dieser war nur ein Wort, ein Schall, bei dem man sich nichts Ominöses denken musste... guten Morgen, Herr Doktor Teufel; guten Tag, Frau von Engel; Servus, Gottlieb... Worte, nichts als Worte... Der Teufel war aber auch heute noch der Teufel. Und wie sollte er denn anders heißen als so?

Nachdem Gottlieb in die Sprechanlage seinen Namen gesagt, ließ Waltraut Markus den Automaten die Pforte entriegeln, und die Tante stand schon in der geöffneten Wohnungstür, als der Besucher im zweiten Stock angelangt war. Er hatte sie seit Jahren nicht gesehen, aber sie zu erkennen und sich ihre frühere Mimik und Redeweise an ihrem heutigen Auftreten zu vergegenwärtigen, bereitete keine Mühe. Sie mutete sozusagen als die gleiche wie früher an, war bloß älter geworden.

Man nahm im Wohnzimmer Platz. Ihre ersten Sätze waren der Ausdruck eines eigentümlichen Gemisches von Freude und Befremdung, welches er als Folge dessen glaubte einschätzen zu müssen, dass beider Lebensbahnen lange Zeit getrennt, auf anderer Schiene, und das hieß wohl, auseinandergelaufen waren.

Die kaum vermeidbare, in der Natur der Dinge liegende innere Distanz ließ sich bei derartigen Besuchen oft binnen kurzem überwinden, man brauchte bloß einiges von den Lebensumständen des Gegenübers zu erfragen, einiges von dem eigenen Ergehen zu erzählen, und schon ließ sich eine gewisse seelische Gleichstimmung herstellen, wenn nicht gar Sympathie aufgrund ähnlicher Meinungen.

Waltraut Markus blieb indes, bei aller Freundlichkeit, eher abweisend, und das besonders, als Gottlieb von dem Wunsch ihres Bruders Benno zu sprechen begann, das Haus, den Erbsitz der Familie Reuß, ihm, nämlich Gottlieb, als Eigentum zu überschreiben. Das geschehe nicht auf Gottliebs Betreiben, bewahre!, er sei bloß Vermittler, ein Kurier der Nachrichten von Onkel Benno. Dieser meine, es sei nicht recht, den Familienbesitz zu veräußern, der solle vielmehr den Angehörigen erhalten bleiben, solange dies möglich sei.

Die Frau sagte hierauf etwa folgendes: Sie habe sich von dem siebenbürgischen Eigentum längst gelöst und würde, da es ihr nichts einbringe, gerne ohne jede Entschädigung darauf verzichten. Sie sei aber gewarnt worden, solches zu tun.

„Vor einer Stunde war ein Landsmann hier, der mir schon von früher bekannt ist. Ihm ist zu Ohren gekommen, du möchtest mich und die Brüder dazu bringen, dir unsere Habe zuzuwenden. Er riet mir ganz entschieden davon ab."

„Was hat er denn zu beanstanden?" Lächelnd konnte Gottlieb dies fragen, da Rosetzkis Quertreibereien ihn, so ärgerlich sie auch waren, zu amüsieren begannen, „welcher Vergehen klagte er mich an?"

Waltraut Markus schwieg.

„Er hat wahrscheinlich gesagt – ich kann es bloß vermuten –, ich wolle mich in den Besitz eindrängen. Stimmt das?"

Die Tante nickte.

Gottlieb setzte seine Rede fort: „Da ich weiß, wie sehr er gegen mich eingenommen ist, kann ich mir vorstellen, was er noch gesagt hat: Ich sei ein Betrüger, der Onkel Benno zu umgarnen wusste, ein Heuchler und Erpresser. Bitte ... Es liegt mir nicht so viel daran, in euer Haus zu ziehen. Überleg es dir, und wenn du Onkel Bennos Vorschlag gutheißen solltest, lass es mich wissen."

Sie wollte nun erfahren, in welchem Verhältnis der Besucher zu Egon Rosetzki stehe, und Gottlieb schilderte ihr seine Bekanntschaft mit ihm aus der Zeit gemeinsamer Schularbeit und seine Begegnungen der letzten Tage. Dem Bericht über das Treffen der Schattensucher folgte sie aufmerksam.

Nachdem er geendet, sagte sie, und ein frischer, unternehmender Zug erhellte und verjüngte ihr Gesicht: „Peter, wir machen es! Du bekommst die Erklärung von mir. Morgen will ich sie beim Amt für öffentliche Ordnung beantragen."

Der Wechsel ihrer Einstellung freute ihn. Man sprach noch über Hiesiges und Dortig-Siebenbürgisches, und als er sich empfahl, forderte sie ihn auf, anderntags, und zwar am Nachmittag, wiederzukommen. Dann könne er damit rechnen, das Dokument in Empfang zu nehmen. Johann-Jakob, den Bruder in München, wolle sie antelephonieren und ihn auf Gottliebs Erscheinen vorbereiten. Habe er in München jemanden, der ihn unterbringen könne? Nein? Vielleicht lasse es sich machen, dass er bei Johann-Jakob wohne. –

In der Stadtmitte hatte Gottlieb viel zu sehen. Mehrmals wusste er es an jenem ungewöhnlich warmen Tag so einzurichten, dass er, auf seinen Streifzügen durchs Zentrum, zu einem Brunnen kam, der – wiewohl einen obsoleten Kunstgeschmack spiegelnd – ihn ansprach und die zu Mittag heiße

Septemberluft in der Umgebung abkühlte. In der Nähe der Oper entfaltete der Brunnen, an unauffälliger Stelle, sein allegorisch-meditatives, plätscherndes Sein.

Rechts und links des Halbovals sah Gottlieb jeweils ein Paar junger Leute aus Stein, Mädchen und Jüngling, angeordnet etwa zur Veranschaulichung der Einsicht, dass sowohl Schmerz als auch Freude, wie der Tag sie bringt, wie sie in unserem Geschick liegen, zur Aussprache und Teilnahme, zum Geständnis hindrängen. Aus der Mitte des Brunnens blickte eine Frau starr vor sich hin, eine Norne. Von ihrem Antlitz konnte man gewissermaßen den Ausdruck des Spruches ablesen, der oben in die Brunnenwand eingetragen war:

Aus des Schicksals dunkler Quelle rinnt das wechselvolle Los. Heute stehst du fest und gross, morgen wankst du auf der Welle.

Das Wasser ergab mit seinem Rauschen die richtige Begleitmusik zu dem jugendstilhaften Ensemble. Schatten fielen von langen, lässig umgeworfenen oder abgestreiften Gewändern, von den Phantasiekostümen einer gleichsam zeitlosen Bekleidung. Die Körper der jungen Leute waren beinahe nackt und, weil steinern, warfen auch sie dunkle Schatten.

Am Abend kehrte Gottlieb zu seinen Gastgebern, einem ihm aus Kindheitstagen befreundeten Ehepaar zurück. Lothar werkte als Ingenieur in einem Cannstatter Betrieb, Marion war als Graphikerin tätig.

Der Moment erschien geeignet, die Künstlerin zu bitten, ihre Arbeiten zu zeigen. Zögernd ging sie darauf ein, Lothar und Gottlieb folgten ihr in das kleine Atelier.

Malereien und Zeichnungen hingen an den Wänden, waren in Stapeln und Mappen auf Stellbrettern hochgeschichtet oder ruhten zu Füßen der Betrachter auf den unteren Rahmenleisten. Der Werktisch deutete durch vielerlei Gerät, durch Zeitschriften und andere Druckerzeugnisse auf das akribisch-kleinformatige Schaffen der Buchgestalterin hin. Sorgfältig ausgeführte Stiche und Schnitte waren zu sehen, aus denen Humor, freundliche Groteske und dezente Skurrilität sprachen. Indes fehlte es auch an größeren Blättern nicht, an symbolhaltigen, leicht surrealen, will heißen anders-realen Kompositionen.

Ungewöhnlich waren die Masken an den Wänden. Schichte für Schichte war, wie Gottlieb erfuhr, mühevoll zusammengeklebt und das helle Papiermaché dann bemalt worden: mit Spiegelungen der Landschaft und der städtischen Umwelt, mit dem Ausdruck inneren Erlebens. Die Folge der Masken war als Zyklus gedacht, etliche Stücke fehlten jedoch, sie hingen in anderen Räumen des Hauses.

Eine Weile vermochte Peter Gottlieb den Worten der Gastgeber nicht bis ins Letzte zu folgen, er war vielmehr versucht, dem Grundmuster weiblicher Wesensart, das plastisch ausgebildet an die Mauer befestigt war, die Züge etlicher Frauen zu verleihen, die er in den letzten Tagen gesprochen. War es nicht Frau Enkelhardt, die ihn ansah? Oder Frau Schumann, die Zweifel verbergend, die sie anwandelten, wenn sie zurückdachte? Schaute Lieselotte Findeis ins Zimmer herein, die, nach vielen Jahren in südamerikanischer Ferne, heimgekehrt und in der Stiftung der großen Gs Anstellung und ein Wirkungsfeld nach ihrem Geschmack gefunden hatte?

Marion schien zu bemerken, dass Peter Gottliebs Gedanken abschweiften, und sie musterte ihn etwas befremdet. Er rief sich zur Ordnung, er konzentrierte sich wieder auf das Vorhandene und die Erläuterungen.

Seinen damaligen Überlegungen und Beobachtungen gemäß achtete Gottlieb auch darauf, wie die Freundin es mit dem Schatten der von ihr dargestellten Personen halte. Nun denn, der fehlte durchwegs.

Ja, sagte Marion lebhaft, als der Gast ihr dies bemerkte, es stimme, kaum je haben ihre Gestalten einen Schatten.

„Das finde ich nicht einmal schlecht", äußerte sie dezidiert, „der Mensch hat nie einen besessen, es gibt ihn nicht. Selbst früher, als man sich einbildete, ihn zu haben, war er bloß eine Sinnestäuschung."

Ablehnend schüttelte Gottlieb den Kopf. „Es hat ihn gegeben", behauptete er, „doch hat der Teufel ihn uns entwendet."

Marion blickte ihn erstaunt an. „Glaubst du das?"

Sie mochte denken, es gelten unbestreitbare optische Gesetze, die man von der Schule her kenne, und sie wunderte sich wohl, dass Gottlieb vom Teufel ernsthaft sprach, nicht, wie heutzutage üblich, als von dem eher belächelten Höllenfürsten oder Gottseibeiuns.

So meinte der Besucher, das Gespräch in diese Richtung lenken zu müssen. „Der Teufel wird nicht mehr ernst genommen oder eben nur dann, wenn er einem bürgerlichen Beruf nachgeht. Ich habe heute ein Firmenschild mit diesem Namen gelesen. Man sagte mir, der Inhaber des Betriebs sei sozusagen die Rechtschaffenheit selbst, ich konnte fast den Eindruck gewinnen, man müsse Teufel heißen, wenn man als redlicher Mann gelten wolle."

Lothar winkte ab, seine Handbewegung drückte aus: Was Gottlieb aufgefallen, sei nicht ungewöhnlich. „Dies ist nicht einmal der seltsamste Name, den es gibt. An Teufel ist man hierzulande gewöhnt, das berührt kaum jemanden als merkwürdig. Wir werden uns gleich im Telefonbuch überzeugen, wie gebräuchlich der Name ist."

Er schlug das Register auf. Es vermittelte in der Tat den Eindruck, Teufel sei ein so beliebiges Namenswort wie jedes andere. Ob einer Tischler oder Schneider oder Teufel hieß – es lief beinahe auf dasselbe hinaus. Zu Trägern dieses Namens gehörten auch Herren von Adel. Die Teufel waren alle gleichsam „Heiligensetzer", um einen anderen Familiennamen anzugeben, auf den sie beim Blättern stießen.

Nomen est omen, der Name ist ein Zeichen – das galt keineswegs, und Gottlieb war wohl auf dem Holzweg, dem Vertilger des Grauschattens nachspüren zu wollen, indem er Benennungen auf ihren Sinn hin befragte. So einfach war das wohl nicht. Ipfelkofer, Knipping – Lothar ließ diese fürwahr charaktervollen Namen im Raum erschallen und noch andere wie Libbertz, wie Pfefferle, Witzel und Petrischek, wie Gotteswinter und Gottschalk (darunter hatte man sich vermutlich einen fröhlichen Ketzer vorzustellen). In die tieferen Schichten der Namen und dadurch auch ins Wesen ihrer Träger einzudringen, war aber, bei solchen rein akustischen Versuchen der Identifikation, nicht möglich.

Marion und Lothar wollten Gottlieb ausreden, Zusammenhänge zu suchen, wo keine bestanden, dennoch empfand er es als beunruhigend – und sagte es auch –, wenn jemand mit dem eigenen Namen sich so waghalsig auf der Grenze des Zuträglichen und Unzuträglichen, des Statthaften und Unstatthaften bewegte.

„Außerdem: Muss das Bürgergewissen sich nicht regen und die Gesellschaft in Alarmzustand versetzt werden, wenn wir aus einer Werbeschrift erfahren, dass Computer nach dem System SATAN arbeiten? Wer seinen Produktionsvorgang so bezeichnet, kann nicht ganz harmlos sein."

„Nimm es mir nicht übel", meinte Lothar, „aber es ist der gleiche Irrtum, dem du hier erliegst. Auch dies ist nur ein Name, ein Kunstwort, das sich aus unschuldigen Initialen zusammensetzt. Und ich weiß es aus unserem Betrieb: Das Computerprogramm SATAN dient nicht mephistophelischen Zwecken."

Prüfend sah Lothar Peter Gottlieb an, als wollte er ergründen, ob der Freund Ursache habe, sich vor dem Teufel und dergleichen Wahngebilden zu fürchten.

„Was ist übrigens mit dir?" forschte er, „du erkundigst dich so eingehend nach diesen Dingen, als würde der Teufel dich bedrängen."

Ach, nein, die Gastgeber sollten sich keine Sorgen um ihn machen, das seien bloß Erwägungen.

„Nun, du wirst es am besten wissen. Sollte dich aber etwas bedrücken, zögere nicht, es uns zu sagen, wir sind ja lange genug Freunde."

„Bedrücken?" fragte Gottlieb in den Raum, und er fühlte sich wie auf der Prüfbank, „es ist merkwürdig, wie sehr man unter gewissen Umständen immer wieder dieselben Gedankengänge vollzieht und zu denselben Resultaten gelangt, oft gar nicht im Einklang damit, was andere unter den betreffenden Umständen empfinden. Was habe ich mir im Moment vorzuwerfen? Vermutlich nicht mehr als viele, die als honorige Leute gelten. Und dennoch kreisen meine Überlegungen um die Frage nach Schuld und schlechtem Gewissen."

„Du kannst dich uns rückhaltlos anvertrauen", versicherte Lothar, „das wird dich sicher erleichtern."

„Eigentlich habe ich nichts zu verbergen", fuhr Peter Gottlieb fort, „auf der Tagung der Schattensucher hatte eine junge Frau in straffer Haltung und entschiedener Redeweise Betrachtungen über den »Schatten im Licht der Sprache« angestellt. Ein harmloses Thema, sollte man meinen, ein Forschungsgegenstand ohne moralische Implikationen. Es ging ihr und uns Hörern darum, wie man den Sprachschatten fixieren könne, den Schatten, den einzelne Wörter und ganze Sätze werfen, wie er sich nach Farbe und Intensität bestimmen lasse. Vermutlich könne der Mensch, dieses sprachbegabte Wesen, bei sorgfältiger Beachtung des Sprachschattens, also bei bewusstem, bei norm- und kunstgerechtem Sprechen und Schreiben, den traditionellen Körperschatten wieder herbeirufen. Leider sei die optische Beschaffenheit des Wortes, seine Lichtstruktur, noch zu wenig erforscht, man müsse da noch viel tun.

Während die Referentin derartiges vortrug, hatte ich zeitweilig das Gefühl, es ginge nicht ganz mit rechten Dingen zu. Ich hatte die Frage auf den Lippen – unterdrückte sie aber glücklicherweise –, ob eine Beschäftigung mit dem Sprachschatten nicht Ausdruck schlechten Gewissens sei. Es war merkwürdig: Was immer man mir an jenem Tag erklärt hätte, wäre ich vermutlich immer wieder zur Kardinalfrage gelangt, ob eine so oder anders geführte Analyse nicht Schuldgefühle freisetze."

Lothar wechselte mit Marion vielsagende Blicke. Indes, es war spät geworden, und nach einigen abschließenden Wendungen begab man sich zur Nachtruhe. Peter Gottliebs Bett stand im Wohnzimmer, in dem man soeben noch zusammengesessen hatte. An einer Wand war eine jener Masken angebracht. Der neugierige Gottlieb holte sie vom Mauerhaken und betrachtete sie von allen Seiten.

Da pochte es an der Tür, Lothar und Marion begehrten noch einmal Einlass. Sie wollten dem Gast den Igel zeigen, der jenseits der Glastür, auf der Terrasse, erschienen war, wie das zur Nachtzeit seine Gewohnheit, um die Milch zu trinken, die ihn hier erwartete.

„Was machst du?" fragte Marion, vielleicht schroffer, als sie wollte – sie war sichtlich irritiert, als sie die Maske in Gottliebs Händen gewahrte.

Der Überraschte murmelte eine Entschuldigung, ja, tatsächlich, es sei ungebührlich, die Larve von der Wand zu nehmen. Eilig hängte er sie an ihren Platz.

Auch der folgende Tag war ungewöhnlich heiß. Gottlieb saß deshalb am Vormittag eine Weile beim *Schicksalsbrunnen*, um sich zu erfrischen und zu sammeln, bevor er sich bei August Runge einstellte. In dessen Amtsraum trat ihm ein hochgewachsener, kräftig gebauter Mann mit markanten Gesichtszügen entgegen und nötigte ihn zum Sitzen.

Aufmerksam hörte August Runge an, was Gottlieb über das Schattenwesen in seiner Heimatstadt zu sagen wusste.

Der Umbrologe war verwundert zu vernehmen, dass Siebenbürger, die seit je in dem ihnen angestammten Vaterland lebten, bei dem Schattensuchen nicht weiter gekommen seien als er und seinesgleichen, die ihre Geburtsorte und Kindheitsstätten im Osten des Kontinents seit dem letzten großen Krieg nicht mehr gesehen hatten. Er vertrete die Meinung, eine Verwurzelung in heimischer Welt sei die beste Voraussetzung zum Erwerb und Erhalt des echten, chthonischen Grauschattens.

Solange August Runge den eigenen Geburtsort nicht besuchen könne, müsse er sich damit begnügen, ihn sich in Bildern zu vergegenwärtigen. Indes hoffte er – es gebe Anzeichen dafür –, dass ihm und seinen Schicksalsgefährten in absehbarer Zeit gestattet würde, die Landstriche und Ortschaften ihrer Ahnen aufzusuchen.

Gleichsam zum Beweis holte er eine von dort gesandte Zeitschrift aus einem Stapel und blätterte sie auf. Er zeigte das Gerichtsgebäude, in dem sein Vater als Rechtsanwalt gewirkt, ein Stadttor, nahe dem Gymnasium, das er besucht, er wies auf die Kathedrale, die während des Kriegs zerbombt und danach in ruinenhaftem Zustand belassen worden war, um ein Mahnmal an jene Zeiten der Zerstörung zu sein.

Einen richtigen Grauschatten könne man wahrscheinlich bloß dann entwickeln – sagte er –, wenn man gelegentlich, und sei es auch nach jeweils mehreren Jahren, über das Pflaster der Vaterstadt schreite, zweifellos sei solche Rückkehr zum heimischen Urgrund eine Art Lebenselixier.

August Runge hatte sich während vieler Begegnungen mit Menschen anderer Länder und Erdteile ein etwas formelhaftes Sprechen angewöhnt. Ausdrücke des Lobes wie „hervorragend!" und „ausgezeichnet!" kamen darin vor wie auch manche Vokabel, die er, der Weltmann, voll auszukosten wusste, wenn er beispielsweise das Wort „illuster" gebrauchte oder sich in anspruchsvollen Kennzeichnungen erging wie „eine Sternstunde..." Andrerseits war er in gewissen Phasen des Gesprächs unmittelbar da, etwa wenn er, über seinen Geburtsort und den Heimatschatten befragt, Auskunft gab.

Er entließ Gottlieb mit guten Wünschen für sein weiteres Fortkommen und sprach die Hoffnung aus, all jene, die es begehrten, mögen den Grauschatten zurückerlangen. Zuletzt gab er ihm noch einen wichtigen Wink: Unweit von hier, in der Königstraße, könne man zuweilen Leute vorbeiziehen sehen, die, wie in alten Zeiten, mit traditionellem Grauschatten versehen seien.

Ohne zu säumen, ging Gottlieb also in diese Straße und bezog auf einer Bank unter Bäumen einen Beobachterposten. Hier spielte sich ein von Fahrzeugen unbehinderter, nun, am frühen Nachmittag, etwas träger Verkehr von Geschäftskunden, Flaneuren und anderen Stadtbewohnern oder Touristen ab.

Wegen der Hitze mochte es wohl berechtigt sein, dass eine junge blonde Frau ihr Kleid in der Hand trug, den wohlgebauten sonnegebräunten Körper bis auf einen Unterrock bescheidenster Dimensionen entblößt. In Begleitung eines Mannes, der durch keine Extravaganz hervorstach, zog sie, weder rechts noch links sehend, an den auf Parkbänken ruhenden Gelegenheitszuschauern vorbei, im rhythmischen, weithin vernehmlichen Aufklang hoher Stöckel. Ein bemerkenswertes Geschehen, von gewissem Mut zeugend, der die Frau vermutlich nicht billig zu stehen kam: Eine ziemliche Spannung lag in ihrem Betragen. Nicht weniger bemerkenswert war der dunkle, volle Schatten, den ihr Körper bei ihrem zielgerichteten Vorbeimarsch auf den Boden warf.

Viele Leute zogen straßauf, straßab, die sich Gottliebs Auge nicht einprägten. Schulkinder, Jungen und Mädchen, manche schon recht erwachsen, verstanden es, auf Rollschuhen oder Rollbrettchen sich zwischen den Fußgängern geschickt durchzuschlängeln, etliche von ihnen hatten eine beträchtliche Geschwindigkeit gefasst. Schatten warfen sie keine.

Zwei Reiter, uniformiert, trabten hoheitsvoll vorüber. Gottlieb, des Anblicks ihrer Waffenröcke ungewohnt, wusste nicht, ob sie zur Armee oder zur Polizei gehörten. Man sah den beiden nach, die, achtete man aufs Pflaster, nicht vorhanden waren; bloß die Rosse zeichneten ihre Silhouette dem Boden ein. Bei einem Radfahrer wiederum verhielt sich das anders: Rein optisch geurteilt, war er komplett.

Der Gehsteig war aus Platten gefügt, die, leicht geneigt, in der Mitte den Wasserabfluss ermöglichten. Ein Blinder tauchte auf, ziemlich eiligen Schrittes. Sein weißer Stab schlug mal rechts, mal links von der Mitte an die Pflasterung, und so wusste der Mann, wie er sich fortbewegen konnte ohne abzuirren, da sich die Platten der einen Reihe von jenen der anderen durch ihren besonderen Klang unterschieden. Der Blinde war mit einem Schatten versehen, wiewohl er sich dessen nicht erfreuen konnte.

Ob möglicherweise ein Zusammenhang zwischen der Lichtlosigkeit der Augen und dem Schatten des Körpers bestehe, in dem Sinn, dass der nicht allzu hellsichtige Mensch seinen Schatten besser bewahren könne, während Scharfäugige diesen mit ihrem Blick vom menschlichen Leib einfach fortfegten? Gottliebs Einfall stimmte bei einigem Nachsinnen freilich nicht: Die Klarsicht aller mit guten Augen begabten Menschen müsste sonst auch den Blinden seines Schattens berauben. Wie dem auch sei – der Mangel an Gesicht war überraschenderweise nicht gleichzeitig auch einer an schwarzer Kontur.

Über solche Erscheinungen und Beziehungen hatte Peter Gottlieb Ursache sich zu verwundern, und er verbrachte recht lange Zeit im Fußgängerbereich der Königstraße. Es war so merkwürdig hier, dass er eigentlich gar nicht mehr staunte, als Egon Rosetzki sichtbar wurde. Bei seiner Beleibtheit fiel es ihm sicher nicht leicht, durch die pralle Sonne zu schreiten, indes schien er keineswegs darauf bedacht zu sein, gelegentlich in den kühleren Bereich nahe der Häuser oder Bäume einzutauchen.

Als Rosetzki auf der Höhe von Gottliebs Bank war, sah er kurz zu diesem hinüber, aber sein Blick eilte sofort weiter.

Natürlich war auch er zur Zeit der Besitzer eines seiner Korpulenz angemessenen Schattens. Peter Gottlieb schaute ihm nach, bis andere Menschen die Gestalt verdeckten.

So sehr den Beobachter der Personenverkehr auf der Königstraße beinahe als Operettenrevue, als Maskerade anmutete, war er doch davon gefesselt. Es kam ihm ein sonderbarer Gedanke: Wie, wenn er auf dieser Szene selbst einen Grauschatten besäße? Er brauchte nur etliche Meter ins Sonnenlicht zu gehen, um dies zu ermitteln.

Beschwingt erhob er sich, trat vor, und siehe! er hatte tatsächlich einen Grauschatten. Gottlieb ging ein paar Schritte, er hüpfte gar – der Schatten begleitete ihn getreu. Vorsichtig blickte er ringsum und forschte, ob das Bemerkenswerte den anderen nicht auffalle. Niemand scherte sich indes um ihn.

Am Ende der Königstraße, wo sie sich zu einem Platz weitete, war ein Bierausschank im Freien, und hin eilte er, um das denkwürdige Ereignis zu feiern. Gesonnen, sich an seinem Schatten gehörig zu weiden, setzte er sich so, dass die Sonne ihn kräftig beschien.

Kaum war vor ihn ein hohes Bierglas gestellt worden, musste er jedoch bemerken, wie sein prächtiger Grauschatten verblasste. Das Glas war noch nicht geleert, und schon war auch der letzte Schattenrest fort.

Man kann sich denken, dass Gottlieb an jenem Nachmittag nicht sehr gut gelaunt war. Verabredungsgemäß ging er zu Waltraut Markus. Obwohl sie freundlich war und, bei Kaffee und Kuchen, versuchte, das Zusammensein angenehm zu gestalten, blieb er einsilbig.

Sie berichtete, es sei ihr noch nicht gelungen, das gewünschte Papier zu beschaffen, trotz ihren Überredungskünsten. Bei der Behörde habe eine Anzeige gegen Gottlieb vorgelegen: Er wolle den Akt zu einem Betrug missbrauchen.

„Klar, wer sich zu dieser Verleumdung hergegeben hat", meinte sie, und wieder wurde über Egon Rosetzki gesprochen.

Dabei erwähnte Gottlieb auch, ihn heute erblickt zu haben, und zwar mit einem Grauschatten, der sich sehen lassen konnte.

„Kaum zu glauben, das ist ja wirklich eigenartig", sagte sie.

„Und ich selbst", setzte Gottlieb hinzu, „hatte plötzlich auch einen schönen dunklen Schatten. Leider dauerte es nicht lang, denn kaum war ich am Ende der Königstraße angelangt, verflüchtigte er sich ziemlich rasch."

Ungläubig wurde der Besucher angesehen. „Du hast heute, vor kurzer Zeit, einen grauen Schatten gehabt?" fragte Tante Waltraut streng.

Er konnte nur wiederholen und mit anderen Worten beteuern, was ihm widerfahren.

Sie schwieg. Es war ihr wahrscheinlich leid, dass sie mit diesem offenkundigen Flunkerer zu schaffen hatte. Sie bedauerte sicher, versprochen zu haben, das Papier von der Behörde zu erwirken, und wohl auch, dass sie Gottlieb bei ihrem Bruder in München angemeldet. Aber sie blieb dabei, wie sie beim Abschied versicherte, sie stand zu ihren Vorsätzen und Entschlüssen, selbst wenn sie meinte, Gottliebs Verhalten nicht mehr billigen zu können.

Abends wollte er die Freundin Marion, die in Stuttgart zu tun gehabt hatte, beim Alten Schloss erwarten, es war ausgemacht worden, in ihrem Auto gemeinsam zurückzufahren. Er fand sich beim Treffpunkt ein, pünktlich wie auch sie, so dass sie alsbald aufbrachen.

Seine Erzählung über die letzten Stunden begann er vorsichtig: „Was würdest du sagen, wenn ich behauptete, heute nachmittag einen regelrechten Grauschatten gehabt zu haben – würdest du mich für einen unverbesserlichen Aufschneider halten?"

„Nein", entgegnete sie und fragte gespannt, „wo ist dir das passiert?"

Da fühlte er sich ermutigt, das Schattenproszenium der Königstraße zu schildern. Auch äußerte er die Vermutung, ihm sei diese Erfahrung beschieden gewesen, weil Egon Rosetzki in der Nähe geweilt habe und in Aktion getreten sei.

Gottlieb sah während solcher Reden Marions ausgeprägtes Profil, die von dunklem Haar bedeckte Stirn, das Gelock an den Schläfen. Schatten ließen sich im Scheinwerferlicht der von vorn kommenden Autos nicht wahrnehmen, auch die Farbschatten waren von geringer Intensität.

Der Wagen geriet in einen Stau, das herbstliche Volksfest in einem Vorortbezirk – in Cannstatt – hatte viele Menschen angezogen, die jetzt heimstrebten oder, als Nachzügler, soeben erst anrückten, und da war, bei der Vielzahl der Autolampen, ohnehin jedes natürliche Licht-Schatten-Verhältnis gestört. Meterweise im Schneckentempo oder, mitunter, über etwas längere Strecken in größerer Geschwindigkeit drangen sie vor.

Sie sprachen wenig, die Trennung warf ihre Grauschatten voraus, morgen früh würde Gottlieb sich von Marion und Lothar verabschieden und beide dann wahrscheinlich lange Zeit nicht mehr sehen.

Grauschatten fielen auch auf die vorangegangenen Tage.

„Ich weiß nicht, ob ich davon sprechen soll", sagte Marion, „aber es ist vielleicht doch am besten, wir reden offen. Schon am zweiten Tag deines Hierseins fand ich im Postlädchen einen Brief, der nicht sehr schmeichelhaft für dich ist."

„Von Egon Rosetzki?"

„Vermutlich. Lies nur selbst."

Sie zog das Schreiben aus ihrer Handtasche, Gottlieb faltete es auseinander und las im Schein einer Straßenlaterne, neben der zu halten sie schon eine längere Zeit gezwungen waren.

Nach einer höflichen Anrede stand auf dem Blatt folgendes:

„Uns ist zu Ohren gekommen, bei Ihnen werde zur Zeit Herr Peter Gottlieb beherbergt. Wiewohl es uns durchaus gleichgültig sein könnte, was Sie und Ihr Besucher tun und lassen, fühlen wir uns doch verpflichtet, Sie vor ihm zu warnen. Es ist uns bekannt, dass Herr Gottlieb in seiner Heimat einen zweifelhaften Lebenswandel führt, ja, es ist nicht zuviel gesagt, wenn behauptet wird, er bewege sich in vielen seiner Handlungen am Rand der Legalität. Mit dem Gesetz zerstritten, hat er den Behörden schon manchmal Anlass geboten, sich mit seiner Existenz zu befassen. Zwar hat sein Betragen in der Gesellschaft den Anschein der Wohlanständigkeit, und er wird auch als Lehrer von manchen geschätzt, doch ist jenen, die ihn besser kennen, nicht verborgen geblieben, wie skrupellos er zuweilen eigene Ziele verfolgt. Er gehört zu den Subjekten, die die Schattenlosigkeit des Menschen von heute im Sinne zügellosen Verhaltens zu missdeuten sich unterstehen. Da in Ihrem Haus manches wertvolle Kunstwerk verwahrt wird, möchten wir Ihnen einen Wink geben, Ihren Besitz nicht unbewacht zu lassen, Herr Gottlieb verfügt im Bereich des Bilderraubs und -schmuggels über eine ziemliche Fertigkeit."

Der Brief war mit „Ein wohlmeinender Freund Ihres Hauses und stiller Bewunderer Ihrer Kunst" gezeichnet.

„Eine Revolverschnauze!" machte Peter Gottlieb sich Luft, „dieser Bandit! Jetzt weiß ich auch, warum du so betroffen warst, als ich die Maske von der Wand hob – du dachtest sicher, ich sei gerade im Begriff, sie einzustecken. Bevor ich morgen aufbreche, sollt ihr mein Gepäck genau durchsuchen, um zu verhindern, dass ich manches mitgehen lasse ..."

5.
München in Höhe und Tiefe

Der Straßenbauingenieur Albert Reuß hatte seine beiden ersten Kinder, den Sohn Benno und die Tochter Waltraut, auf eingebürgerte deutsche Vornamen taufen lassen, die zu dem Familiennamen in einer intuitiv erfassten Sympathie-Beziehung, doch in keiner sinngemäßen Verbindung standen. Als ein weiterer Sohn zur Welt kam, glaubte der Vater, er müsse seinen Mitmenschen den Anklang des Namens Reuß an Rousseau bewusst machen, und so wurde der dritte Nachkömmling Johann-Jakob genannt und war somit, dem Geburtsschein nach, kein anderer als ein ins Deutsche gewandelter Jean-Jacques Rousseau. Die Ehefrau war davon wenig entzückt, sie hätte das Kind lieber auf den melodiösen, einem auf der Zunge hinschmelzenden Rufnamen Anselm getauft, aber damit setzte sie sich nicht durch.

Selbst als ein viertes Kind geboren wurde, wieder ein Sohn, nahm der Gatte auf ihre Wünsche nicht Rücksicht, denn er redete sich zu jener Zeit ein, der Familienname deute auf einen reußischen Ahnherrn hin, und so sei es statthaft, dem Sprössling einen typisch slawischen Namen zu geben. So geschah es denn auch, der Letztgeborene hieß Sergej, wurde Serjoscha gerufen und führte Anselm bloß als zweiten Namen. In der Zeit des Deutschfimmels und vor allem während des letzten Krieges erwies es sich als vorteilhaft, dass der Knabe nicht bloß einen einzigen und zwar einen bei den Gegnern beliebten Vornamen hatte – er wurde in die Schriften Anselm Sergius Reuß eingetragen und hatte so unter dem überall geschürten Hass auf die Reußen, von dem selbst seine Klassenkameraden nicht frei bleiben konnten, nicht zu leiden.

Johann-Jakob war, wie Gottlieb aus Gesprächen in der Familie wusste, von seinem berühmten Namensvetter wenig angetan, die Assonanz war in seinen Augen erzwungen und für ihn deshalb nicht verbindlich. Er, der dem Vater in der beruflichen Laufbahn folgte und ein fachkundiger Wegbauingenieur wurde, fühlte sich keineswegs dazu verpflichtet, die Schriften des französischen Autors zu lesen. Allein dessen *Bekenntnissen* hatte er sich während seiner ersten Dienstjahre ab und zu gewidmet und daran einigen Gefallen gefunden, doch war er im späteren Verlauf seines Lebens nicht dazu zu bewegen, sie wieder in die Hand zu nehmen, weil ihre Erfahrungen ihn völlig überholt anmuteten.

So wenig er auch dem – ihm kaum geläufigen – Buchstaben des Rousseauschen Werks gemäß dachte und empfand, hatte er sich doch manches vom Seinsprinzip des Franzosen zu eigen gemacht und legte demnach eine gewisse Ungebundenheit an den Tag. Sie wirkte sich freilich weniger im Verhalten, sondern eher in seiner Gedankenwelt aus, in die er sich nicht gerne hineinreden ließ, sowie in seinen Äußerungen. Zum Unterschied von Rousseau nämlich, der die Bürde beruflicher Bindungen nicht tragen mochte und überdies seine fünf Kinder ins Waisenhaus abgeschoben hatte, war Johann-Jakob aufopfernden Sinnes, wenn es um das Wohl seiner Frau und der beiden Kinder ging, eines Sohnes und einer Tochter, die an der Universität studierten, und er hatte auch, sowohl in Siebenbürgen als auch seit einigen Jahren in Bayern, als Straßenplaner pflichtbewusst gearbeitet.

Die in einem hochaufragenden Neubau des Münchner Ostens gelegene Wohnung der Familie Reuß war nicht allzu groß. Dennoch wurde Gottlieb von Onkel Johann-Jakob und Tante Roswitha herzlich aufgenommen, auch von den jungen Leuten, die ihm allerdings kaum zu Gesicht kamen.

Bald nach der Ankunft wollte Johann-Jakob, der von seiner Schwester Waltraut über die Absichten des Gastes unterrichtet worden war, Genaues über Bennos Pläne wissen, und auch nach Gottliebs Erfahrungen mit Grau- und Farbschatten erkundigte er sich eingehend.

Prüfende Blicke, durch Brillenglas noch präziser geworden, ruhten auf dem Besucher, während der sprach. Das von hoher Stirn überwölbte Gesicht ließ eher Missbilligung erkennen, der kahle, seitlich von schlohweißem Haar umrahmte Kopf wirkte streng, und die noch zuvor heitere Mimik war einer ernsten Miene gewichen. Der sonst lachbereite Mund blieb unbewegt, und nur manchmal war es, als ob Johann-Jakob einen Protest hervorbringen wollte.

Als Gottlieb seine Erklärungen geendet, sagte Johann-Jakob ohne Umschweife: „Ich weiß nicht, was du eigentlich willst."

Gottlieb war es, als hätte Egon Rosetzki ihn auch hier schon angeschwärzt, und so zweifelte er, ob es gelingen würde, Johann-Jakobs Bedenken zu entkräften.

„Was ich eigentlich will ..." wiederholte Gottlieb, „ich habe doch gesagt, dass ..."

„Ja, ja, was du eigentlich willst. Was versprichst du dir denn von dem Hausbesitz und dem Schattenerwerb? Hängt beides vielleicht zusammen?"

„Daran habe ich noch gar nicht gedacht. Aber wenn ich ein wenig überlege, dann gibt es in gewissem Sinn schon einen Zusammenhang. Der Schatten heftet uns an den Boden, er verschafft uns Heimrecht, wo es uns streitig gemacht wird. Und das Haus: Es lässt den Besitzer oder den Nutznießer sesshaft werden. Was bindet uns besser an die Heimat als Haus und Grund? Heimatlos, und das heißt alleweil auch ohne Schatten, kann man überall sein, schattenhaft und verwurzelt jedoch am ehesten daheim."

In Johann-Jakobs Gesicht arbeitete es. Voller Spannung sprang er, ein rüstiger Sechziger, auf und durchmaß mit eiligen Schritten den Raum.

„Das stimmt alles nicht, ich streite es glattweg ab. Man kann sich auch in einer Umgebung wohlfühlen, die man nicht jahrzehntelang um sich gehabt hat. Hausbesitz macht außerdem nicht glücklich. Und im Grauschatten sehe ich etwas Rückständiges. Auch der Begriff Heimat ist im Grunde rückständig, zumindest veraltet und Gegenstand vieler müßiger Reden ..."

Tante Roswitha gesellte sich zu ihnen; Johann-Jakob senkte die Stimme und sprach weniger leidenschaftlich. Er wechselte auf andere Themen über, und alsbald wurde das Fernsehgerät eingeschaltet, weil man die Nachrichten nicht versäumen wollte.

Tagsüber ging die junge Generation ihrem Studium nach, die Eltern jedoch waren in der Arbeit: Johann-Jakob berechnete seine Entwürfe, und im gleichen Konstruktionsbüro setzte Roswitha sie säuberlich in großformatige Tuschzeichnungen um. Am Morgen begab auch Gottlieb sich in die Innenstadt und kehrte erst gegen Abend ins Reußische Heim zurück.

Sein Weg ins Zentrum führte, nachdem er sich diesem mit Bus und Bahn genähert, gewöhnlich über eine Brücke, die den Fußgänger, etwa auf der Höhe eines zweistöckigen Hauses, eine mehrspurige Schnellstraße überqueren ließ. Während man unten, auf der Fahrbahn, im satanischen Getriebe, den Eindruck haben mochte, mit einer Redensart der Schofföre habe es seine Richtigkeit, nämlich ganz München sei *ein* Auto, musste man beim Rundblick auf die *City* schon nicht mehr dieser Meinung sein. Von der Brücke ließ sich die Residenz aus unmittelbarer Nähe betrachten, weiterhin die Kuppel und die von Helmen bedeckten Türme der Theatinerkirche Sankt Cajetan, man konnte die Turmhauben der Frauenkirche gewahren und noch manches bedeutende Bauwerk.

Der Übergang lief auf ein Baugelände zu, welches das ehemalige, seit dem Weltkrieg als Ruine stehende Armeemuseum einbezog, einen von einem Runddach überwölbten Bauklotz, dessen verwitterte Ziegelwände trostlos anzuschauen waren. Auf den Mauern hielten sich Sträucher im kargen, kaum vorhandenen, im Lauf der Jahre angewehten Wurzelgrund. Eine Aufschrift, „Niemals wieder Krieg!", mit roter Ölfarbe auf die in einem Wandabschnitt getünchte Fläche gepinselt, ließ den Zusammenhang zwischen Armeemuseum, Zerstörung und Ruine ahnen, sie gab zudem den Willen zu erkennen, die Gedenkstätte des Krieges und der Militärverbände nicht zu erneuern.

Auf dem zur Zeit bloß von Karnickeln durchhoppelten, eingezäunten Areal sollte, dem Vernehmen nach, ein prachtvolles

Gebäude errichtet werden – daher die Ausschachtungsarbeiten bis auf das Niveau des Kellergeschosses und der Fundamente –, doch arbeitete man im Moment nicht, wegen Mauerresten aus dem Altertum, die unvermutet angeschürft worden waren und die man nicht zerstören wollte.

Auf die gläserne Brüstung der Brücke hatte jemand etliche Mal das Wort *War* hingekleckst – Krieg! –, ganz wurde man von den kämpferischen Anwandlungen offensichtlich nicht frei. Das Panorama erweckte indes friedliche Gedanken, die Wolkengebilde waren in jenen Herbsttagen wenig dramatisch. In der Atmosphäre schwebte gewöhnlich ein Zeppelin, manchmal waren es gar zwei Luftschiffe. Im Trödeltempo zogen sie ihre Bahn, nicht etwa, um Personen oder Lasten zu befördern, sondern der Reklame zuliebe: Sie warben für ein bestimmtes Bier oder für Filmmaterial einer bekannten Firma.

Wenn Gottlieb nicht alles täuschte, warfen sie keinen Sachschatten. Er glaubte, dies feststellen zu können, als ein Zeppelin wiederholt über Residenz und Hofgarten seine Kreise zog. Verliefe alles nach rechtschaffenen Gesetzen, hätte ein gehöriger ovaler Fleck über den Boden und die Gebäude gleiten müssen. Vielleicht war nicht Reklame der Hauptzweck dieser Luftschiffe, vielleicht verfolgten sie auch andere Ziele, etwa zu kontrollieren, ob die Bewohner der Riesenstadt vorschriftsmäßig ohne Grauschatten durch die Straßen gingen. Möglicherweise gehörten sie jener Macht an, die den Menschen um den Grauschatten gebracht ...

Solche Einfälle hatten zur Zeit keine bedrängende Gewalt über Gottlieb – die Zeppeline tuckerten da oben, es war (bis auf den bald anschwellenden, bald abflauenden Verkehr unter ihm) keine ungute Geschäftigkeit zu bemerken, von *War*, von Unruhe und Aufstand keine Spur.

Etliche Mal eilte Peter Gottlieb von hier durch den Hofgarten oder die Galeriestraße zur Bayrischen Staatsbibliothek, um die Fachliteratur im Bereich der Umbrologie zu durchstöbern. Als er die Bücherei zum ersten Mal betrat und um die Genehmigung ansuchte, die Buchbestände durchsehen zu dürfen, befürchtete er, Egon Rosetzki würde ihm auch hier Knüttel zwischen die Beine werfen und – in seiner maßlosen Art der Verunglimpfung – Gottlieb etwa als unverbesserlichen, als kleptomanisch veranlagten Zeitgenossen hinstellen, so wie er ihn ja als findigen Kunsträuber abgestempelt hatte, doch fand er keine Steine in seinen Weg gerollt, ja er stieß auf freundliches Entgegenkommen, und das schon bei der Garderobe, wo eine aus dem Unterwald stammende Frau ihm erste Auskünfte erteilte.

Sie war übrigens nicht die einzige Siebenbürgerin, die er in der Bücherei traf, unvermutet begegnete ihm auch Fraulein Britta.

Die Kataloge erfassten eine umfangreiche Literatur im Sachgebiet der Schattenkunde, so dass Gottlieb zu überlegen begann, was er sich für die wenigen zur Verfügung stehenden Stunden und Tage in den Lesesaal geben lassen sollte. Während er Karteikarten durchsah, hatte Britta ihn erspäht, und sie, die hier an ihren Hausarbeiten für die Uni schrieb, war es, die ihm eine ganze Reihe praktischer Ratschläge gab, wie er sich in dem ihm ungewohnten Betrieb zu verhalten habe.

Bevor sie sich im Lesesaal an ihren Tisch setzte, erwähnte sie die Tagung der Schattensucher. „Wir haben es bedauert", sagte sie, „dass Sie sich von Egon Rosetzki vertreiben ließen. Er verdient es nicht, ganz ernst genommen zu werden."

„Kennen Sie ihn denn?" Es wurde über ihn gesprochen, jetzt und auch bei einem Kaffee, Stunden darauf, nach denen Gottlieb zumindest etwas mit Sicherheit behaupten durfte, dass nämlich die Umbrologie ein schier unermesslicher Wissenszweig sei, den er während seiner Reise kaum würde überblicken können, geschweige denn, dass es ihm gelänge, sich in Einzelaspekte zu vertiefen.

Britta entgegnete: „Ja, ich kenne ihn, noch aus Siebenbürgen, er war mein Lehrer. Als er her übersiedelte, fand er keine Anstellung in seinem Beruf, und so wurde er Hausmeister in einem nördlichen Stadtbezirk Münchens. Dazu war er sich aber offensichtlich zu gut, und so hat er sich bei der Vereinigung der Schattenverwalter um einen Posten beworben, einen solchen auch erhalten, zuerst hier, vor einigen Jahren jedoch in Frankfurt."

„Haben Sie nähere Kenntnis von dieser Vereinigung?" wollte er wissen. Ihre dunklen Augen (es mag wohl genügen, ihr Aussehen anhand dieses Merkmals anzudeuten) nahmen einen nachdenklichen Ausdruck an.

„Während eines Praktikums haben wir eine Umfrage unter Pennern veranstaltet, wir ersuchten sie beispielsweise, uns zu sagen, wie sie sich ihre Zukunft vorstellen. Die meisten behaupteten steif und fest, sie würden noch eine Weile so ungebunden wie jetzt leben, spätestens übers Jahr aber wieder fest in Dienst und Lohn sein; nicht ahnend, wie schwierig, ja schier unmöglich es ist, dies durchzuführen. Auf die Frage, wer ihnen Hilfe angeboten habe, in geordnete Verhältnisse zurückzufinden, nannten alle, unter anderen Organisationen, die Vereinigung der Schattenverwalter. Und es scheint sich zu bewahrheiten: Wenn Penner ihren Lebensstil aufgeben, so tun sie es gewöhnlich, um in die Dienste der Schattenverwalter zu treten ... Meiner Meinung nach ist dies für die Betreffenden kein Gewinn."

„Wieso das?"

Britta ließ eine Weile verstreichen, sie wollte sich die Antwort nicht zu leicht machen. „Durch unsere Fragen erfuhren wir, dass viele Penner von der eigenen inneren Kälte in ihre Außenseiterrolle gedrängt wurden. Auch im Kreis der Studenten leiden viele unter dieser Kälte, die zur Vereinzelung führt. Alle Einrichtungen sozialer oder kirchlicher Fürsorge können nun dem Gestrandeten etwas bieten, um Krisenzustände zu überwinden, bloß die Vereinigung der Schattenverwalter nicht. Wer sich zu ihnen schlägt, krankt, bei allem äußeren Wohlstand, gewöhnlich weiter an seiner Gefühlsleere ..."

Nun wünschte Gottlieb noch über etwas anderes Aufschluss: „Ist Ihnen bei den Befragungen auch die Stiftung der großen Gs genannt worden?"

„Aber natürlich", erwiderte Britta, „in jenem Praktikum haben wir uns gerne mit ihren Mitarbeitern zusammengetan, weil wir gewissermaßen die gleiche Sprache reden und am selben Strang ziehen. Gegen die Schattenverwalter, diese Versucher, kämpft die Stiftung der großen Gs schon lange an." –

Johann-Jakob und Tante Roswitha waren guter Dinge, als ihr Gast kam, es wurde über seine *Fauxpas* in diesem Land gelacht, über seine Begriffsstutzigkeit und mangelnde Übung im Bedienen der Automaten, sein allzu langsames Sich-Zurechtfinden auf Bahnstationen, so dass er schon manchen Zug versäumt. Am Abend aber wurde Gottlieb von Johann-Jakob wieder ins Gebet genommen.

„Hör her", erklärte Johann-Jakob rundheraus, „deine Anliegen erscheinen mir ziemlich absurd, aber sie sind, wenn man sich sehr abmüht, gerade noch begreiflich. Und zwar einzeln genommen: Ein Haus zu haben, ist besser, als keines zu besitzen; und einen Grauschatten zu begehren, mag zur Not auch noch hingehen. Wohin ich dir aber gar nicht mehr zu folgen bereit bin, ist die verhängnisvolle Verknüpfung des einen Anliegens mit dem anderen. Als wäre die Zeit seit den Großvätertagen stehen geblieben, versuchst du offenbar wieder Kapital zu schlagen aus den Begriffen Heimat, Besitz, Boden, Verwurzelung, Schatten und wieder Schatten, Bewährung, Treue. Wieder steigert man den Wert des Schattens durch das Gewicht des Besitzes, und, umgekehrt, versucht man, Besitz zu festigen, indem man auf den eigenen Schatten pocht. Ich mache dieses Spiel nicht mehr mit, endlich habe ich mich davon befreit. Was ich dir dringend rate: Vermeng die beiden

Dinge nicht. Lass den Besitz fahren, den du doch nicht halten kannst. Oder entsag ein für allemal dem Gedanken, es hätte einen Zweck, den Grauschatten unserer Vorfahren zu erwerben. Stell dich endlich auf die Gegenwart ein. In ihr gelten andere Werte als vor hundert Jahren ..."

In diesem Sinn sprach er noch weiter, in erregtem Tonfall, und er begleitete seine Worte mit lebhaften Gesten. Gottlieb hörte ihn an und bemerkte bloß am Ende, er sei keineswegs darauf versessen, die soeben angedeuteten Ziele zu erreichen – habe er bisher ohne eigenes Haus und ohne Grauschatten gelebt, könne er wohl auch weiter ohne sie auskommen.

An ihn, Johann-Jakob, wende Gottlieb sich im Übrigen ausschließlich in der Hausangelegenheit, und zwar im Namen Bennos. Könnten die Geschwister sich nicht absprechen und einigen, sei dies für Gottlieb nicht tragisch.

Johann-Jakob blickte ihn missvergnügt an. „Wir reden noch", meinte er, „jetzt sehen wir, was sich in der Welt ereignet hat", und der Fernseher lief an.

Tags darauf war es etwas später geworden, als Peter Gottlieb die Brücke passieren wollte. In der Höhe schwebte ein Zeppelin. Schon von weitem bemerkte Gottlieb: Der Übergang war voll junger Menschen, die nicht nur die Brückenplatte, sondern auch die emporführenden Treppen bevölkerten. Ihm schwante nichts Gutes.

Wohl waren nicht nur Jungen dort versammelt, sondern auch Mädchen, doch richtete keines von ihnen das Wort an ihn; sie waren bloß als eine Art Gelächterchor da. An kein Gesicht dieser schätzungsweise Zwanzigjährigen konnte Gottlieb sich später erinnern, alles spielte sich rasch ab, sodass er gar nicht auf die Idee verfallen konnte, es mit Individualitäten zu tun zu haben; zu sehr waren sie außerdem auch nach eigenem Selbstverständnis Kollektivperson.

Aufmerksame, auch argwöhnische Blicke waren ihm zugewandt, als er begann, die recht flach angelegten Treppen hochzusteigen.

„Sind Sie heute schon am Sorgentelephon gesessen?" scholl es ihm entgegen.

Gottlieb fasste den Frager ins Auge. Als Lehrer wohl gewohnt, mit seinesgleichen umzugehen, fehlte ihm doch die Erfahrung und Neigung, sich *in diesem Ton* mit ihnen zu verständigen.

„Guten Tag", grüßte er, „nein, das ist noch nicht geschehen."

„Versäumen Sie es nicht, oder haben Sie keine Probleme?"

Gottlieb zuckte mit den Achseln und stieg weiter.

Einer trat ihm in den Weg, und, mit verschmitzt-vertraulichem Ausdruck im Gesicht, forschte er: „Haben Sie eine Mark für mich?"

Ein anderer rief: „Oder auch zwei?"

Gottlieb zog seine Geldbörse, entnahm ihr eine Münze und legte sie in die heischende Hand.

„Fünf Mark!" rief der Empfänger und lachte laut, „fünf Mark! Danke, danke! Das ist ja was für unsere Solidaritätskasse!"

Nun war Gottlieb oben.

„Halten Sie es immer noch mit den jetzigen Herren?"

„Ich bin Gast hier – –"

„Gast? Ja, Fahrgastbefragung kommt später – –"

Ein anderer belehrte ihn: „Gäste sind wir alle auf Erden. Die Frage ist aber: was für Gäste, uns freund oder feind? Das macht den Unterschied!"

Nun erkundigte Gottlieb sich: „Wer sind eure Freunde und wer eure Feinde?"

Einer glaubte, es reiche aus, wenn er bemerkte: „Es ist Krieg, Onkel, Revolution!"

Und ein weiterer gab zu verstehen, es werde hier nicht erörtert, sondern gegen die Konformisten demonstriert: „Bist auch du so ein Jasager?"

Aus etwas größerem Abstand ließ sich ein anderer vernehmen: „Schon was von Demokratie gehört?"

Gottlieb war das Wort »Anarchie« auf den Lippen, aber er unterdrückte es.

„Diese Brücke besitzen jetzt wir!" wurde ihm in deren Mitte erklärt, und: „Da geht nur 'rüber, wer treu zu uns steht!"

Einer zeigte aufs Baugelände: „Man will hier einen Palast hinklavieren – sind Sie dafür? Ja?"

Ausweichend sagte Gottlieb: „Sollte man an meiner Meinung interessiert sein? Ich bin nur ein Gast, ein Besucher – –" und konnte wieder ein paar Schritte tun.

Gehörte das Folgende zum Fragenkatalog dieser erregten Schar, oder war es auf seine Person zugeschnitten? Es war wohl ein Menschenkenner, der die Stirn runzelte und Gottlieb streng musterte: „Sie wollen doch nicht einen Grauschatten haben?"

Dem Sprecher wurde sekundiert: „Schattensucher, verschwindet! 'raus! 'runter!"

Peter Gottlieb war nicht klar, was die hier versammelten Schwarmgeister bezweckten, er war über ihre Vorstellungen zu wenig im Bild, und so konnte er mit der Frage wenig anfangen, die ihm jetzt gestellt wurde und eher nach Aufforderung oder gar Drohung klang: „Machen Sie nächsten Sonntag an der Großdemo mit?"

Auf einen anderen Zuruf, „Was halten Sie von der Doppel-Null?", reagierte Gottlieb mit einem leichten Kopfschütteln.

Man sah seine Ablehnung und deutete sie falsch: „Flagge zeigen! Farbe bekennen!"

Gottlieb schwitzte schon gehörig.

Einer schlug ihm kameradschaftlich auf die Schulter: „Mitmachen, Kumpel! Die Protestgemeinschaft erwartet dich!"

Nun streckte ihm einer ein Stück Karton entgegen und sagte, den Ton der Werbeagenten imitierend, denen man auf Bahnstationen oder an anderen Schnittpunkten des Verkehrs begegnet: „Darf ich Ihnen diese Schrift überreichen? Gratis ... Darin ist alles gesagt über das Teufelszeug, den Atomschrott. Bitte – –"

Seinen schauspielerischen Versuch quittierte der Siebenbürger mit einem süßsauern Lächeln.

Kaum hatte jener geendet und sich auflachend von Gottlieb abgewandt, begann ein anderer: „Spenden Sie Zeitungen für Häftlinge! Dürfen wir mit Ihrer Hilfe rechnen bei Knast-Abos?!"

Freundlich wehrte Gottlieb ab und brachte erneut vor, er sei ein Besucher dieser Stadt.

„Aber das darf Sie doch nicht hindern, etwas gegen die Isolation in den Gefängnissen zu tun!"

Einer trat keck vor und rief in theatralischer Pose: „Wir sind gegen Superproduktion und Medienzwang! Wir setzen auf den Billig-Film!"

Er intonierte eine Art Losung, und eine Gruppe fiel ein: „Wir setzen auf den Billig-Film, wir setzen auf den Billig-Film ..."

Der Animator forderte Gottlieb überschwänglich auf: „Besuchen Sie die nächste Gala des Billig-Films!"

„Ein wenig mehr Offenheit, Herr", wurde ihm nachgerufen, als er abstieg, „sind Sie zur Selbstkritik bereit? Nur keine Hemmungen!"

Und er hörte noch: „Wenn wir alle nicht so opportunistisch wären und weniger Kompromisse eingingen ..."

Der Zeppelin glitt jetzt gerade über die Brücke hinweg. Da hoben sie alle die Arme, schwenkten Mützen und was sie sonst in den Händen hielten, und jubelten laut. „Keine Schatten! Keine Schatten!" riefen sie, „eine Welt ohne Schatten! Freiheit! Freiheit! Keine Schatten!"

Wie sollte es anderen Leuten ergangen sein, die damals aus Haidhausen, Bogenhausen und anderen östlichen Bezirken über die Fußgängerbrücke in die Stadtmitte gelangen wollten oder in umgekehrte Richtung zu gehen hatten? Gottlieb ergründete dies nicht, er verweilte nicht länger in jener Gegend, sondern war froh, seines Weges ziehen zu können. Unweit der Ballung junger Leute hielten sich Uniformierte auf, müßig, abwartend, bereit einzugreifen, wenn Mut in Übermut umschlage und herausfordernde Worte zu Tätlichkeiten führen sollten.

Peter Gottlieb hatte den Weg eingeschlagen, der neben dem ehedem *Königsbau* genannten Teil der Residenz zum Odeonsplatz führte. Er wollte sehenswerte Gebäude und Sammlungen betrachten. Ganz unbehelligt sollte er dabei freilich nicht bleiben. Hatten die Mädchen auf der Brücke ihn nicht angesprochen, so waren offenbar sie jetzt an der Reihe, ihn zu inkommodieren.

Zwei Fräuleins, auf den ersten Blick gesehen nicht gerade vom anpassungsbereiten „Nesthocker"-Typus, sondern den generationsbewussten Eigenwillen gewissermaßen auf die Stirn geschrieben, schlossen sich ihm an.

Nach einer Weile sagte die eine: „Können wir Sie einiges fragen?"

Peter Gottlieb blieb stehen. In der Kleidung und etwas wohl auch im Gehaben ähnelten sie einander. Sie trugen weitläufig entworfene, mehrfarbig gemusterte Wollpullover und bequem geschneiderte Kordhosen. Beider Haar war kurzgeschnitten, was kompliziertere Frisierverfahren erübrigte. Herkömmlichen Schmuck dezenter Art verschmähten sie nicht: Die eine hatte eine feingliedrige Goldkette um den Hals geschlungen, der anderen baumelten filigran gearbeitete Gehänge von den Ohrläppchen. Bloß eine von ihnen sprach.

Der Einsatz ihrer Rede war, am Folgenden gemessen, milde, das Mädchen begann mit leiser Stimme. Gottlieb setzte ihr wenig Widerstand entgegen, so dass man sich eigentlich wundern musste, in welche Erregung sie sich, unter den relativ undramatischen Umständen, hineinsteigerte.

„Können wir erfahren, warum Sie uns nötigen, E.T.A. Hoffmanns *Lebensansichten des Katers Murr* zu lesen?"

„Ich habe Sie nicht dazu genötigt, es muss ein Missverständnis sein."

„Unterrichten Sie nicht deutsche Literatur?"

„Doch, aber nicht hier, sondern tausend Kilometer weit von München, an einer Oberschule in Siebenbürgen."

„Und haben Sie Ihre Schüler nicht gezwungen, die *Lebensansichten des Katers Murr* zu lesen?"

„Es wurde ihnen empfohlen."

„Wir wissen schon, wie das mit den Empfehlungen der Lehrer ist – es sind nackte Zwänge. Als Sie gefragt wurden, warum Sie dies verlangen, haben Sie keine überzeugenden Argumente vorbringen können, ja, Sie sind bezeichnenderweise darauf nicht eingegangen. Warum hintertreiben Sie die Verständigung zwischen Schülern und Lehrern, indem Sie die berechtigten Wünsche der Schüler, aufgeklärt zu werden, missachten und allen kritischen Einwänden aus dem Weg gehen? Warum verwerfen Sie solche Fragen als Zumutung, die von Ihren Auffassungen abweichen? Sie glauben sicher, nur jene Fragen seien statthaft, die keine Gegenargumente enthalten."

„Hatten wir schon einmal das Vergnügen, miteinander zu sprechen? Ich glaube nicht. Bei der Lektüre einigt man sich auf unvergängliche Werke der Dichtung. Darüber muss nicht viel diskutiert werden. Wir gehen davon aus, dass Hoffmann und manche seiner Zeitgenossen zu lesen nur von Gewinn sein kann."

„Ganz unbefriedigend ist, was Sie sagen. Pflegen Sie alle Frager mit einigen Floskeln abzuspeisen? Im Grunde scheuen Sie die Auseinandersetzung. Warum aber soll man heute noch langatmige Romane des 19. Jahrhunderts lesen? Sie meinen: unvergängliche Werke der Dichtung. Man muss sehr daran zweifeln, dass *Kater Murr* unvergänglich sei. Sie beweisen hier ein übriges Mal, dass Sie zum Dialog nicht bereit sind."

„Ich kann nur wiederholen, was ich schon oft gesagt habe und immer sagen werde: Diesen Roman Hoffmanns halte ich für lesenswert."

„Sie sind aber nicht willens nachzuweisen, warum. Sie beachten meine Frage gar nicht, und deshalb muss ich wohl bei meiner Meinung bleiben, es handele sich um eine langweilige Pflichtlektüre. *Okay*. Ihre Auskunft ist sehr mäßig ausgefallen."

Sie hatte sich in Eifer geredet. Während sie sprach, sah sie Peter Gottlieb stets gerade ins Gesicht, und dieser konnte dem Blick des streitlustigen Fräuleins standhalten, weil er sich, jetzt wie auch sonst unter ähnlichen Umständen, an ein schlichtes, aus einem Psychologiebuch gegriffenes Rezept hielt, sich von den Blicken eines anderen nicht einschüchtern zu lassen, ihnen vielmehr kräftig zu begegnen, indem man dem Gegenüber in *ein* Auge sah, nicht etwa abwechselnd in beide, weil dies Irritation und Unsicherheit verursachte.

Die Sprecherin war noch lange nicht zufriedengestellt, sie hätte sicher noch manches vorgebracht, um zu erweisen, wie starrsinnig und verknöchert der Lehrer vor ihr war. Indes, ihm reichte es, nach einigen stehend verbrachten Minuten nahm er seinen Gang wieder auf.

Er fragte noch: „Was würden Sie von Hoffmanns Schriften heutzutage befürworten?"

Prompt erhielt er den Bescheid: *„Die Elixiere des Teufels."*

Der Deutschlehrer nickte ihr zu: „Ich dachte mir's. Warum eigentlich?"

„Die Grundkräfte der Welt, vor allem das Satanische, finden darin einen berückenden, einen hinreißenden Ausdruck. Das Buch ist zeitlos und doch auch auf die Gegenwart beziehbar."

Gottlieb ließ solches gelten. „Kann ich Ihnen mit noch etwas dienen?"

Das Mädchen sagte: „Solange Sie die an Sie gerichteten Fragen nicht ernsthaft bedenken und zu klären bereit sind, ist es müßig, anderes von Ihnen zu wünschen."

Jetzt aber Schluss, nichts wie weg! Er verabschiedete sich von den beiden mit einer leichten Verbeugung, und sie gaben ihn frei.

Der Zeppelin war in die Ferne geflogen. Mit seiner Vermutung war Gottlieb also nicht fehlgegangen, ihn mit den Schattentilgern in Verbindung zu bringen, besser gesagt mit den Schattenverwaltern. Denn die Schattenverwalter waren sowohl jene, die einem den Grauschatten genommen, als auch die, welche ihn dem Menschen wieder verleihen konnten. Das war ja das Schillernd-Zwiespältige an der Vereinigung und ihren Leuten: Einerseits einem vorzugaukeln, man bekämpfe den Schatten konsequent als etwas Überholtes, andrerseits ihr Angebot, ihn manchen Leuten zu verschaffen und sie dadurch zu ködern für ihr seelenloses Sein.

Bis noch hatte Egon Rosetzki Gottlieb in München keinen Tort angetan. Hielt er sich irgendwo verborgen? Sicher war es höchst abwegig, anzunehmen, er säße in der Passagiergondel und beobachtete Gottliebs Schritte, um den Moment zu erspähen, wann er ihm eins auswischen könne, es war abwegig und lachhaft. Und doch hatte Gottlieb ein unbehagliches Gefühl, als er den Zeppelin sich wieder nähern sah.

Kaum hatte er die Mädchen verlassen, kam ein junger Mann auf ihn zu. War Peter Gottlieb ihm nicht schon auf der Brücke begegnet?

„Sind Sie Herr Gotthard?" fragte der Bursche, „ich soll Ihnen von Herrn Rosewitsch einen schönen Gruß bestellen. Er ist bereit, Sie in der U-Bahnstation Odeonsplatz zu empfangen."

„Mein Name ist Gottlieb, nicht Gotthard. Und ich kenne keinen Herrn Rosewitsch. Meinen Sie vielleicht Herrn Rosetzki?"

„Nein, ich meine Herrn Rosewitsch. Auf dem Bahnsteig – –" Er nannte eine Gleisnummer und ging weiter. Peter Gottlieb sah ihm verdutzt nach.

Rosewitsch ... Hielt Egon Rosetzki ihn zum Narren? Auf die Dauer konnte Gottlieb sich dies nicht bieten lassen. Und was hieß das, was war das für eine Anmaßung – Herr Rosewitsch *empfange* in der U-Bahnstation? Gottlieb musste ihm einmal die Meinung sagen. Vor allem ihm vorhalten, dass es eine Gemeinheit sei, Gottlieb bei den Bundesbürgern, mit denen er zu tun hatte, zu verleumden. Er musste ihn am Kragen packen und ihn kräftig beuteln. U-Bahnstation Odeonsplatz? Nach jähem Entschluss setzte Gottlieb sich in Bewegung: Egon Rosetzki sollte ihn kennenlernen.

Was hatte Rosetzki sich erlaubt, von Gottlieb zu behaupten? Der Schattenverwalter hatte ihn *coram publico* als Spitzel bezeichnet. Zu diesen gehörte Gottlieb nicht, aus vielen Gründen. Er erachtete sich beispielsweise als völlig ungeeignet, deren Spielregeln der Geheimhaltung zu befolgen, er war – glücklicherweise – viel zu ungeschickt für einen Kundschafter. Weiterhin: Rosetzki hatte verbreitet, Gottlieb wolle auf krummen Wegen ein Hauseigentümer werden. Auch das war aus der Luft gegriffen, er war nicht darauf angewiesen, ein Haus zu besitzen. Drittens: Von Kunstraub und Kunstschmuggel verstand und hielt Gottlieb nichts, geschweige denn, dass er solchen selbst praktizierte … Dies musste er Rosetzki in aller Deutlichkeit vorhalten, und er musste ihn warnen, ihm auch in Zukunft am Zeug zu flicken, Gottliebs Geduld war am Ende. Gab Rosetzki nicht Frieden, wüsste Gottlieb schon passende Mittel zu finden, um ihn zum Schweigen zu bringen.

In kriegerischer Stimmung langte Peter Gottlieb auf dem Odeonsplatz an und ließ sich gleich von einer Rolltreppe auf die erste Stufe der Unterwelt hinabtragen. Dann hielt er Ausschau, wie und wo er das ihm angegebene Gleis erreichen könne.

Beim Ansatz einer Rolltreppe tänzelten zwei Jungen, auch sie vermutlich aus der Schar der Brückenbesetzer. Ihre Schritte, die dem Fortbewegungsrhythmus der Treppe angepasst waren, beförderten sie nicht weiter, die Jungen verstanden es vielmehr, sich stets auf dem gleichen Fleck zu halten. Sie taten gar, als könnten sie sich von dem Boden nicht lösen, als seien sie, in Sisyphusqual, dazu verurteilt, auf der Stelle zu bleiben, wo andere mühelos vorwartsrückten. Dann wieder hatte ihr Auftreten etwas Gelockertes, Marionettenhaftes, es war bisweilen wie beim Schlittschuhlaufen. Nun gut, dachte Peter Gottlieb, andere Gegenden, andere Vergnügungen junger Leute.

Die Burschen waren nicht ganz so harmlos, wie es auf den ersten Blick schien, sie hatten manchen Schabernack im Sinn. Sie verspotteten die Vorbeigehenden, sie riefen ihnen Schmeichelworte zu. Clowns! Drückeberger! hieß es da, oder: Chamäleons! Opportunisten! Bonzen! Schatten! Pfuscher! Schildbürger!

Offenbar nahm man ihnen ihre Anrempelei nicht übel. Bloß einen Mann sah Gottlieb, der sich den Schimpf nicht gefallen lassen mochte.

„Wartet, wenn ich euch packe, dann kleb ich euch ein paar!..." drohte er, sie aber wichen ihm geschickt aus und turnten von der einen Rolltreppe zur anderen, die in entgegengesetzte Richtung lief.

Das Leben glitt maschinell weiter, die Leute hatten zu tun, sie mussten verschiedene Wegziele erreichen, man ließ sich nicht gerne von Grünschnäbeln aufhalten. Auch Gottlieb sah, dass er weiter kam, sein Zorn galt nicht diesen etwas zudringlichen Witzbolden, er hatte einen weit gewichtigeren Widersacher, mit dem er in Bälde abzurechnen gedachte, auf Heller und Pfennig.

Die Rolltreppe trug ihn hinab. Gottlieb wunderte sich, wie tief in der Erde die Untergrundbahn verlief, zu der er befördert wurde. Niemand war in seiner Nähe, erst vierzig, fünfzig Treppen hinauf oder hinunter auf dem geschienten Verkehrsmittel waren wiederum Leute. Aus der Gegenrichtung näherte sich, in größeren Abständen, jeweils ein Menschenkind.

Nach den ersten Minuten Talfahrt meinte Gottlieb noch, er müsse den U-Bahn-Erbauern Bewunderung zollen, wie großzügig sie ihr Werk angelegt und wie einwandfrei es funktioniere. Als er aber merkte, dass die Fahrt pausenlos weiterging, Viertelstunde auf Viertelstunde verstrich und er immer noch abwärts glitt, verminderte sich seine Begeisterung, und er wurde unruhig. Indes beschwichtigte er sich, er meinte, wie er hinabgelange, könne er auch wieder emporgetragen werden, zumal in Reichweite ein Stufen-Fließband in Gegenrichtung verlief. Ungehalten war er wegen des Zeitverlustes, der ihm von Rosetzki zugemutet wurde, von Herrn Rosewitsch, wie der sich offenbar neuerdings nannte. Gottlieb wollte ihm gehörig die Leviten lesen.

Als sich lange Zeit keine Abwechslung ereignete, rief Peter Gottlieb einen Herrn an, der sich ihm allmählich näherte: „Wohin geht das denn hier hinunter?"

„Zum Bahnsteig – –" entgegnete der Befragte, und Gottlieb war nicht klüger als zuvor. Es mussten viele hundert Meter, ja Kilometer sein, die er zurückgelegt, und immer noch zeigte sich kein Ende der Fahrt an. Der Siebenbürger begann schon zu überlegen, ob er nicht auf das Band hinüberklettern solle, das ihn wieder zur Erdoberfläche hinantrug, wenngleich ein solcher Wechsel unerlaubt war, Gottlieb also mit Rüge und Strafe der U-Bahn-Verwaltung rechnen musste.

Gerne hätte er sich über das ihm und seinesgleichen Bevorstehende aufklären lassen, aber er fühlte sich mit einem Mal zu schlaff, sich mit Fragen an die ihm Entgegenkommenden zu wenden oder zu jenen hinabzulaufen, die sich, einen Steinwurf weit, auf dem gleichen Weg befanden.

Traf es zu, was die jungen Leute ihm und anderen zugerufen hatten, stimmte es, was die Brückenbesetzer ihm vorgeworfen? Es war wohl nicht verfehlt, ihn einen Opportunisten und Kompromissler zu nennen. Was hatte er, der Herr Lehrer, schon vorgebracht gegen Missbräuche und Missstände? Gewöhnlich schwieg er, oder er äußerte sich vorsichtig. *War?* Krieg? Gottlieb blieb ein Jasager.

Allen Erwägungen und Mutmaßungen zum Trotz, denen zufolge die unterirdische Welt als Reich zunehmend schwerer durchdringlichen Dunkels erscheinen musste, weitete und erhellte sich das Gelände zu Gottliebs Füßen. Die Rolltreppe glitt alsbald, wie eine moderne, elektrisch bediente Himmelsleiter, durch einen unübersehbar weiten Raum. Eine Halle war unten, auf der Grundfläche, errichtet, deren Dach leuchtete, kräftig strahlende Lichter spiegelten sich in dem glasartigen Belag. Allmählich näherte Gottlieb sich dem Boden.

Vor der Halle, einem gigantischen *Hangar*, wurde er auf einem Bahnsteig abgesetzt, der schon von weitem die Ziffer erkennen ließ, die Gottlieb angegeben worden war.

Wiewohl man sich zweifellos unter der Erde befand, hatte man das Gefühl nicht, sich in einer – wenn auch geräumigen – Höhle zu befinden, die Gegend erschien bloß als ein anderer Teil der Oberwelt. Stoffliche Begrenzungen der Atmosphäre und auch ringsum der Ferne ließen sich nicht wahrnehmen.

Selbstgewiss schwebte ein Luftschiff in der Höhe. Gottlieb hörte den Motorlärm, diesen ins Vielfache gesteigerten Traktorenklang, und er ließ seinen Blick dem Himmelstraktor nachgleiten.

Der *Zepp* senkte sich langsam herab und steuerte die Halle an. Gottlieb betrachtete die Menschen, die offenbar auch hierher beordert worden waren, um der Landung beizuwohnen und mit den Schattenverwaltern zu sprechen, um von ihnen *empfangen* und angehört zu werden, wie das in ihrem arroganten protokollarischen Stil bezeichnet wurde. Hatte die Besatzung des Zeppelins die Wartenden in der Hand, die – je nach Kleidung – kümmerliche Farbschatten sehen ließen? Wer saß in der Passagiergondel? ...

Ringsum herrschten völlig normale, das heißt die auf der Erdoberfläche üblichen Licht- und Schattenverhältnisse eines Vormittags im September. Afrikaner standen da, und Gottlieb konnte gewahren, ihr Schatten sei keineswegs dunkler als der von Europäern. Auch Asiaten, die sich hier zeigten, waren nicht anders dran als das aus näheren Gegenden herangereiste, in allerlei Sprachen sich mitteilende Publikum.

„Wo sind wir?" sprach Gottlieb einen vermutlich des Deutschen mächtigen Mann an, und er erhielt die ihn wenig befriedigende Antwort: „In der Untergrundstation Odeonsplatz."

„Ich wusste nicht, dass sie so tief liegt", versuchte Gottlieb einen Dialog in Gang zu bringen, um vielleicht noch etwas zu erfahren, aber der Mann sah ihn bloß abschätzig an, wie einen Provinzmuffel, und zuckte mit der Achsel.

Gelegentlich fuhren Züge vorbei, rechts und links des Perrons, in gewissem Sinn zweifellos U-Bahnen, wenn sie auch nicht, wie sonst Metros, dem Auge verborgen durch die Tiefe jagten.

Als man das Luftschiff in der Halle vertäut hatte und etliche Menschen, über eine *Gangway*, der Gondel entstiegen waren, hörte der Verkehr auf, und das Volk konzentrierte sich auf die Ankömmlinge, die aus der rätselvollen Höhe in die nicht minder mirakulöse Tiefe herabgeschwebt waren. Die Erwarteten kamen bis zur Einfahrt der Halle, worauf der harrenden Schar, in der sich auch Peter Gottlieb befand, durch einen Wink bedeutet wurde, sich der Riesenöffnung zu nähern.

Livriertes Dienstpersonal gebot dem Volk Halt, in etwa zwanzig Schritt Entfernung von den Zeppelinpassagieren. Eine Weile verhielten sich die beiden – ungleich starken – Menschengruppen unbeweglich, schweigender Betrachtung des Gegenübers hingegeben, dann wurden vier, fünf der Gewöhnlich-Sterblichen zur Audienz der Hochgeborenen zugelassen. Die geringen Erdenbürger eilten auf die sich besser Dünkenden zu.

Peter Gottlieb wollte sich nicht drängen, erst wünschte er zu sehen, in welchen Formen sich der Empfang abspielte. Er gewahrte Egon Rosetzki und wurde bald auch von diesem erspäht. Rosetzki erteilte einem Livrierten einen Auftrag, dieser trat vor Gottlieb und sagte: „Herr Rosewitsch lässt bitten..."

So schritt denn Lehrer Gottlieb auf seinen ehemaligen Kollegen zu, und dieser trat ihm huldreich entgegen. Mehrere auserwählt Scheinende, jeweils von etlichem Wach- und Dienstpersonal umgeben, erteilten Audienz.

„Herr Kollege Gotthard", sprach Rosetzki diesen zuvorkommend an, „welche Freude für mich, Sie zu sehen ... es ist, wenn ich so sagen darf, ein neues Blatt in der Geschichte Ihres Hierseins und unserer Beziehungen ..."

Er war fahl im Gesicht. Wenn Schatten nicht dadurch entstünden, dass Abbild und Kontur fester Stoffe durch Lichteinwirkung in den Raum und auf dessen Begrenzungen projiziert werden, Schatten also etwas Abgeleitetes, etwas Zweitrangiges sind, hätte Gottlieb geglaubt, Rosetzkis Gesicht wäre bloß Schatten und sonst nichts, so leblos mutete es an. Auch die Hand, die er, kraftlos wie gewöhnlich, Gottlieb reichte, war durchsichtig und jedes Hautpigments entblößt.

„Sie wissen doch, dass ich Gottlieb heiße, nicht Gotthard. Und Sie sind Herr Rosetzki und nicht Rosewitsch, wie Sie sich jetzt nennen lassen."

„Oh, unsere Namen ändern sich mit den Jahren. Wir selbst sind auch nicht mehr die gleichen wie früher. Sie hießen einmal Gottlieb, sind jetzt Gotthard, in einigen Jahren wird man Sie Gottfried oder Gotthelf nennen."

„Das glaube ich nicht. Meinem Namen will ich treu bleiben. Und zu Ihnen bin ich gekommen, um mich zu beschweren. Sie haben mich in den letzten Tagen oft bloßzustellen versucht und beleidigt."

„So? Habe ich das? Ich entsinne mich nicht, Herr Kollege."

„Doch, doch. Vielleicht am wenigsten gewichtig ist der lächerliche Vorwurf, ich würde Bilder stehlen. Sie haben das meinen Freunden geschrieben und diese und mich dadurch in Verlegenheit gebracht."

„Erinnern Sie sich doch, lieber Herr Kollege, wie das damals mit dem Bilderdiebstahl in der Brukenthalschen Galerie war:

Sieben berühmte Gemälde sind von einem Tag zum andern verschwunden. Sie konnten Ihre Unschuld beweisen, es war zwar nicht einfach, man hatte nun einmal gegen Sie Verdacht gefasst, weil Sie in jenen Tagen wiederholt mit Ausländern die Galerie besucht hatten. Schließlich sind alle gravierenden Verdachtsmomente zerstreut worden. Ich selbst konnte Sie durch ein Gutachten vor weiteren Behelligungen bewahren. Ich bin auch heute davon überzeugt, dass Sie an jenem aufsehenerregenden, *bis dato* unaufgeklärten Bilderdiebstahl nicht beteiligt gewesen sind. Als Kunstliebhaber sind Sie aber vor Verdacht nicht sicher, es kann sein, dass Sie – wie auch andere Sammler – es nicht als ehrenrührig erachten, sich auf zweifelhaftem Weg in den Besitz ihnen unzugänglicher Kunstschätze zu bringen."

„Ich denke nicht im Entferntesten daran, mir fremde Kunstwerke unrechtmäßig anzueignen ... Sie haben mich außerdem auf der Tagung der Schattensucher als Spitzel bezeichnet."

„Sind Sie denn frei von Schuld? Wer hat nicht bisweilen etwas geduldet und getan, was gegen seine Überzeugung ging. Als älterer Kollege, als Direktor der Anstalt, in der Sie tätig waren – –"

„Sie sind nicht Direktor gewesen, nie!"

„Wie denn nicht? Ich habe den Schulleiter freilich nicht hervorgekehrt, ich war ein Freund der Lehrkräfte. Als älterer Kollege habe ich gewusst, dass Sie im Grunde ehrlich, nur etwas schwach sind. Ich habe oft die schützende Hand über Sie halten können und tat das umso lieber, als ich wusste: Sie sind, trotz einigen Fehlern, ein redlicher Mensch."

„Protestieren muss ich dagegen, mir von Ihnen kleine oder große Schurkereien vorwerfen zu lassen. Sie haben mich im Kreis meiner Familie und vor den Behörden als Betrüger hingestellt. Ob Sie mir glauben oder nicht: Ich habe kein besonderes Interesse an dem Reußischen Haus."

„Vor mir, Herr Kollege, müssen Sie nicht verbergen, dass Ihnen daran liegt, es zu erwerben. Als ehemaliger Besitzer eines schönen Hauses in meinem Geburtsort – ich hatte gar mehrere Häuser, herrschaftliche Villen, ich war reich und angesehen – habe ich volles Verständnis für Ihr Streben. Vor mir müssen Sie nicht die Bescheidenheit hervorkehren ..."

Dieser Art waren seine Reden, er ließ sich nicht angreifen, jeder Vorwurf prallte von ihm ab.

Voll Widerwillen sagte Peter Gottlieb: „Sie sind ein Leben lang ein gewöhnlicher Mieter gewesen, keineswegs ein reicher Villenbesitzer. Ihre Existenz ist auch sonst auf Lüge gegründet, was Sie behaupten, ist fundamental falsch."

Egon Rosetzki fiel in freundlichem Ton ein: „Ich muss Sie ersuchen, ehrerbietiger zu sprechen. Auch wäre es gut, wenn Sie nicht mehr gegen uns agitieren. Fügen Sie sich! Es ist nicht ratsam, sich mit den Schattenverwaltern anzulegen. Wir sehen uns noch ..."

Lächelnd, auf seine geisterhafte Art, wandte er sich ab. Ein Zeichen mit der Hand ließ erkennen, er sei geneigt, andere anzuhören.

Peter Gottlieb kehrte wieder zu den Gewöhnlich-Sterblichen zurück. Ihm war das Zeremoniell und das Geschehen hier so ungewohnt, dass er beschloss, sich ein wenig in der U-Welt umzusehen und auch mit anderen ins Gespräch zu kommen.

Ein Livrierter trat jedoch auf ihn zu und sagte barsch: „Was wünschen Sie noch? Die Audienz ist für Sie beendet. Bitte auf der Rolltreppe das Gelände zu verlassen."

„Ja, ja ..." Gottlieb hatte es dennoch nicht eilig. Er schlenderte gemächlich über den Perron, er blickte sich um.

„Gehen Sie schon, Mann", rief ihm der Bedienstete nach, „wir haben ohnehin zuviel mit euch Balkanschlawinern zu schaffen."

Nun denn, Peter Gottlieb trat auf die Rolltreppe und ließ sich von ihr in die luftige Höhe tragen, die sich dann wieder zu einem Schacht verengte. Erwartungsgemäß wurde er auf der Plattform unter dem Odeonsplatz abgesetzt.

Stunden waren vergangen, seit er hier gewesen. Er stieg die letzten Stufen hoch, die ihn an die Erdoberfläche bringen sollten. Benommen von dem Verwirrenden des Tages beachtete er nicht, dass, längs auf einer Stiege, jemand lag, mit dem Gesicht zum Stein. Gottlieb trat über ihn hinweg und ging, ohne aufzusehen, weiter. Erst als er eine Hand auf seinem Arm fühlte, kam er zu sich.

Fräulein Britta blickte ihn mit ernster Miene an. „Was tun Sie, Herr Gottlieb?" sagte sie bekümmert, „beinahe haben Sie diesen Menschen auf der Treppe getreten und verletzt."

„Ja, was ist denn mit ihm?" erkundigte sich Gottlieb und schaute zurück, wo der Liegende immer noch unbeweglich verharrte.

Britta gab folgende Auskunft: „Das ist es ja, was der junge Mann ermitteln und erweisen will – wie gleichgültig ein Mensch dem anderen ist. Die Passanten sehen ihn auf der Treppe liegen, sie sind dazu bereit, ihn verrecken zu lassen, sie treten über ihn hinweg, sie verfolgen ihre Ziele, was schert sie der Mensch in der Gosse... Was haben Sie getan? Sie sind ebenso gleichgültig wie die andern. Ich kann dies Frau Findeis von der Stiftung der großen Gs gar nicht erzählen, sie würde sehr betroffen sein..."

Er rechtfertigte sich. „Ich habe den jungen Mann kaum wahrgenommen, ich war in Gedanken vertieft, ich bin auch recht erschöpft nach meiner Fahrt in die Unterwelt."

„Bitte keine Entschuldigungen", sagte Fräulein Britta bedrückt, „wie konnte das nur geschehen? Es gibt viele, die über ihn hinwegtreten und sich dabei gar nichts Übles denken, aber von Ihnen habe ich das nicht erwartet."

„Sie sollten mir vielleicht noch einiges von diesem jungen Mann sagen und auch, was Sie herführt. Kommen Sie nicht ein

223

wenig hinauf? Ich habe mich jetzt schon allzu lange in der Unterwelt aufgehalten."

Sie stiegen auf den Platz und promenierten eine Weile.

„Er liegt nun schon seit Tagen auf den Treppen, er ist Student. Viele machen einen Bogen um ihn, ohne wer weiß wie befremdet zu sein. Nur wenige fragen ihn, was ihn zu so merkwürdiger Demonstration bewege. Zur Antwort gibt er dann, er habe sehen wollen, wie lange es brauche, bis von den vielen, die vorbeieilen, einer stehen bleibt und ihn anspricht."

„Ich habe da in seinen und auch in Ihren Augen nicht bestanden. Was machen aber Sie hier?"

„Ach, ich wollte bloß sehen, dass sich kein Zwischenfall ereignet, kein Streit losbricht, wollte beschwichtigend eingreifen, wenn jemand – wie das schon vorgekommen ist – ihn mit Gewalt vertreiben will. Ich habe da solche Angst."

„Er müsste Ihnen recht dankbar sein. Aber er wird von Ihrem Einsatz vielleicht gar nicht wissen. Das ist schade, für ihn und für Sie."

„Jetzt muss ich aber gehen ..."

Kaum etwas von dem, was Peter Gottlieb an diesem Tag erlebt hatte, konnte er seinem Onkel und dessen Leuten erzählen – man lachte ihn vermutlich aus, wenn er ihnen die U-Welt des Odeonsplatzes geschildert hätte. So war sein Bericht etwas kärglich.

Im Übrigen erfuhr Gottlieb von Johann-Jakob, Tante Waltraut habe die Erklärung geschickt. Sie habe auch dem Bruder nahegelegt, in Onkel Bennos Schenkung einzuwilligen. Mit einer gewissen Erbostheit brachte Johann-Jakob dieses vor, er könne also nicht umhin und müsse sich fügen.

Als die Sache auf solche, für Gottlieb günstige Weise bereinigt war, fand Johann-Jakob für die Dauer des Abends zu guter Laune. Wie stelle Gottlieb sich seinen Aufenthalt in Freiburg vor, erkundigte sich der Hausherr. Der Gefragte meinte, Katjas Verwandtschaft werde ihn wohl beherbergen.

„Das ist gut", sagte Johann-Jakob, „denn du weißt vielleicht, Sergej ist ein etwas schwieriger Patron."

6.
Aufenthalt in Freiburg im Breisgau

Am Nachmittag stand Peter Gottlieb auf dem Flachdach eines recht hohen Gebäudes (es erreichte immerhin die Stockwerkzahl achtzehn), auf einer mit Ziergewächsen bepflanzten Terrasse. Diese gehörte zur Wohnung, in die sich Katjas Kusine und deren Familie eingemietet hatten, also sie selbst, der andernorts berufstätige Ehemann und die Kinder, zwei Schulmädchen.

Zur rechten Seite des Betrachters lag der von einzelnen Bäumen, doch auch ganzen Waldrevieren umgebene Moosweiher, in der Ferne erhoben sich die Rebenhänge des Kaiserstuhls. Vor ihm war städtische Landschaft ausgebreitet, Kuben der verschiedensten Größe, die die Höhe seines Standorts nicht erreichten, auch sie von Baumgruppen und Waldstreifen durchsetzt. Glitt der Blick nach links, erfasste er, unter dem Illenberg und dem Schauinsland, die Freiburger Innenstadt, erkennbar an dem Wahrzeichen der Ortschaft, dem Münsterturm.

Nicht gar so weit wollte Gottlieb heute gelangen, sein Ziel lag zwar in jener Richtung des Zentrums, doch etwas näher.

Unangefochten von technischen Neuerungen entfaltete sich der Sachschatten der Dinge, nun, bei klarer Luft, von wahrem Schwarz. Die Bäume zeichneten sich in unregelmäßigen, die Beschaffenheit der Krone anzeigenden, mehr oder weniger kompakten Ovalen dem Boden ein, von den Kuben fielen wie mit dem Lineal gezogene dunkle Flächen auf die Parkanlagen und Teerstraßen. Reizvoll muteten die Licht-in-Finsternis-Wandlungen der Bäume neben dem Moosweiher an. Trotz Stadtnähe war die Uferromantik noch nicht in hochgradige Urbanität umgesetzt und damit aufgehoben worden. Manche

Frauen sah man einen weitläufigen Farbschatten werfen, meist aber war dies Konterfei, bei unaufwendiger Gewandung, bei sparsam bedeckter Blöße der Männlein und Weiblein, nicht der Rede wert.

Auf den asphaltierten Boden schwebte Gottlieb mit einem Zeitvogel hinab (diese anmutige Metapher ist leicht erklärt: Er benutzte den Lift der Firma „Zeitvogel"), und er stieg in die Straßenbahn, die den nordwestlichen Außenbezirk Landwasser mit der Altstadt verband. Wie auch sonst auf der Reise trug er einen dem Touristen angemessen erscheinenden, unauffälligen Anzug, dessen Fischgrätenmuster, je nach Tageszeit und Beleuchtung, einen bald ins Graue, bald ins Braune weisenden Farbschatten auf den Boden heftete. Einen Strauß Nelken hatte Gottlieb besorgt, um bei Onkel Sergej und seiner Frau nicht mit leeren Händen anzukommen. Nachdem er die Bahn verlassen und das Freiburger Flüsschen, die Dreisam, überquert, brauchte es eine längere Weile, bis er den nicht allzu hohen Häuserblock erreicht hatte, in dem die Verwandten wohnten.

Auf das Klingelzeichen regte sich nichts. Gottlieb vergewisserte sich, die Adresse nicht verfehlt zu haben – ja, es war kein Zweifel, auf einem Postlädchen stand „Fam. Sergej A. Reuß". Dennoch war es vergeblich, die Glocke zu betätigen.

Nachdem eine geraume Zeit müßigen Wartens verstrichen war, brach Gottlieb unverrichteter Dinge auf. Es musste ein Missverständnis vorwalten. Und doch war gestern die Besuchsstunde eindeutig vereinbart worden. Der Onkel, dessen Stimme Gottlieb seit Jahren nicht vernommen, hatte noch gesagt, er freue sich, ihn wiederzusehen.

Er beschloss, durch das umliegende Stadtviertel zu spazieren und nach einer Weile wiederzukommen. Zu befürchten war freilich, Gottlieb würde auch später vor versperrter Tür stehen, doch wollte er nichts unversucht lassen, mit den hiesigen Reußen zu sprechen.

Nicht gerade bester Laune schlenderte er die Gassen einher. Wie freute es ihn in seinem Missmut, als er über einem Lebensmittelladen seinen Namen „Gottlieb" las! Unsichtbare Geister öffneten die Glastür vor ihm (wenn man sich so ausdrücken darf, im Grunde war es ein Mechanismus, der die Schiebewand in Bewegung setzte). Er trat ein und kaufte einen „Bäckerbuben", den er, wieder auf der Straße, sogleich verzehrte. Zum Kannibalen wurde er dabei nicht, der Bäckerbube war keineswegs – wie man vielleicht vermutet – ein Lehrling, sondern ein kleines Brot, in dessen Teig allerlei Früchte gemengt worden waren.

Zur Eingangstür der Reußischen Wohnung zurückgekehrt, war Peter Gottlieb auch diesmal nicht erfolgreicher. Und – um es vorwegzunehmen – wenn er in jenen Tagen versuchte, Sergej durch den Fernsprecher zu erreichen, gelang ihm dies nicht: Der Hörer wurde nicht abgehoben. War der Onkel auf Dienstreise gefahren, wie das oft geschah (er war Vertreter einer Schreibwarenfirma), oder verleugnete er sich, in der Annahme, wer weiß welchen unbequemen Forderungen ausgesetzt zu sein? Hatte Egon Rosetzki als „Aufklärer" auch hier ganze Arbeit geleistet? Durch diese Wendung der Dinge war freilich die Schenkung in Frage gestellt, ja, Peter Gottlieb konnte auf den Hausbesitz das Kreuz machen.

Andere hingegen brachten es zu etwas, beispielsweise der Namensvetter. Auf seinen Wanderungen durch die Stadt konnte der Siebenbürger noch einige Male „Gottlieb" in farbig prangenden Lettern lesen, und zwar stets über Lebensmittelläden. Von Katjas Kusine erfuhr er, es gebe in Freiburg und, darüber hinaus, im Badischen, eine ganze Kette von Geschäften der Gesellschaft Gottlieb & Co. Das Emblem der Firma gefiel ihm, es brachte Stärke und Humor zum Ausdruck – es zeigte einen Elefanten, dessen Rüssel eine Blume gefasst hatte.

Sah der Fremde in jenen Tagen dieses Zeichen, war ihm für eine Weile über alle Zweifel hinweggeholfen. Und dies umso mehr, als er noch aus der Schule wusste, wo sie Chamissos Erzählung über Peter Schlemihl durchgenommen hatten, dass Schlemihl im Hebräischen Gottlieb bedeutete und damit ungeschickte Leute bezeichnet wurden, wahre Pechvögel. Hier aber, jedermann konnte es leicht erkennen, gab es eine erfreuliche Ausnahme von der im großen Ganzen zutreffenden Regel.

In einem „Gottlieb-Markt" erstand er schwarze Tafeltrauben, tütete sie ein, damit einer schriftlichen Aufforderung nachkommend, band den Plastikbeutel zu, wog die Rebware ab und zahlte bei der Kasse etliche „Piepen". Auch anderes kaufte er bei seinem tüchtigen Namensvetter und dessen Kompagnons, ja er lebte, mit seinen Gastgebern, zum guten Teil von Gottliebs Vorräten, was ihn leiblich und seelisch ungemein stärkte.

Eines Tages glaubte er sich so vollkommen gekräftigt, dass er es wagen durfte, in das Münster einzutreten. Gelegentlich war er zwar schon um es gestrichen, doch meinte er, bei verminderter Erlebnisfähigkeit, bei der inneren Kälte, von der Britta gesprochen hatte und die ihn hin und wieder anwandelte, müsse er die Betrachtung des Bauwerks verschieben.

Im Begriff, von der Südseite durch eines der Portale hineinzugehen, sah Gottlieb inmitten einer Touristenschar Frau Lieselotte Findeis. Auch sie hatte ihn erkannt, sie löste sich von der Gruppe, und die beiden begrüßten einander.

Unvermutet habe es sich ergeben, klärte sie ihn auf, Gäste ihrer Stiftung durch Süddeutschland zu geleiten. Dann erkundigte sie sich, was er noch erlebt habe.

In wenigen Sätzen schilderte er, wie es ihm in Stuttgart und München ergangen. Was den Schattenerwerb betreffe, vermöge er eigentlich nicht zuversichtlich zu sein. Außerdem habe er versucht, eine Hausangelegenheit zu klären, doch sei sie in eine Sackgasse geraten, aus der er sie schwerlich wieder hinausmanövrieren könne.

Sie sagte mit verhaltenem Feuer: „Gewiss, unsere Stiftung fördert Ihre Anliegen, daran dürfen Sie keinen Augenblick zweifeln. Aber wer länger drinnen weilt", sie wies auf die behauenen Steine, „wie unsere Gruppe an diesem Vormittag, wird die eigenen Wünsche anders beurteilen lernen. Wir sollten weniger nach einem Haus streben als nach Wohnstätten des Geistes. Und der Schatten darf uns nicht so wichtig sein, wir wenden uns lieber dem Licht zu. Achten wir darauf, wie es durch die farbigen Scheiben bricht und die Dunkelheit überwindet, wird uns der Verlust des Schattens nicht mehr bekümmern."

Lieselotte Findeis machte Anstalten, zu ihrer Gruppe zurückzukehren.

Da besann er sich und sagte: „In einigen Tagen werde ich wieder in Frankfurt sein. Sie sind ja wohl in der Stiftung zu finden?"

„Ich weiß es nicht", war die Antwort, „ich habe diese Gruppe zu betreuen. Meine Kollegen aber werden Sie freundlich empfangen. Sie können auch wieder im *Tor-Hotel* wohnen. Melden Sie sich nur zeitgerecht an. Leben Sie wohl. Servus!"

Diesen aus ihrem Mund unerwarteten Gruß zurückgebend, schüttelte er die ihm gebotene Rechte und tauchte dann ins Halbdunkel des Kirchenraums ein.

Kreuz und quer strich Gottlieb durch die Halle und war bemüht, eine Übersicht zu gewinnen. Als dies nicht gelingen wollte, begnügte er sich, zu versuchen, seine Benommenheit zu überwinden. Bei dem Gewoge der Besuchermassen, bei ihrem ständigen Getuschel brachte er auch dies nicht fertig. Resignierend sagte er sich, ein Dom, an dem viele Generationen gebaut hatten, könne wohl nicht in einer Stunde erfasst werden, man habe sich deshalb gehörig auf Einzelheiten zu beschränken und eine gründlichere Kenntnis des Bauwerks zukünftigen Gelegenheiten zu überlassen.

Was lag unter den gegebenen Umständen näher, als die Fenster zu studieren, um zu sehen, wie sie das Sonnenlicht einließen, nach dem man (die Aufforderung von Lieselotte Findeis war ihm noch im Ohr) seine Blicke richten solle, um festzustellen, wie es in farbige Gestalten und buntes Geschehen verwandelt wurde und freilich auch in Schatten, damit die Erde und ihre dunklen Gebilde nicht vergessen seien. Eher dumpfen Sinnes – beklagen musste Gottlieb seine nicht auf der Stelle herbeikommandierbare Bereitschaft, das Erhabene zu erfahren – nahm er die ihm aus Abbildungen bekannten, oft gepriesenen Radfenster wahr, in denen sich die Sonne, nach anderen Deutungen gar das Weltall oder das Ordnungsgesetz des Schöpfergeistes aussprachen. Er fühlte sich klein, zum Schatten seiner selbst vermindert, er war in diesem gewaltigen Dom nichts anderes als ein recht matter Farbfleck auf den Steinfliesen.

In seiner unnennbaren Verlegenheit unternahm Gottlieb, was auch andere tun, um aus dem Staub, der obskuren Zweidimensionalität eines Schattens sich wieder zu einem seiner selbst halbwegs bewussten dreidimensionalen Wesen zu erheben: Er stieg auf den Turm.

Auf der Höhe von mehr als zweihundertfünfzig Stufen, von einer achteckigen Plattform hatte man, aus großen Öffnungen, den Blick auf die Stadt, doch erschien nicht so sehr die Aussicht auf Dächer, Mauern und Straßen aufregend, sondern jene ins Innere des Turms, in die „Pyramide", die vielgerühmte, rühmenswerte Fügung des Maßwerks, das Licht und Luft selbst in den hohen Lagen den Stein durchbrechen ließ.

Von der – für den Betrachter – obersten Stelle, einem Umlauf, war die Sicht hinab auf die Plattform, die er soeben verlassen, in die sogenannte „Laterne", ebenfalls eigenartig: Die kühne Konstruktion wurde einem deutlich, das tragende Gerüst, das die Freiräume zwischen dem massigen oder dem filigran gefügten Stein zur Geltung brachte und die Schau auf die städtische Szene jenseits kostbar machte. Der Eindruck luftig-leichter, auf Licht bedachter Bauweise herrschte vor, und doch konnte Gottlieb, die Mauer abschätzend und betastend, gewahren, wie respektabel dick sie war.

Vor allem auf den Blick in die inneren Verschattungen kam es ihm also an. Dennoch versäumte Gottlieb es nicht, auch auf die Menschenwelt hinabzusehen. Wenn er auch nicht hoffen konnte, jemanden in der Tiefe zu erkennen, so zog ihn das geschäftige Treiben der klein anmutenden Wesen doch an.

Das Marktleben aus dieser Perspektive betrachtend, ahnte er, auf dem Platz gehe Egon Rosetzki auf und ab, um dergestalt die Zeit hinzubringen, bis Gottlieb die Kirche verlasse. Ja, jener werde ihn erwarten und ansprechen, draußen, denn in das Innere des Münsters wagte sich seinesgleichen Nachtgelichter wohl nicht, es hatte seinen Platz jenseits der Wände oder bestenfalls an ihnen: Die steinernen Dämonen und anderen Gesellen des Satans waren an der Außenseite des Baus angebracht.

Durch welches Portal Gottlieb auch immer auf den Münsterplatz trete, ob im Süden oder Norden, Egon Rosetzki werde ihn finden. Mit dieser Gewissheit kam er von der Wendeltreppe und aus dem Kirchenschiff wieder ans Sonnenlicht.

Seine Vermutung war richtig: Kaum ging er zwischen den Ständen der Blumenhändlerinnen einher, rückte Rosetzki schon gewichtigen Schrittes an.

„Auf ein Wort, Kollega!" ließ er sich vernehmen.

Gottlieb blieb stehen und musterte den Schattenverwalter unfreundlich.

„Kann ich Sie als glücklichen Villenbesitzer begrüßen?"

Als Gottlieb den Kopf schüttelte, fuhr jener fort: „Ich wusste es ja. Und Schatten haben Sie auch keinen. Sie haben sich offenbar nicht an die richtigen Helfer gewandt. Mir wäre es ein Leichtes, Ihnen die Verzichterklärungen in der kürzesten Zeit zu beschaffen..."

Rosetzki sah Gottlieb lauernd an.

Dieser aber wehrte ab: „Es ist vielleicht noch zu früh für die Schenkung ... was Sie aber gar nichts angeht!"

„Und einen dauerhaften Grauschatten könnte ich Ihnen ebenfalls besorgen. Hat es Ihnen unlängst in Stuttgart nicht gefallen, einen zu besitzen?"

Gottlieb fühlte großes Unbehagen in Rosetzkis Nähe. „Von Ihnen werde ich nichts annehmen", brachte er hervor, „niemals!"

„Verschwören Sie sich nicht! Sehen Sie sich zuerst einmal an, wie es auf dem Frankfurter Schattenmarkt zugeht. Der findet in wenigen Tagen neben der »Hauptwache« statt. Verpassen Sie die Gelegenheit nicht!"

„Einen Schattenmarkt gibt es dort?" fragte Gottlieb und sah sich mit einem Mal, gegen seinen Willen, mitgerissen, „mit welchen Preisen muss man dort für einen ordentlichen Grauschatten rechnen?"

„Mit ein paar Märkern", entgegnete Rosetzki angelegentlich, „Sie werden sehen, es ist erschwinglich. Kunden aus dem Ausland können gar mit einem Preisnachlass rechnen."

Gottlieb überlegte, in einer bestimmten Frage wollte er Klarheit erlangen. „Bisher habe ich immer geglaubt", begann er tastend seine Gedanken zu formen, „einen Schatten zu erwerben sei, wenn sich nicht redliche Wege beschreiten lassen, ein Geschäft mit dem Teufel. Man schließt einen Vertrag, unterzeichnet ihn mit Blut, und der Preis ist allemal die Seele des Betreffenden. Ist das auf dem Frankfurter Schattenmarkt anders?"

„Der Pakt mit dem Teufel, die Unterschrift mit Blut, der schmähliche Abtransport der Seele in die Hölle – dass ich nicht lache! Dieses sind Phantasmagorien der Dichter. Doch selbst wenn wir, für einen Moment, bei deren Vorstellungen bleiben – was sollte der Teufel mit den vielen Seelen? Er ist kein Verwalter, kein Administrator, wie man zu glauben versucht ist, auch keine Person im landläufigen Sinn, sondern eine gestaltlose Macht. Was diese wünscht, ist Unterordnung, und einer solchen ist die Seele hinderlich. Sie wird im Lauf von Jahren allmählich geformt, ein Vorgang, der gemeinhin gegen jene geheimnisvolle Macht gerichtet ist. Das Ziel ist deshalb, vereinfachend gesagt, Seelenlosigkeit. Schrecken Sie vor dem Wort nicht zurück, es liegt eine bedeutende Lebenserleichterung darin."

„Und jener Macht haben Sie sich verschrieben? Sie waren doch früher Lehrer, ein Erzieher zur Seelenhaftigkeit. Ich will mit Ihnen nichts mehr zu tun haben!"

Rosetzki zuckte die Schultern. „Auf Wiedersehen in Frankfurt!" sagte er, wandte sich ab und ging davon.

„Niemals sehen wir uns wieder!" rief Gottlieb ihm nach.

Erregt und deshalb halb blind ging Peter Gottlieb durch Alt-Freiburg. Was hatte er heute noch vor? Richtig – das Reisebüro... Auf einer unfern gelegenen Burg war, laut Plakaten, die er flüchtig betrachtet hatte, eine Ausstellung zum Thema „Zauberer und Hexen" eingerichtet worden. Ob sich dort erfahren ließ, wie man einen Schatten errang?

Nach dem Gespräch mit Egon Rosetzki erschien es indes nicht angezeigt, zur Burg zu reisen und sich noch weiter mit Trug und Spuk zu befassen. Hände weg von Zauberern und Hexen, sagte sich Gottlieb. Hatte er nicht schon zu sehr mit ihnen paktiert? So unterließ er es, sich im Reisebüro unterrichten zu lassen, wie man zu jener Burg gelange. Und in Frankfurt, beschloss er, werde er sich bei der Hauptwache nicht blicken lassen, vielmehr wollte er die Stiftung der großen *G*s besuchen und sich den Sehenswürdigkeiten der Stadt zuwenden.

7.
Wieder in Frankfurt

Die Hochhäuser waren verwegener gebaut, als er es von daheim und auch von dieser Reise her gewohnt war. Auf recht schmalen Sockel gegründet, bestanden die steil nach oben getriebenen Quader nicht nur aus Beton, sondern mitunter aus recht viel Glas oder glänzendem Metall, aus Flächen, die ihre Umwelt widerspiegelten.

Bemerkenswert fand Peter Gottlieb vor allem zwei benachbarte Bürotürme, die – bis auf gemeinsame Fundamente voneinander unabhängig – die gleiche Höhe erreichten. Es waren Bankgebäude, deren Außenwand aus einer Art Spiegelglas gefügt war, so dass sie die Häuser und Bäume ringsum abbildeten, oben jedoch den Lichtreflex des verschwisterten Gegenübers zur Geltung bringen konnten. Von mehreren Seiten betrachtete er dieses imponierende Doppelgebäude, das, je nach Tageszeit und auch nach seinem eigenen Standort, die verschiedenartigsten optischen Eindrücke hervorrief.

Diese und andere Hochhäuser forderten durch Licht- und Schatteneffekte oder durch die beeindruckende Linie sein staunendes Auge zur Bewunderung heraus, aber sie jagten ihm, dem Fremdling aus einer – zwar zerfallenden, aber immerhin noch bestehenden – patriarchalischen Welt, auch Angst ein, sie beunruhigten ihn zumindest. Welche Helligkeit, welche Art Schatten waren in ihrem Radius üblich, was galt hier? Er kam nicht recht dahinter.

Wie sollte er auch? Gottlieb sah Baugerüste der Firma „Hochtief" und fand die Verschmelzung, die verwirrende, das Urteil erschwerende Gleichordnung des einen und anderen bezeichnend. Das Hohe war tief und *vice versa*, so wollte es das Bauunternehmen. Ein andermal las er auf einem noblen Einkehrhaus die Reklamewendung „... das kleine Grand Hotel". Und so war noch manches hier, klein und groß zugleich, alt/neu, heil/kaputt, friedfertig/angriffslustig. Welcher Waldläufer aus dem Karpatenland konnte sich da noch auskennen?

Es wäre aber ungerecht, wenn er bei diesen Feststellungen stehen bliebe und jene Menschen nicht rühmte, die ihm freundlich entgegenkamen, die, mitunter ohne es zu wissen, durch ihr Gespräch dafür sorgten, dass die Nachtmahre ihn nicht allzusehr bedrängten; die ihm das Gefühl vermittelten, er sei auf Verständnis gestoßen und habe andrerseits mit Gewinn an ihrem Schicksal teilgenommen. Den guten Menschen von Frankfurt war gar eine Straße gewidmet worden, durch die Gottlieb einmal zufällig gegangen, die Gutleutstraße.

Wieder saß Gottlieb dem Bärtigen in der Stiftung der großen Gs gegenüber, in dem an ein Archiv gemahnenden Arbeitsraum, und erzählte von seiner Reise, auf der er viel gesehen und erlebt und bloß mit einem einzigen Widersacher zu schaffen hatte, mit Egon Rosetzki, einem vergeblichen Menschen. Gottlieb sei im Großen zufrieden gestellt, wenn er auch nicht alles erledigen konnte, was er sich vorgenommen.

Der Bärtige forderte ihn auf, sich nicht entmutigen zu lassen. Man werde in Verbindung bleiben, Gottlieb könne jederzeit an die Stiftung appellieren, und sie werde ihm, nach Möglichkeit, behilflich sein. Wie man sehe – der Bärtige nahm dies mit Genugtuung wahr –, habe es Gottliebs Gesundheit nicht geschadet, im Flugzeug der Schattenverwalter hergereist zu sein; für die Rückfahrt rate er allerdings, den Zug zu benutzen.

Er erinnerte Gottlieb daran, als Lehrer und Erzieher im Sinne der großen Gs zu wirken, was nichts anderes heiße, als seelenlosen Mächten zu widerstehen. Jeder, der sich der Erziehung widme, leiste ein gutes Werk. Er gebrauchte einen Ausdruck, der den Gast zutiefst beschämte, wenn dieser an seinen bescheidenen Wirkungskreis dachte, der Bärtige nannte Gottlieb und seine Kollegen, die sich den Idealen der großen Gs verschrieben hätten, „Hoffnungsträger" der Stiftung.

Wenn der Bärtige wüsste, wie ohnmächtig sich Gottlieb fühlte, wie sehr seine Gedanken, seine Empfindungen vom Alb, vom Nachtmahr angegriffen waren. Diese Worte drängten sich ihm in jenen Tagen wiederholt auf, er hatte ein Bild gesehen, das ihm half, zu äußern, was er nur schwer in eigene Worte zu kleiden vermochte: In einem Museum der Stadt sah der Alb auf einem Gemälde so aus, wie man sich den Märchenteufel vorstellt, gehörnt, tierisch, und doch war er auch ein Zerrbild des Menschen, ein schadenfrohes, zynisches Lächeln im Gesicht. Neben ihm schnaubte es, zu sehen war der Nachtmahr, ein Pferdekopf mit weit aufgerissenen glasigen Augen.

Manch einer, der das Bild in unserer Zeit betrachtete, mochte wohl meinen, sein Gegenstand wäre abgelebt und abgetan, niemand fürchtete sich heute vor dem Nachtmahr. Gottlieb war da anderer Meinung, der Quäler trieb sein Unwesen auch heute noch und setzte diesem so, jenem anders zu.

War es nicht der Nachtmahr gewesen, der hier im Ort einen aus südöstlichen Breiten stammenden Dichter so behelligt hatte, dass dieser sich aus dem hoch gelegenen Fenster der Wohnung in den Hof hinabstürzte und zu Tode fiel?

Bei Gottlieb nahm das Zerwürfnis mit dem Verderber nicht so aufregende Formen an. Vielmehr fühlte er sich ausgelaugt und erschöpft, durch die kleinen Peinigungen, das eher unerhebliche Gepiesack des Boshaften, der nicht in deutlich wahrnehmbarer Gestalt zu erkennen war, sondern bloß gelegentlich, und auch dann in recht unscharfem Licht, seine Fratze zeigte, sein höhnisch geblecktes Gebiss.

Der Mahr, die Mahre – das waren die Schatten, die aus der Vergangenheit in die Gegenwart fielen und Gottlieb ereilten, das waren für ihn, den Lehrer, nicht wenige Schul-Schatten. Wieviel war er den Schülern schuldig geblieben, wieviel hatten sie ihm verweigert! Das alltägliche, das stumme Einander-Mustern war da, der wechselseitige Vorwurf, der das Unentrinnbare der Lage meinte: Dieses seid ihr, dieses bin ich, wir müssen miteinander verkehren, ihr empfindet es als Gängelei, es wird euch viel eingetrichtert, anstatt erweckt zu werden, stumpft ihr ab, ein Lehrstoff steht zwischen uns, eine Stundenplan-Ordnung, die mächtiger ist als wir alle...

Unter solchen Umständen war es eine höchst begrüßenswerte Ausnahme, wenn eine Schülerin, ein Schüler an den Erzieher mit einem Anliegen herantrat, mit einer Frage, und sei es auch nur, um sich zu erkundigen, ob Chamisso mit der Erzählung *Peter Schlemihls wundersame Geschichte* einen Zweck, eine lehrhafte Absicht verfolgt habe. Und was sei mit der Schattenlosigkeit der Hauptgestalt sowie mit der – schwer begreiflichen – Schattenhaftigkeit der übrigen Personen gemeint?... Aber der Mahr war argwöhnisch, er beeinträchtigte solche Fragelust, und vieles blieb unausgesprochen.

Der Zustand der Ermattung leitete sich bei Gottlieb nicht nur von Schulischem her, er betraf natürlich auch anderes in seinem unhymnisch-misericordischen Dasein. Spöttisch, wie es dem Nachtmahr beliebte, sagte er Gottlieb, dieser sei ein Versager im Ensemble des Versagens, er sei ein verbaler Typ unter lauter verbalen Typen, die glaubten, schlichtweg alles lasse sich durch Wortpurzelbäume, durch Wortgefälle regeln. Gottlieb packte manchmal der Abscheu vor den Belanglos-Worten reiner Nichtigkeit, die sich als solche nicht aufspießen ließen. Es war ein Elend mit dem Nachtmahr, diesem Miesmacher, und war ein Elend mit ihm, dem Peter Gottlieb Hau-mich-blau. Unsäglich war, wie der Nachtmahr, dieser Krematoriums-Platzmajor, Gottlieb zu schaffen machte, ihm Katzenjammer bescherte, Gottlieb, diesem Festfladenvertilger, diesem anachronistischen Hanklichesser, der sich nur selten als Mensch unter Menschen fühlen durfte, öfter hingegen als Kreatur unter Kreaturen, als Schelm unter Schelmen...

Peter Gottlieb hatte sich also vorgenommen, die Hauptwache und den Schattenmarkt zu meiden. Solches war freilich leichter gedacht als getan. Die Hauptwache, das auf freiem

Platz stehende Kaffeehaus, ein altertümliches Gebäude mit doppeltem Dachboden, in der Barockzeit für die Stadtwache errichtet, war ein Mittelpunkt Frankfurts, zu dem er unwillkürlich immer wieder seine Schritte lenkte, schon weil im Untergrund eine ausgedehnte, ringförmige Fußgängeranlage mit Kaufläden und, tiefer, Bahnsteige angeordnet waren.

Stand Gottlieb oben auf dem Platz, konnte er den Gedanken schwer verscheuchen, dass sich am kommenden Sonntagmorgen hier der Schattenmarkt abspielen würde. Bald war er in der Verfassung, diesen Gedanken nicht mehr abwehren zu wollen: Ein wenig zusehen, was dort geschah, mochte nicht schaden, er durfte sich bloß um die Angebote von Rosetzki und Genossen nicht scheren.

Dass Gottlieb, sich den Anspruch auf Zugang einräumend, im Begriff war, etwas Unrechtes zu tun, war ihm freilich auch bewusst. Wurde er jedoch an die Stiftung der großen *G*s erinnert, drängte er sie und ihre Welt in seiner Vorstellung zurück, und Lieselotte Findeis, die strenge Mahnerin, die Frau mit dem unbestechlichen Blick, war weit.

Vom *Tor-Hotel*, wo Gottlieb wieder untergebracht war, spazierte er an jenem Sonntagmorgen zur Hauptwache und schlenderte durch den unterirdischen Passantenring, in der Absicht, noch rasch etwas zu sich zu nehmen, bevor er sich zum Platz um die ehemalige Stadtwache hinauf begebe.

In einem amerikanischen Restaurant, das gewöhnlich von Kindern und Jugendlichen besucht wurde – in „Mc Donald's" Gastwirtschaft – bestellte er die unvermeidlichen *Pommes frites*, diese in eine Papiertüte gesteckten Kartoffelstäbchen, dazu Getränke.

Er näherte sich einem kaum besetzten Tisch und wollte sein Tablett abstellen, da glitt von diesem der Plastbecher voll Orangensaft. Die Flüssigkeit ergoss sich auf den Boden, sie bespritzte die Hose und die auf den Boden abgestellte Tasche eines Burschen, der an dem betreffenden Tisch saß.

Auf Gottliebs Entschuldigung hatte jener nur Worte gelassener Entgegnung. „Nimm's leicht", ersuchte er den Ungeschickten und griff wieder nach seiner Zeitung, einem englischen Blatt.

Gottlieb rief einen jungen Mann, dessen Käppi erkennen ließ, er sei hier bedienstet, und zeigte ihm die Bescherung. Dieser brachte einen großen Lappen und wischte auf. Hierauf wollte Gottlieb ihm, der schnurrbärtig war und ein wenig schielte, eine Münze zustecken, die, nach landläufigen Begriffen, nicht zu gering erscheinen mochte, um aus diesem Grund zurückgewiesen zu werden.

Doch der junge Mann wehrte ab: „Ach, lassen Sie man, dies ist meine Arbeit, ich mache das doch immer wieder." Zweifellos gehörte er zu Frankfurts guten Leuten.

Nun setzte Gottlieb sich neben den Zeitungsleser, aß die gebackenen Kartoffeln und trank den erfreulicherweise nicht verunglückten Kaffeebecher leer, dann erhob er sich.

Sein Tischnachbar sah auf. „Mach's gut!" sagte dieser zum Abschied. Mit seinem geduldigen, ja heiteren Verhalten hatte auch er seine Frankfurter Gutartigkeit erwiesen.

Die gewissermaßen schon aus Gottliebs Besitz gelöste Münze fiel in den Geigenkasten eines Streicherquartetts, das in der Nähe von „Mc Donald's" alte Gutleutmusik spielte. Erwartungsvoll eilte Gottlieb auf den Schattenmarkt.

Dies war, wie er sich bald überzeugen konnte, eine etwas hochgegriffene Bezeichnung. Das Geschehen spielte sich auf verhältnismäßig geringer Fläche ab und entsprach ungefähr dem Treiben, das man auch sonst, bei schönem Wetter, in den Hauptgeschäftsstraßen deutscher Städte erleben konnte, entsprach den Reklamekundgebungen, Schaustücken der Pantomimen und Tänzer, den musikalischen Darbietungen, zu denen sich ein, sei es kleineres, sei es größeres, Gelegenheitspublikum zusammenfand und den Verheißungen der Werbung sowie den Programmen der Interpreten, oft wirklichen Könnern, beiwohnte. Sich umsehend, versuchte Gottlieb zu erkennen, ob Egon Rosetzki in Reichweite sei. Befriedigt stellte er fest, dass jener sich nicht blicken ließ.

Neben einer Brüstung, die den Raum um die Hauptwache an der einen Seite abgrenzte und gliederte, neben dieser steinernen Erhöhung, auf der man sonst Jugendliche hocken, Erfrischungsgetränke aus Büchsen trinkend oder zu mancherlei Zeitvertreib vereint sehen konnte, war ein schwarzhaariger Mann von gelblicher Gesichtsfarbe postiert.

Er sprach auf eine Puppe ein, auf ein vielleicht zwei Spannen hohes Zappelmännchen. Dessen Leib war aus Pappe wie auch der darauf gesetzte Kopf mit dem durch wenige Linien gezeichneten schalkhaften Gesicht. Die Gliedmaßen bestanden bloß aus Schnüren, denen unten zierliche Kartonhände respektive Kartonschuhe angeheftet waren. Der arme Wicht konnte also schwerlich auf den eigenen Füßen stehen, und dennoch hielt er sich in aufrechter Stellung und vermochte sich gar flott zu regen, wobei seine Arme die Bewegungen des Körpers artig mitvollzogen.

„*Voilà!*" rief sein Herr und Meister, „hier ist Bernard, *le petit Alsacien. Assieds, assieds!* Setz dich!"

Das Männchen gehorchte und ließ sich nieder, zwar mit verdrehten Beinen, und verhielt sich still.

„Auf, auf!" hörte man den Gebieter, „*courage*, du willst dich endlich bewegen?"

Langsam wurde dem Befehl stattgegeben.

„*Danse!*" hieß es weiter, „*oh, diable! Danse, danse!* Oder du verstehst nicht? Oh, Schande, Schande. *Déplorable!* Du Faulpelz! Warte, gleich du springst ..."

Tatsächlich begann das Männchen nun zu hopsen, als würde es tanzen.

„Bravo, bravo, *très bien,* sehr, sehr gut ... Bernard mit dem schönen Schatten ... Genug!" wurde dem Männchen befohlen, und es hielt ein, musste sich dann wieder setzen, darauf kam das Kommando: „Aufstehen, *camarade,* na, und schon! Ich schlag dich, ah ... *attention* ... Wo ist Bernadette? Wo ist Antoinette? Sie kommen gleich tanzen. *Danse, danse!*"

In diesem Stil ging das weiter, mit viel Wiederholungen. Bernard funktionierte, er führte alle Bewegungen aus, wenn auch mit einer gewissen Verzögerung, die in der – leicht durchschaubaren – Absicht seines Gebieters lag. So leibarm er auch war, warf er im hellen Strahl der Vormittagssonne einen ganz manierlichen Schatten.

In Plastiktüten verpackt lagen etliche derartige Männchen auf dem Boden, zum Kauf ausgestellt, der bescheidene Preis von fünf Mark war auf ein Stück Karton geschrieben. Die Sache war nicht mysteriös, sondern bloß trickhaft. Eine drahtlose, elektronische Anlage schien am Werk, etwa wie sie benützt wird, um das Fernsehgerät einzuschalten und zu bedienen. In der Nähe des Männchens, an der Mauer lehnend, stand eine Frau, ihre Aufmerksamkeit allein Bernard zugewandt. Über die eine Schulter geworfen trug sie eine Jacke, die ihre Hand verbarg – dort mochte das Gerät versteckt sein, mit dem sie es fertigbrachte, das fidele Spottgebilde in Bewegung zu setzen.

Erwachsene Zuschauer folgten Bernards bescheidenen Künsten recht belustigt, doch da sich, trotz allem Aufwand des *Maître,* zu wenig Abwechslung ergab, trat auf die Gesichter bald Skepsis.

Anders war es bei Kindern, die den possierlichen Bewegungen der Puppe, ihren Spassetteln ohne Ende zusehen konnten und ihre Eltern oder Begleiter bedrängten, ihnen einen so munteren Gesellen zu schenken.

„Nicht dass du kaufst!" hörte Gottlieb hinter sich eine Frau, und es war ihm, als könnte er an der im Hochdeutschen unüblichen Wortfolge, an der vorangestellten Negation, wie auch am Tonfall der Rede die siebenbürgische Landsmännin ausmachen. Gottlieb wandte sich um, indes war ihm weder die

Frau bekannt noch der Mann, zu dem sie sprach und der offenbar versucht war, einen Zappelmann zu erstehen.

Die Ablehnung wurde auch begründet: „Hier wird geschwindelt. Ginge es mit rechten Dingen zu, würden doch alle Leute kaufen. Sicher ist der Apparat teuer, mit dem man das Spielzeug antreibt."

Eine andere Menschengruppe umstand in weitem Kreis einen pausenlos Sprechenden, der als Demonstrationsobjekt einen Burschen und ein Mädchen neben sich hatte. Ihre wohlgestalteten Körper waren von Kopf bis Fuß in schwarzes Trikot gehüllt. Die Gesichter, an sich schön zu nennen, waren von dem Mangel an Ausdruck gekennzeichnet, den man gelegentlich in den Abbildungen der Modejournale vorfindet. Zwanglos bewegten sich die beiden hin und her, auf leichten Sohlen. Muss noch gesagt werden, dass ihre Schatten prägnant auf den steinernen Boden fielen?

Hier ging es übrigens nicht marktschreierisch zu, Gottlieb fühlte sich eher an den Reklamestand vor einem Kaufhaus erinnert, an dem ein wortgewandter Mann für eine besondere Art von Tapeten warb, die das Bisherige auf diesem Gebiet weit hinter sich ließ. Die Sprechweise des Tapetenspezialisten war werktagsmäßig gewesen und nur gelegentlich, beispielsweise, wenn jemand eine Frage einwarf, durch anspruchsvollere Wendungen ins Festliche erhoben, etwa durch Höflichkeitsbezeugungen wie „meine Damen", „gnädige Frau", „geehrter Herr".

So wie jener Werbefachmann in seinen Sätzen einen einzigen Zyklus durchlief, nämlich vom Beschaffen der unvergleichlichen Wanddekoration bis zu ihrem Verkleben mit dem richtigen Werkzeug und nach den geeignetsten Verfahren, einen Zyklus, der dann gleichsam ins Unendliche wiederholt wurde, so auch hier.

Etliche Male hörte Gottlieb sich also von *A* bis *Z* die Rede des Mannes an, dieses Schattenverwalters, der, trotz aller sein Geschäft erleichternden Routine, das Brot nicht leicht verdiente und schon sichtlich müde war, wiewohl bemüht, die Abgespanntheit zu verbergen.

Er sagte in seinem unrhetorischen Ton ungefähr folgendes:

„Sie haben Bernard, den kleinen Elsässer, gesehen, nicht wahr? Er hat einen Schatten, weil er eigentlich ein Ding ist, er besteht aus Pappe und Schnüren. Wir Menschen haben keinen Schatten, er wurde von unseren Vorfahren verkauft, wir haben aber immer noch eine Seele. Wo diese sich nicht so aufdringlich bemerkbar macht, ist auch unser Schatten wieder da.

Meine Damen und Herren, die Seele stellt sich unserem Wohlbefinden in den Weg. Sie leitet uns in die Irre und ist an allen unseren Zwiespalten schuld. Was können wir tun? Nicht, dass ich Ihnen raten würde, wir sollten sie abschaffen. Schließlich sind wir Menschen und wollen ohne sie nicht leben. Aber wir dürfen es nicht gestatten, dass sie uns unterjocht. Betrachten Sie diese beiden jungen Menschen. Sie haben beschlossen, sich von der Seele nicht tyrannisieren zu lassen.

Wollen nicht auch Sie einen Grauschatten erwerben? Vermissen Sie ihn nicht schon länger? Fühlen Sie nicht, dass Ihnen etwas fehlt?

Probeweise kann die Vereinigung der Schattenverwalter jedem Käufer einen anheften. Um den Betrag von zehn Mark. Man muss nur einen Augenblick in den Kreis vor mir treten. Hier, hier ... ja ... Bitte es zu versuchen. Die Bedingungen, um ihn dauernd zu besitzen, erfahren Sie dann in unserem Büro, unten in der Passage."

Vor allem jüngeres Volk entrichtete die geforderte Summe und trat, wie bei einer Rummelplatzbelustigung, einem Sonntagsvergnügen, in den Kreis, einen schmalen, metallenen Reifen von etwa einem Meter Durchmesser, und verließ ihn von eigenem Schatten begleitet. Es war allerdings kein großer Andrang, keine besonders hohen Einnahmen verzeichnete heute die „Vereinigung der Schattenverwalter in der Industriegewerkschaft Lampe und Licht" (so eine Firmenbezeichnung auf der Mauerbrüstung).

Die herumstehenden Leute waren nicht darauf angewiesen, dies Angebot jetzt wahrzunehmen, sie konnten auch später einmal darauf eingehen. Bei Gottlieb verhielt es sich etwas anders: Morgen verließ er das Land, und es stand in den Sternen, wann er wieder Gelegenheit haben würde, nach Frankfurt zu fahren. Er musste also zugreifen, wollte er einen Grauschatten haben, denn daheim gab es kaum Möglichkeiten, sich einen solchen zuzulegen.

Als der Schattenverwalter in seinen Anpreisungen wieder einmal zu jenem Punkt gekommen war, zu sagen, die Bedingungen für den Erwerb eines Dauerschattens würden einem unten in der Passage mitgeteilt, fragte Gottlieb, ob es nicht anginge, die Umstehenden aufzuklären, welche es seien.

„Sehr gerne, mein Herr", meinte der Schattenverwalter, „es sind keine Geheimnisse. Zweierlei muss beachtet werden, wenn man seinen provisorisch erworbenen Grauschatten dauernd behalten will: Der Betreffende muss den Leitsätzen unserer Vereinigung zustimmen, was jedem gerecht urteilenden und fair handelnden Menschen nicht die geringsten Schwierigkeiten bereitet, und er hat sich – zu volkstümlichen Preisen – einen Apparat zu besorgen, durch den die Intensität des Schattens geregelt werden kann."

Dies erschien einleuchtend und verlockend, Gottlieb vermochte weiter nicht zu widerstehen, er reichte dem Schattenverwalter einen Geldschein und trat in den Kreis. Ohne eine Veränderung in seinem körperlichen und auch seelischen Befinden gespürt zu haben, entfernte er sich mit dem gewünschten Zubehör, um in der Passage das Weitere zu veranlassen. Er hoffte, nur kurze Zeit im Büro der Schattenverwalter zu verweilen.

„Peter Gottlieb!" Er hielt ein und suchte festzustellen, wer ihn gerufen. Frau Findeis stand unweit und blickte ihn stumm an. Zu vollem Bewusstsein kam ihm, wie sehr er sich vergangen hatte und noch weiter in Unrecht zu verstricken im Begriff war, und er schämte sich seines Schattens.

„Verzeihen Sie", stammelte er, „verzeihen Sie ..."

In zurechtweisendem Ton sagte sie: „Ich dachte, Sie hätten einen festeren Glauben."

Es drängte ihn, ihr zu versichern: „Ich will es wiedergutmachen ... Dass ich hergekommen bin ... es ist unwürdig, ein Versagen ... Darf ich Ihnen schreiben?"

Kaum merklich willigte sie ein, so vermeinte er wenigstens. Er grüßte und wandte sich ab. Seine Bewegung war ungelenk, der Schatten hing metallen an seinen Knöcheln, wie Fesseln, er schlenkerte um die Knie, und es war, als wäre Gottlieb betrunken.

8.
Abschluss der Reise

Alles hat ein Ende, nur die „Endlosware" nicht. Peter Gottlieb ließ sich erklären, das sei ungeränderter Stoff, dem der Saum einen Abschluss bereiten könne oder ein Schnitt mit der Schere, weiterhin Schnur, Faden und Band, die gleichsam endlos in die Welt hineingeflochten, -gezwirnt und -gewebt wurden. Was wir aber eigentlich sagen wollen, ist dies: Auch Gottliebs Reise fand ihren Meister, das heißt, sie kam an ihr Ende. Schon anderntags, nach seinem unrühmlichen Auftreten bei der Hauptwache, bestieg er den Zug, um heimzukehren.

„... Ich bin so frei ..." sagte eine Blumenverkäuferin vom alten Schlag, als sie ihm einen Strauß aus Margareten und anderen Blüten band, und Gottlieb wiederum war so frei, ihn vor seiner Abreise Lieselotte Findeis in die Stiftung zu schicken. Ihn selbst zu tragen, ihr vor die Augen zu treten, hatte er keinen Mut, zumal er noch nicht ganz schattenfrei war – nur allmählich verflüchtigte sich sein dunkles Abbild.

Eines hatte er begriffen: Einen Schatten anzustreben, mochte berechtigt sein, schließlich gehörte dieser, bei unseren Lichtverhältnissen, zur kompletten Erscheinung des Menschen. Über ihn zu verfügen war richtig „lebensbelebend", ein Wort, das Gottlieb an einem Stehtisch auf einer U-Bahn-Insel gehört hatte, von einem Mann, der es, zum Lob einer Tasse Kaffee, möglicherweise gerade damals geprägt hatte – lebensbelebend! Doch durfte man, um einen Schatten zu erlangen, nicht unredliche, satanische Mittel anwenden.

Gottliebs Rückkehr per Zug verlief ohne besondere Zwischenfälle. Im Nachbarabteil saßen zwei gute Sachsen, die jetzt in Bayern lebten und in die „alte Heimat" zu Besuch fuhren. Sie hatten schon viel Bier getrunken und holten dennoch immer wieder ein paar Flaschen aus dem Speisewagen. Man hörte, wie sie sich unterhielten und gelegentlich auch einander verspotteten.

Der eine, ein xxx-dorfer, sagte zum anderen, der aus yyy-au stammte, die yyy-auer könne man überall antreffen, vor allem dort, wo das Unkraut wachse.

Der Gehänselte entgegnete, die xxx-dorfer hätten einen Kirchturm, der werfe keinen Schatten. Er meinte wohl: Sie seien so arme Leute gewesen, dass sie es nicht fertiggebracht hätten, ihre Kirche mit einem Turm zu versehen. Dabei war xxx-dorf durch eine im romanischen Baustil errichtete Kirche mit hohem Turm bekannt.

Sie spaßten, vielleicht aber war aus dem Scherz Wirklichkeit geworden. Daheim angelangt, wollte Gottlieb deshalb in xxx-dorf nachsehen, ob dem Kirchturm tatsächlich der Schatten abhanden gekommen sei.

Oder sollte er sich diese Dinge aus dem Kopf schlagen und sie einfach auf sich beruhen lassen?

Bildteil

Bildnachweis

Falls nicht anders angegeben, stammen die Photos aus dem Privatarchiv des Autors. Angefertigt wurden sie meist von seiner Gattin Inge Wittstock, von ihm selbst und von Verwandten.

Allen Urhebern, Rechtsverwaltern und Besitzern der Aufnahmen sei für die Nutzung des Bildmaterials bestens gedankt.

Einen herzlichen Dank möchte der Autor auch an die Betreuer des Buches im hora Verlag, Frau Dr. Maria Luise Roth-Höppner und Herrn Dr. Wolfgang Höppner, sowie an den Graphiker des Umschlags, Herrn Stefan Orth, und an die Mitarbeiter der Alföldi Druckerei in Debrecen richten.

Nr. 8. Porträtphoto vom Umschlag des Bandes: Ion Pillat: *Poezii*. Bd. 1. Bucureşti: Editura pentru Literatură 1967; **Nr. 9.** Porträtphoto im Band: Oscar Walter Cisek: *Gedichte*. Bukarest: Kriterion Verlag 1972; **Nr. 25–29.** Ölbilder des Malers Arthur Coulin. Aus dem Ausstellungskatalog des Kunstmuseums Kronstadt/Braşov und des Brukenthalmuseums Hermannstadt/Sibiu: *Arthur Coulin*. Braşov 2010, S. 67, 147, 148, 163, 167; **Nr. 30.** Aus: Virgil Vătăşianu: *Octavian Smigelschi*. Bucureşti: Editura Meridiane 1982, Bildteil Nr. 1; **Nr. 31.** Aus der touristischen Werbeschrift: *Friuli Venezia Giulia. Kunststädte*, S. 7; **Nr. 32.** Porträtphoto aus dem Band: Heinrich Wiegand Petzet: *Das Bildnis des Dichters. Rainer Maria Rilke / Paula Becker-Modersohn. Eine Begegnung*. Frankfurt am Main: Insel Verlag 1977, Abb. 22; **Nr. 33.** Aus der touristischen Werbeschrift: *Friuli Venezia Giulia. Das Umland von Triest*, S. 11; **Nr. 34.** Aus dem Band: *„Von der Heide". Anthologie einer Zeitschrift*. Hg. von Walter Engel. Bukarest: Kriterion Verlag 1978, Bildteil Nr. 14; **Nr. 35–38.** Aus: Hermann Fabini: *Atlas der siebenbürgisch-sächsischen Kirchenburgen und Dorfkirchen*. Bd. 2. Hermannstadt: Monumenta-Verlag/Heidelberg: Arbeitskreis für Siebenbürgische Landeskunde 1999, S. 24–26; **Nr. 44.** Ansichtskarte des Photoateliers und Verlags Mihael Bordea; **Nr. 47.** Aus: Angelika und Bernd Erhard Fischer: *Wiepersdorf. Eine Spurensuche*. Berlin: Arani-Verlag 1991, S. 24; **Nr. 48.** Ölgemälde von Eduard Ströhling. Ansichtskarte, vertrieben vom Künstlerhaus Schloss Wiepersdorf; **Nr. 49.** Pastell des Malers Achim von Arnim-Bärwalde. Ansichtskarte, vertrieben vom Künstlerhaus Schloss Wiepersdorf; **Nr. 50.** Aus: Angelika und Bernd Erhard Fischer, a. a. O., S. 39; **Nr. 52.** Aus: Georg Hoffmann/Helmut Simon: *Schloss Wiepersdorf*. Hg. vom Kulturfonds der DDR [1988], S. 29; **Nr. 53–55.** Ansichtskarte: *Stuttgart. Schicksalsbrunnen in den Anlagen*. Lübeck: Schöning & Co/Gebrüder Schmidt.

1.–2. Ein Autor auf Reisen sollte über einen scharfen Blick
verfügen und es an Wissbegier nicht fehlen lassen
(nicht nur, wenn er in Venedig ist).

3. Meist mit von der Partie: die Gattin des Autors, Inge Wittstock, geborene Gromen

4. Auslug aus dem Haus Schlesak in Camaiore, Toskana

Zu „Weiße Lagune"

5. Die Weiße Lagune in der Nähe von Baltschik

6. Einstige Sommerresidenz der Königin Maria in Baltschik

7. Im Park der Sommerresidenz

8. Der rumänische Dichter Ion Pillat

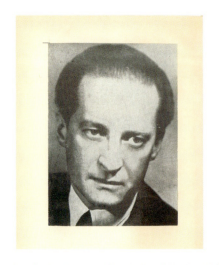

9. Oscar Walter Cisek, Verfasser der Baltschik-Erzählung *Die Tatarin*

10. Im Park

Zu „Santorin, ein atlantisches Erbe"

11. Roter Strand (*Red Beach*)

12. Blick auf die eimerförmige *Caldera* (zu sehen sind Teile der steinigen Kessel-Einfassung und des davon umschlossenen Wassers)

13. Kraterwand innerhalb der *Caldera*

14. Schiffsromantik in einer Bucht der Insel *Nea Kameni*

15.–16. Abendstimmung, Sonnenuntergang

Zu „Nächstes Jahr in Jerusalem"

17. Blick von der hochgelegenen Aussichtswarte *Mizpe Ramon* auf das wüstenartige Gebiet *Makhtesch Ramon*

18. Naturreservat *En Gedi* mit Pilgerschar

19. Der Ölberg, gesehen von der Stadtbefestigung Jerusalems

20. Außerhalb der Festungsmauern:
ein historischer arabischer Friedhof

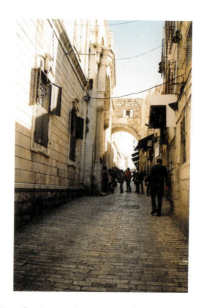

21. Auf einer Straße Jerusalems – Teil des Leidenswegs Christi (*Via Dolorosa*), mit *Ecce-Homo*-Bogen (Pilatus über Christus: „Seht, welch ein Mensch!")

22. Tempelberg mit Klagemauer (vom überdachten Aufgang verdeckt)

23. Blick vom Tempelplatz durch eine der Arkaden (*Qanatir*)

24. Auf dem Tempelplatz. Im Hintergrund die *Al Aqsa*-Moschee

Zu „Die Schatten schweben"

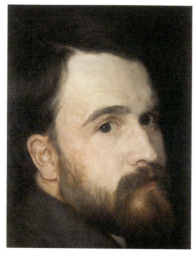

25. Selbstporträt des Malers Arthur Coulin

26. Die Gattin des Malers, Olga Coulin, geborene Fogarascher

27. Frauenbildnis (in der Erzählung *Signora Emanuela*)

28. Italienerin mit Handarbeit

29. Phantasie-Porträt *Zrinyi in Rom*

30. Selbstbildnis des Malers Octavian Smigelschi

Zu „Heimat-Flug"

31. Ansicht von Triest

32. Rainer Maria Rilke

33. „Rilke-Weg", im Hintergrund Schloss Duino

34. Franz Xaver Kappus, ein Empfänger von Rilke-Briefen

Zu „Annäherung an Birthälm"

35.–36. Birthälmer Kirchenburg, lange Zeit auch Sitz des evangelischen Superintendenten Siebenbürgens

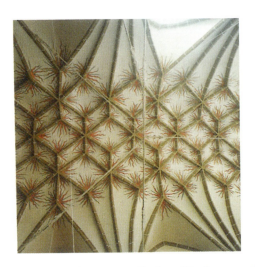

37.–38. Innenraum der evangelischen Kirche von Birthälm

Zu „Grendelsmoor und Tränenbrot"

39. Im Tal die Nösnerland-Gemeinde Senndorf

40. Blick auf den Höhenzug zwischen Senndorf und Windau

41. Senndorf. Turm der evangelischen Kirche, heute Glockenturm der orthodoxen Kirchengemeinde. Im Hintergrund die Ruine der evangelischen Kirche

42. Orthodoxe Kirche in Senndorf

Zu „Frachtschiff »Evangelia«"

43. Schwarz-Meer-Küste bei Costineşti

44. „Evangelia" romantisch verklärt

45. Schiff und Umgebung – etwas realistischer gesehen

46. Völlig entzaubertes Wrack

Zu „Windmühle"

47. Schloss Wiepersdorf

48. Achim von Arnim

49. Bettina von Arnim, geborene Brentano

50. Orangerie im Park des Schlosses Wiepersdorf

51. Inge Wittstock im Park von Schloss Wiepersdorf

52. Evangelische Kirche der Dorfgemeinde und der Gutsherrschaft, Familie von Arnim

Zu „Schicksalsbrunnen"

53.–54. Schicksalsbrunnen in Stuttgart.
Linkes und rechtes Figurenpaar

55. Norne im Mittelteil des Brunnenovals

56. Der Brunnen, im Hintergrund das Schicksal – ein gutes Motiv für Erinnerungsphotos (hier mit Angelika)

57. Im Park der Brukenthalschen Sommerresidenz, Freck/Avrig

58. Fließt nur bei reichlichen Niederschlägen:
die Schlangenkopfquelle

Im hora Verlag sind vom selben Verfasser erschienen:

Scherenschnitt. Beschreibungen, Phantasien, Auskünfte.
Hermannstadt / Sibiu 2002, 179 S.
ISBN 973-8226-15-5

Keulenmann und schlafende Muse. Erfahrungsschritte.
Hermannstadt / Sibiu 2005, 208 S.
ISBN 973-8226-39-2

Einen Halt suchen. Essays.
Hermannstadt / Sibiu 2009, 352 S.
ISBN 978-973-8226-79-1

Karussellpolka. Erzählung.
Mit Beiträgen von D. Dr. Christoph Klein, Horst Fabritius und
    Helga Lutsch.
Hermannstadt / Sibiu 2011, 176 S.
ISBN 978-973-8226-98-2

Die blaue Kugel. Erzählungen über Hermannstädter Gebäude
    und ihre Bewohner.
Mit Illustrationen von Renate Mildner-Müller.
Hermannstadt / Sibiu 2012, 178 S. und Bildteil (Photographien).
ISBN 978-606-8399-02-7

Margarete Depner. Eine Bildhauerin in Siebenbürgen.
Vorgestellt von Joachim Wittstock und Rohtraut Wittstock.
Mit Photographien von Oskar Gerhard Netoliczka und anderen.
Hermannstadt / Sibiu 2014, 340 S. (samt Bildteil).
ISBN 978-606-8399-06-5